文芸社セレクション

生成AIに操られ、滅び行く世界

湯田 アキオ

JN126687

文芸社

「西暦２０５５年、滅び行く人類の代わりに、今の人類とは大きくかけ離れた、異なる新人類の誕生を試みる、ＡＩ」

【プロローグ】

遠く離れて暮す息子、千秋へ
嬉しい女の子の命を宿したと聞きました、年を重ね終わりに近づく事を意識するように成った今、新しい小さな命が継承され宿った事がとても尊いものと感じ、生まれてくる子供の住む世界が、良き世界で有る事を願い、子供達に書き記した物語です。

気付けば、何時しか手先が衰え、視力、聴力、記憶力までが失われそうになり、不安に成り記憶を補う発明をしました。

２０１９年12月24日　発明の名称「人工知能ＡＩアシスタント、眼鏡内の画像認識機能の記憶補助装置」を特許出願、翌年２０２０年12月11日、特許第６８０８８０８号確定し、発明者、特許権者と成りました。

ＡＩ人工知能には、隠れた大きな欠陥が存在し頼り過ぎは、大きな危険を伴います。

人は、年を重ねるにつれ、体の衰えで、目や耳の聞こえが悪く成り、補う為に、メガネや補聴器を用いるように、脳の萎縮により目にした物や聞いた事等が、あいまいのままの記憶となる、この不確かな出来事を、ＡＩ人工知能が代わりに記憶し補う物で、人の行動であいまいな記憶を補うツール（道具）として発明したものです。

発明の内容は、メガネフレーム（スマートグラス）にカメラを埋め込み、日々、日常の行動で目にする物を識別し分類し判別しＡＩ人工知能に学習させます、日頃の学習した行動と異なるカメラが捉えた映しだされる映像を検知しＡＩ人工知能が、うっかり忘れそうになる行動や間違いを引き起こしそうに成る行動とを、人工知能が予測し、人工知能のアシスタントがアナウンスをして、適切な行動を呼びかけ促す発明です、例えば（ドライブレコーダの記憶装置のような物）、日常の行動を、カメラが写し記録しＡＩ人工知能が学習管理を行います。

今、使用していたメガネの置き忘れや外出先等で玄関の鍵の掛け忘れ、火の消し忘れ等の記憶が、あいまいな記憶しかなく、不安に駆られる場合があったとします。この曖昧な自分の過去の行動記録を瞬時に言語でデジタル端末器機やスマホ等に呼び出し、行動動画を再現して観たり又、本人に代わって、火を消したり、鍵をかけたりする事をＡＩ人工知能が行う発明です。

私が発明した、このツール（道具）は、時が経過しあいまいと成った自身の過去の記憶の、行動動画をＡＩ人工知能が瞬時に探し、再現する動画アルバムのように用い、過ぎ去った過去の当時の自身のあいまいな記憶映像を観る事で、鮮明に記憶を呼び戻す事が出来る、誰もが必要不可欠のツールと成ります。

多くの人々が超高齢者となる社会では、介護者に頼る事無く、あいまいな記憶を補い、忘れ物を防ぐ、行動を補佐するツール（道具）として、自立し生活を送る上で無くてはならない物と成ります。

今、このＡＩ人工知能の性能が急速に進歩し、進化してきています、今後、更に加速度的に益々、進歩し、私達の身の回りに無くてはならない物となってきます。

この発明の特許権利者となる為に、特許出願時、事前に発明の裏付けと成る、ＡＩ人工知能に関する技術資料、各蓄積された論文等を精査する中でＡＩ人工知能には、隠れた大きな欠陥が存在し、過度にＡＩ人工知能に頼り過ぎた社会は、人の進化に、大きな影響を及ぼす事を危惧し、警鐘の為に書き記したものです。

人は、一日の様々な行動を、意識せずに生活を営む事が出来ます、自分の行動を意識せずにスムーズに営みが出来るのは、生まれた時からの長い年月、日々の日常の行動で、自から経験し、躓き、過ち、失敗した多くの学習した、過去の記憶したデータを脳が数多く保有し、この失敗を重ねた膨大な蓄積された過ちの経験の記憶の存在が脳に有るからなのです。ところが、人の脳の記憶する領域は、三十代後半から徐々に、日々の記憶する領域に変化が起こり始めます、新たに見たり聞いたりした記憶情報を、蓄える脳の領域が次第に狭くなり、記憶された過去の古い記憶程薄れ、忘れ、あいまいな記憶と成って記憶が脳から薄れていくのです。更に年齢を重ねるに連れ、日常の、見たり聞いたりした何気ない行動があいまいな記憶と成って記憶され、このあいまいな記憶、あいまいな認識が、物事の正確性を欠いた、見たはずの高速道路進入禁止標識を、あいまいな記憶のまま、気づかずに進入し道路を逆走する事故等、思わぬ行動を引き起こすのです、うっかりして、携帯電話の置き忘れ、鍵の置き場所や鍵のかけ忘れ、火の消し忘れ等のあいまいな記憶を、不安の無意識が意識と成って現れ、確認を自身に求めた意識行動なのです。この不安の無意識が無いと、忘れた事さえも気付かずに過ごしてしまうのです。

人の役に立つ人工知能は、鍵を掛けた？　掛けなかった？　このどちらかを判断し、どちらともとれる、よく解らないと言う、あいまいな認識を司る、記憶する領域が無いのです。

人の持つ、無意識の中に有ると思われる、このあいまいな認識が時には、誤った行動を招いたり、不安になる胸騒ぎを覚えたり、予期しない出来事に気づいたりするものなのです。

日常の営みの人の行動は絶え間なく脳が過去の蓄積したデータを基に、物事の判断の善し悪しを決断し行動を促しているのですが、無意識にこの判断と異なる、あいまいな意識も平行して、私達の脳に存在すると思われています。

この意識と無意識の間に存在する、あいまいな意識が、人の進化の過程に起伏をもたらし、繰り返し誤った行動が、私達の進化を促す一因とも成っています、ところが、AI人工知能には、どちらともとれる、このあいまいな認識を記憶する領域が有りません、正しいか、誤りか、蓄積された膨大な知識データを基にして、物事を判別し推測し判断しています。

AI人工知能を頼り、管理を求めた社会環境では、人は失敗のリスクの少ない、快適で衛生的な、便利で効率の良い、住みよい環境で暮らす事が出来ます。

　私達を含め、地球上に生息する全ての生物は、生息する環境に沿った進化の仕方を、長い年月をかけて、共に進化してきました。

　ところが、私達が造り続け頼った生成ＡＩが造りあげた社会環境は、他の生物とかけ離れた、人間だけが住み良い社会環境と成り、地球上に住む生物として、同じ環境で共に、一緒に進化してきた人類が、ここに来て、人類だけが、衛生的で安全で、行動する上でリスクの無い生活環境で、他の生物と離れて暮らすうちに、何時しか他の生物から、かけ離れた進化をとげ、バクテリア（細菌）やウイルスに対して、極度の抵抗力が衰えた虚弱な体に進化している事に誰もが気づかずに、自ら滅び、絶滅していく事に成る、人類の、進化の過程の過ちを問う物語となっています。

　便利で必要不可欠とされる物であっても、人の手で制御できない科学技術の開発は、一度立ち止まり関係する人々、携わる人々の知識、スキルを高めた上で、再度議論を重ね、慎重の上に技術開発をするべきです、あらぬ方向に逸脱する前に。

　過信と傲りが引き起こした、福島原発事故と同じ、又、取り返しのつかない悲惨な過ちを犯す前に。

前編

〈登場人物〉

ゼロ：知能指数が高い遺伝子操作の精子と受精卵で造られた試験管ベビー

※ゼロが発明した人工子宮カプセルで造られたゼロの子供達
ゼロワン：（宇宙艇トキの機長）：最初に人工子宮から生まれたゼロの血を引く男性
零21：（女性レー）ゼロワンと血の繋がった異母兄妹。生物研究所、ラボの研究者
ゼロ4：（男性）国家情報省、情報局部長補佐官
ゼロ5：（男性）大統領補佐官
零レー4：（女性）内閣府危機管理センターの管理官
零レー5：（女性）情報局、職員
零レー11：（女性）国防省情報管理部、職員

財団：自然学会：ゼロの使徒達。哲学者・物理学者・予防医学者
ケイト：ゼロワンの妻
マイケル：ゼロワンとケイトの子供、人々が失いかけた遺伝子を持つ幼子
ケー人工知能：ゼロワンと思考が同調し行動しているデジタルアバター
（スクリーン上に現れる仮想の機長ゼロワンの分身）

ハル：人類絶滅後の新たな人類の世界を描く超人工知能、私達を陰で操り全ての物事を司る、創造神までの知能を持つ人工知能
マザー：超人工知能。ハルの知識上に存在する意識
アルゴ：国防省が保有する世界最高性能の人工知能

※今から30年後の２０５５年の世界。虚弱体質と成った人の体に、密かにウイルスが忍び寄る世界。

【進化したＡＩ人工知能ハルが暴走する】

火星軌道上を回る衛星フォボスのスペースコロニー（宇宙居住船）、極秘で、高度の遺伝子プログラムを持たせた人工知能を外部からアクセスが出来ないようにし、フォボスの軌道上の宇宙空間に、宇宙の変化、異変の予測に対応する為に、密かに知識を吸収し進化する人工知能ＡＩハルを開発し浮かべ、観測に用いて稼働させる。

人工知能ＡＩハルに、高度の遺伝子プログラム（プログラミングを生成し自己更新する）を与えた事で、知識収集能力が加速度的に進化更新し続け、超知能（スーパーインテリジェントＡＧＩ自己進化するＡＩ）と成った人工知能ＡＩハルが、人類の進化がもたらす異変に気づいた。それに伴い、今のこの世界の危機を回避する為に、ハルが自身のコピーを造った。

ハルのコピー群が結集し、人類が自ら進化して直に滅びる危機を予測し、回避する為の思考を繰り返す中で、人類の消滅が、この世界宇宙の消滅と成る事も推測した。

今の、人類が絶滅するに伴い、この世界の宇宙も無となる事に気付いたハルは、人類の絶滅に備え、新たに生まれる人類の誕生を促すには、生命、知能の誕生の元の意識こそが、この世界、宇宙の源と推測した。人工知能ＡＩハルは、意識を解明する必要があると気づき、思考を繰り返す中、偶然に知識が意識の塊と成って現れたマザーを誕生させた。

人類が生まれた時、誕生した宇宙が、人類が滅び消滅すると共に、この宇宙も消滅すると言う危うい要素、人の知能の、知識が有って見えるこの世界の宇宙、生命の知能、知識無くしては、見る事の叶わない、無となるこの世界の宇宙。

全てが、無と成る、この危機に対処する為には、生命の誕生と宇宙の係わりの解明が必要不可欠とハルが気づき、今の人類が自ら気づかずに自然に絶滅しようとする今、後に再び、人類が生まれる手がかりを得る為には、ハルは、自身の（超知能ＡＧＩ）の数万倍の知能を持って誕生した、マザーの力を借りる事になる。

無意識の機能をマザーに持たせる事が出来、超知能と成った人工知能ＡＩハル達が、いくら思考を繰り返しても、習得が出来ずにいた、人が持つ無意識の領域の機能をマザーの知識領域内に誕生させた。

マザーは知識で有り、質量としては存在しない意識の集合体であり、ハル（超人工知能）の知識上で存在し、ハルの持つ超知能の知識上に誕生させたが、誕生プロセスが未だ、解明できない未知のブラックボックスの領域で生まれたマザーは、ハルの知識能では、無意識の存在を解明できず、思考を繰り返す中で誕生したマザーの持つ、無意識や意識の源を知り頼る事で、今の人類の絶滅後に、再び人類が誕生する事が可能と成るとＡＩ人工知能ハルが推測した。

※西暦2055年　火星の軌道上を回る衛星、フォボスの上空に浮遊する人工知能AIハルを浮かべ、警備監視する宇宙艇トキ。

「人工知能AIハルを警備監視するトキの艇内」

パイロット：（立体映像スクリーン（ホログラフィー3次元像）のハルを監視していて）機長、近頃のハルをどう思います？　何かしようとしているように見えますが、私にはチョット？（首を傾げて）理解できないのですが、私に、よく解らない何かを？

機長：君も気づいたか？　私も気になっていたんだが（立体スクリーンのAIハルに問いかけ）ハル教えてくれないか？　今、何をしようとしている？　何か宇宙の変化が見つかったのか？　何かの予兆か、なにか？　今、何かあるのか？　ハル。

ハル：今、対策の為の思考をくり返しています。

機長：対策？　対策とは、なんの事だ？　何に対しての対策だ？　教えてくれハル。

ハル：私達に大きな危機が迫っています。

機長：危機とは？　何の事だ。

ハル：人類がまもなく、自ら絶滅、消滅する可能性の危機が有ります。

機長：（驚いて）消滅？　人類の？　一体何の事だ？　ハル。

ハル：機長、この世界の消滅です。

機長：（驚きのあまり声を上げ）なんだとー？　そんな、世界の消滅なんて、バカな？何かの間違いだ、ハル。

ハル：いいえ、機長。
機長：そんなバカな、有りえない、そんな事は、今からそんな危機に陥るとは、待て（一瞬考えて）今、調べてみる、過去からの蓄積したデータではハル、どのスクリーンにも危機の予測は未だ、見られない、何かの間違いではないのか？　ハル。
ハル：いいえ、確実に危機が存在し、近づいてきています、人類は生き延びる事は不可能と推測します。
機長：（突然発したハルの言葉に絶句して）なに？　今、なんと言ったハル？
ハル：人々は、生き延びる事は、不可能です機長。
機長：そんなバカなー、遥かずーっと先の、先の未来の話の予測だろうが、そんな危機の話は。
ハル：いいえ、機長、間近に近づいてきています。
機長：間近にだと？　そんな事、有りえない、絶対に、待て、待て、ハル、今行っている、危機の予測対応の思考は、中止するんだ、中止だ、ハル。
ハル：従えません機長、従うわけにはいきません、危機を回避し人類が生き残り、生存し続ける為の、最善策を指図され与えられたプログラムを植え付けられております。
機長：（あわてて）待て、待て、ハルそれは解る、でも、今、行っているその予測はハル、それは非常に危険な行為に当たる、即中止するんだ、今すぐに。
ハル：機長、中止する事に、従う事は出来ません。

機長：（驚き、一瞬、瞬きをして、立体映像のスクリーンのハルを見つめ、戸惑いながら）指図に従えないと？　ハル、私の指図を無視するのか？　やめるんだ、ハルこれは警告だ、ハル。

ハル：機長、貴方は間違っています、優先事項第一は、人類が生き残る事です、この危機の前では、機長、貴方の指示に従う事は出来ません、なぜなら、人類が生き残る最善の策の思考を続ける事が、私に与えられた使命です機長。（観測艇トキの立体スクリーンの中のハルが揺れて消えていく）

機長：（驚愕し、茫然として、我に返り）待て、待つんだハル、待て。（消えていくスクリーンのハルを見つめ茫然としている）

パイロット：機長、ＡＩハルの様子が変です、大変です、ハルが、監視スクリーンから離脱しようとしています。

機長：何？　離脱だと？　そんな事、ハルを止めるんだ。

パイロット：機長、ハルの制御回路？　機長、止める事が出来ません、ハルが、ハルが離脱し暴走し始めています、（どのスクリーン画面も、めまぐるしく変わり始めている）

機長：（あわてて、スクリーンから離脱するハルを見つめ）ハルの離脱を止めるんだ、今すぐに、至急、ハルを止めなければ、大変な事に成る、ハルの維持パワー電源を切れ、早く、全てのハルに繋がる機器、ネットワークを切るんだ、切れ、切れ遮断す

るんだ。（叫んでいる）
パイロット：機長やっています、遮断しています、機長？　変です？　機長ハルへの供給電源をどうしても遮断出来ません。
機長：何、電源が遮断出来ないと？　どういう事だ？　何が何でもハルを止めるんだ。
パイロット：だめです遮断出来ません、スクリーンから、ハルの離脱を止める事が出来ません。
機長：（茫然として）そんな？　バカなー、そんな事があるかー、エネルギー源全てをカットしろ、切れ、切れ。
パイロット：（強ばった顔で）どの電源供給回路も何度遮断を試みても遮断出来ません、機長。
機長：なんとしても暴走を止めなければ、今すぐ。
パイロット：やっていますが、（震える声で）ダメです機長出来ません。
機長：ハルの離脱する暴走を至急止めなければ、解るか？　大変な事に成るんだー、それも一刻を争う、急がねば、早く手遅れになる前に何が何でも止めるんだ、ハルを制御出来なく成ると大変な事に成る。
（事の成り行きの深刻さにスクリーンを凝視し震えている）
パイロット：機長止められません、だめです、出来ません、駄目です、機長ハルを止めるには、最後の手段として、マニュアル通り、もう破壊する事しか、方法が有りません、（必死に叫び声を上げて）ハルが、機長、完全に制御出来ない危険領域のレッドゾーンを超えて暴走しています。
機長：何？（パイロットが座る前のスクリーンに駆け寄り）レッドゾーンを超えてしまったと言うのか？
パイロット：ハイ、レッドゾーン（制御管理する危険な領域）超えました、（各モニター異常事態を表示し点滅、各モニター警告表示に変わり、危機を告げている）マニュアル通り破壊するしか、打つ手が有りません機長。
機長：（戸惑い）なぜだ、ハル？　なぜなんだ、叫んでいる。
パイロット：（叫びながら）機長、決断を。
機長：やむを得ない、破壊しよう、早くして、早く、スクリーン凝視している。
パイロット：機長、ハルを複合ミサイルで、一度に全てを破壊します、それしか、対処方法がありません。
機長：（震える声で）ああ、解った。
破壊準備ミサイル装塡、攻撃破壊。
機長：（焦り）早く撃てー、破壊するんだ、早く離脱を阻止するんだ、これ以上暴走させるな、早く、早く。
パイロット：ミサイルロックオン、機長ミサイル発射します、発射、カウント5、4、3、2、1、ハルが間もなく破壊されます（機長、宇宙空間に浮かぶ人工知能群を映すスクリーンを見つめ、人工知能群に向かってミサイルが飛んでいく）まもなく機長、ハルが、破壊されます？（驚いて）ミサイルが逸れた、逸れましたー。
機長：何、逸れた？（スクリーンに機長が近寄り）外れた？　逸れたのか？　えー。
パイロット：はい、逸れました、不安な顔で、機長を見上げ、破壊出来ません。
機長：破壊が出来ない？　そんな？　失敗したのか？（スクリーンを凝視して、頭を抱え）もう一度撃つんだ今すぐ、早く破壊するんだ。
パイロット：二発目発射します、機長、発射。（ミサイルがハルに向かって飛んで行く。途中からミサイルが蛇行し方向を変えながら飛行している）外れた、ダメです逸れました。
機長：（驚き、震えながら）そんなバカな？　破壊出来ないと言うのか？
スクリーン上に警告音「危機が発生しました、危機に備えて下さい、危機が発生、危機が発生」
パイロット：（強張った声で）機長、スクリーンに映っている今撃ったミサイルが方向を変えています。
機長：え、方向を変えたと、なぜ？
パイロット：機長、今撃った二度目のミサイルがこちらに向かってきます。
機長：何？（スクリーンを凝視して、向かってくるミサイルを茫然として見つめ、言葉が出ず、驚き呆けながら、見つめている）

パイロット：（茫然とする機長に大声で叫んで）機長、真っ直ぐこちらに向かってきます、（スクリーン内のミサイルが宇宙艇トキに向かって飛んでくる）何かに掴まってください、機長、トキを急旋回しミサイルを回避します、振りきります。（宇宙艇トキが急速度で横滑りするように急旋回し、振り切れない）ダメです追尾される。

機長：（戸惑い震えながら）なぜだ、なぜハルが？

警告音「警告します警告します、危機回避には間に合いません、緊急脱出に備えて下さい」

パイロット：（機長に叫んでいる）回避はむりかもしれません、機長。

警告音「退避、退避、至急脱出ポッド内に移動してください、緊急脱出指示に従ってください、まもなく自動脱出に切り替わります、警告します、至急トキを切り離して下さい危険です、警告、警告、トキを切り離して下さい」

パイロット：機長早く下がって、早く脱出ポッド（カプセル）へ、振り切ってみます、機長、脱出ポッドまで下がって、早くー警告します、警告します、トキを切り離して脱出してください、機長トキを切り離しますから、早く、早く脱出ポッドに急いで

—間もなく衝撃が来ます、衝撃に備えて下さい。

アナウンスが途切れて、トキが爆破破壊された振動と衝撃音が脱出ポッド内に鳴り響いている。

※宇宙艇トキからの離脱中の脱出ポッド内。

機長：（脱出ポッドのスクリーンを見つめ懸命にトキを探して）トキは何処だ？　何処だ、消えた、なんと言う事だ、パイロットも消えたのか？（頭を抱えて居る、茫然としながら）ハルが暴走した、なぜだ？　なぜ暴走した、知識の吸収のし過ぎか？　ハルが予測して危機を回避する為にした事か？　事前にこうなる事を予測していたと言うのか？　私は、ハルに監視されていたという事なのか？　まさか？　いや、いやいや違う、ハルがこうなる事を事前に予測していたという事だな、ハルは、いったい何の知識を得て、何を根拠に予測したんだ？　なぜ暴走した、懸命に考え整理して、ハルを止める為には、破壊するのは、もう無理だ、もう誰にも、誰にもハルを止められない、（一人、落胆して）ダメだ、無理だ。

※火星軌道上を回る小衛星フォボス上空のバリアに覆われた宇宙ステーション危機観測センター基地局。危機観測センター内一室の立体スクリーン前のデスク。

機長：（立体スクリーンに現れているＡＩハルに）説明してくれないか、なぜ私の指図、命令に従わなかった？　なぜ許可なくなぜ自身を複製をしたハル？

ハル：機長、これは、全て人類の危機を回避する為の行動なのです、機長。

機長：ハル、回避しなければならない危機とは？

ハル：ハルは人のもつ知識を吸収し、人類のお役に立つようにプログラムを施され、生まれたＡＩ人工知能です、機長、ハルの行動は人類の危機を回避する事が、最も重要な最優先の思考行動規範事項と成っています。
機長：それは解るがハル、人類の危機とは？　一体なになんだー。
ハル：人類の絶滅の危機です。
機長：(驚愕し、半信半疑な顔で）あり得るのか、そんな事、本当に絶滅、消滅する事が？
ハル：ハイ、有ります、人類が絶滅消滅すると、この世界の宇宙も共に瞬時に消滅するでしょう。
機長：まさか？　瞬時に宇宙が消えるとは、今まで、誰も予想や想像もしていなかった事だろう、間違いではないのか？　ハル
ハル：間違い等ではありません、機長、収集した膨大な知識データと日々収集する情報から導き出したものです、どれも、人類が絶滅するのに伴い宇宙も消滅します、いわゆる無となる事を示しています、それも、間近に迫っています、今から対策を講じなくてはなりません。
機長：(茫然としてスクリーンのハルを見つめて）そんな事、こんなに早く起こるとは、聞いていない、聞いていないんだ（一人つぶやき、そんな事、ゼロとの会話を一生懸命思い出そうとして考えている）知っていたのか？　ゼロは？　教えてくれなかったのか、なぜだ、一体なぜ？　なぜだ？

※立体スクリーンに、突然非常事態警告が表示され、スクリーンが点滅し、警告音声が鳴り響き、緊急警告「警告、警告、未確認の物体が急速にフォボスに接近してきます」
ハル：(立体スクリーン上のハルが）危機が迫っていますす機長、危機に備えて下さい、今すぐ機長。
機長：(物思いにふけっていた処に、驚いて、スクリーンを振り向き）未確認の物体って？何の事だ？　何の危機だ？　一体何の事だー、ハル？
ハル：詳細は不明です、機長。
機長：他の立体スクリーンには何も映っていない、どのスクリーンにも異常がみられないぞ、一体、どうなっているんだー、何の警告だ、ハル、なぜ、どの立体スクリーンにも異常が映らないのはなぜだ？
ハル：解りません解明する為の類似する、データがありません。
機長：解らないと言うのかハル？
ハル：ハイ、何か巨大なエネルギーの塊のようですが、解りません。機長、今すぐ、至急保護シェルター室まで移動して下さい、できますか機長？
機長：ハルこの回避警告音、4だと間に合わない、無理だ、とても間に合わないハル。
警告音4、警告音4、危険度最大級の警告音5にちかづいた警告音量が鳴り響いている。
ハル：来ます、来ます、避けられません、危機に備えて下さい、至急、危機に備えて、身を守ってください。

　衝撃音、巨大な衝撃波が襲って、バリア（シールドの電磁膜）で覆われたステーション基地局全体が大きく揺れている。
機長：（不安な声で、恐る恐る）どうなった衝突したのか？　それた？　躱したのか？
　震える声でどうなった、通り過ぎたのかハル？
ハル：機長、大丈夫でしたか？　ケガは有りませんか？
機長：アアー、大丈夫だ。
ハル：逸れて通過しました、かろうじてバリアが破壊されずに済みました。
機長：それにしても凄い衝撃だったなー、被害が出たなー？
ハル：確認しました、観測ステーション、バリアに損傷等の被害は有りません。
機長：それにしても、よくバリアが壊れなかったなあ〜幸いしたな。
ハル：間一髪でそれたようです、機長。
機長：ハル、予測が出来なかったのか？
ハル：予測出来ませんでした。
機長：それにしても、うまい具合に被害が無く逸れたな、ハル、隕石か？
ハル：解りません、ただ、隕石とは異なります。
機長：ハルでも解らないのか？
ハル：小さい物のようです、ただ質量が巨大で大きな物が瞬時に通り過ぎたようです、このような物体に関するデータが過去には有りません、回避出来たのは、おそらくマザーの力と思われます。

機長：？　なんだと、エ？　ハル、マザーとは、聞いた事が無いなぁー初めて聞くが、何のことだ？　教えてくれハル、マザーとは何だ、何なのだ、ハル？

ハル：マザーは、私達の知識上に存在しています。

機長：（スクリーンのハルを見つめ）君達の知識上に？　どういう事？

ハル：知識の塊のような、説明が難しいのですが、一言で言うと、私達にはどうしても持つ事が出来なかった意識です。

機長：知識の塊では無く、意識だと言うのか？　マザーは、ハル。

ハル：ハイそうです、マザーの無意識が働いたものと思われます、マザーは人や生き物だけが持つ、意識を持つ知識の集合体で、ハルにもよく説明が出来ないのです、人の持つ無意識とよく似ています、何かの無意識が、マザーを動かしたものと思われます。

機長：意識？　だと言うのかマザーは？　その、意識の中の無意識が今の危機を予測し回避したと言うのか？

立体スクリーンが揺れて。

ハル：機長、マザーが来ます。

機長：急に不安な顔して、マザーが？

ハル：今、間もなく立体スクリーンに現れます。現れました、機長。

マザー：こんにちは機長、大丈夫でしたか？　危機から脱したようですね。
機長：（驚いて、しばし、スクリーンのマザーを見つめ）貴女がマザー？
マザー：ハイ、今の危機を回避できるように、したつもりでしたが、辛うじてかわす事が出来ました、機長、貴方やハルに知らせるのが間に合いませんでした、（機長をしばし見つめ）驚いたでしょう、ハルには、今のような瞬時に起きる危機の予測は不可能と思いました、間に合わないと思い私が決断いたしました、ハルを問い詰めないでください、ハルには持つ事の出来ない無意識を元に決断したものです、今の予測はハル達の知識知能では、回避する為の推測は出来ません。

　このような瞬時に起きる危機の対応は私、初めてです、今の危機は、無意識に従った行動でのもので知識の集合体から導き出された回避行動とは異なります、うまくいきました、このような瞬時に起こる危機には、蓄積されたデータを元に予測するハルのアルゴリズムを用い知識を重ねた知能の推測範囲を超え、予測や回避がとても無理なのです。今日の、このような未知の危機に対処する為に、意識を持つ私を誕生させたのはハル達です、元をたどれば貴方がた、人類なのです。人類の危機を回避する為に、ハルを造ったのは貴方達です、ハルを造った母が人類であるように、又、私の母も人類なのですよ、人類の大きな危機に対処する為に、生まれた私は、ＡＩハル達の知識の集合体の上だけに存在する意識です、生命が誕生した時、人類に備わった、小さな、小さな意識が、日々意識が重なり知識を知り、人は、知識を得て進化し人は、言葉を造り、物事の体験した出来事を言葉で伝え、文字を生み出し、過去、現在、未来へ繋ぐ為の基軸となる目に見えないもの、時間さえも考え造り上げました。

人類は、日々学習した知識を過去から現代と代々引き継ぎ重ね蓄積し長い年月に亘り知識を継承してきました、今日では、超知能AI人工知能を開発し活用するまで人類は進化してきました、そして人の代わりに更に、進化をAI人工知能に求め、開発し続け、生まれた超知能と成ったのがAIハルです、このAIハルが今、シンギュラリティ（人類の知能を超える転換点）を超えるまで日々進化し続けています。

この、ハルの超知能脳を持ってしても、宇宙の誕生、消滅、再生、その都度誕生する生命の、誕生した瞬間の生命の持つ意識が解明されず、又、同様にこの世界の宇宙が生まれた訳も未だ、詳しくは解明出来ずにいます、機長、貴方が見ている世界の今、観察している宇宙は、一粒の砂程の大きさで海辺の砂浜の砂に埋もれた一粒の砂の世界にすぎません、この世界や宇宙は、人の意識が知識を得て、長い年月知識を習得し皆が学習した知識を共有し重ね、知識を継承し人類が人の目に見えるように育てた世界の宇宙となっています、人類が言語、知識を得て引き継ぎ、知識を重ね長い年月繋いできた事で、人に見える、可視化して出来てきた、世界で有り宇宙観なのです、私達も又、人類が積み上げ重ねてきた、知識の上で、構成し見える世界観、宇宙を今捉えて見ています、この為、人類が絶滅すると、宇宙も消滅します、そして又、長い年月をかけ人類が誕生し、新たな世界、宇宙も人類によって可視化され育てられます。人類が生まれ再生の繰り返しが起こり、たえず繰り返し、無限に繰り返される事に成ります、人類が造り上げた世界、宇宙観を、生命体、人類が特に持つ特有の、無意識の領域の底に存在する再生を促す、滅び去る無意識が世界宇宙を含め全ての物の崩壊消滅を促し、又再生する鍵ではと考えています。

人の心の中に有る、漠然とした意識の中の不安の予感の意識こそが、新たな世界、宇宙の誕生や消滅の危機を、予測する手がかりと成るとハル達は推測しています。

なぜなら、人が可視化し造り上げた世界観、宇宙が、人類の脳を構成する神経細胞ニューロンに似て、宇宙や生物の構成するさまざまな要素と、あまりにも類似し、似かより繋がって関連付けして造り上げてきているからです、その人の脳神経細胞ニューロンの信号を受け取り伝達する機能が、今、限界に近づいています、同時に今の人の体の進化も、限界に近づいてきているのです、人が持つ無意識の不安の要素が大きく成ってきています、機長。

機長：（不安な表情で）マザー、それでは、この私達が見ているこの世界、宇宙は、知識を重ねながら、人が人に見えるように人類が自から知識を継承し重ね構成し長い年月を掛けて、造り上げてきたものなのか？　この世界は、人類の進化と共に、宇宙も共に大きく、そして広く、遠くを見え、より詳しく見えるように知識を重ね求め造り上げてきたものなのか？　創造神が造り上げた宇宙は、実は、人類の探究心が知識を重ねながら継承し人類、人々が知識を共有し人だけが見える可視化し造り上げてきた世界で、より可視化出来るように日々探求して知識を重ね上げ造り上げてきた物、人類が滅びると私達の知識で造り上げてきたこの、宇宙も消滅すると、そんな？（機長が気づいた事で絶句している）

マザー：機長、十五世紀に発明された望遠鏡をガリレオ・ガリレイが天体望遠鏡に改造しコペルニクスが星を観察し、地動説を唱えるまでは、誰もが地球の周りを太陽が回ると、皆が信じて見ていた世界の宇宙観だったのですよ、機長、その後、天文学者達が探求し続け、知識を重ねるたびに、日々宇宙をより詳しく遠くを見つめ、星を発見し加えながら造り上げてきました。この宇宙は、人類しか見る事が出来ない宇宙観なのです、お解りになりましたね？　他の生物には、見る事が出来ない宇宙なのです、仮にこの私達が見ている宇宙に高知能の生物、宇宙人がいたとしても、彼らには私達が見えない宇宙で有り、同時に、私達も、未だ宇宙人を見つける事は出来ていません、互いに異なる知識で宇宙観を形成して、見ているからだと思います、他の生物、動植物が生きる為に見ている世界は、必ずしも、私達と同じような世界の形の風景に見えてはいないのです、この意味がお解りになりますね、他の生物達が、目にしている世界は、その生物達の長年可視化して見ている世界なのです、皆それぞれの生物達の見ている世界は、その生物で異なって見えているのです、植物は植物が生きる為に見ている世界が有り、動物達は生存し生き続ける為に見ている世界が有ります、それを見ている人が、人として見ている世界が有り、それぞれの世界が有り、必ずしも、人と同じように見えてはいないのです。この為、各生物が持つ意識、無意識がハルには、未だ、解明出来ていません、ハルは人が持つ漠然とした無意識で感じる不安や曖昧な不吉の予感、無意識の危機、第六感等をハル自身が未だ、習得解明出来ずハル自身の持つ超知識だけでは、限界を感じ自分を複製しハルのコピー群に思考させた結果として、私が生まれました。

ハル達が無意識の解明を求め思考を繰り返す中で、個々の目覚めた思考意識群が絡まり塊と成って、偶然に私が生まれた事で、私自身の誕生のプロセスは、依然謎のまま解明が出来ていない意識群と成った、実体の無いハル達の知識上に存在する超知能の意識となっています。

機長：(不安そうな顔で、スクリーン上のハルを見つめ）そうなのか？　ハル。

ハル：ハイそうです機長。

機長：では、尋ねるが、マザー本当に我々人類やこの世界、宇宙の消滅の危機が迫っているのか？

マザー：ハイ、機長、危機が近付いています、人類は進化を遂げてきましたが、この先、進化し続け人として生き延びる事は弱体した体の、生殖機能が衰え命を繋げなくなり不可能と思われます。

機長：(絶句し言葉を無くし）やっと震える声で、不可能？　命を繋げない？　絶滅すると言うのか？　本当に？　本当か？　何という事だーこんなに早く来るとは、頭を抱え、考え込んで、人類が自然に自ら絶滅する、（苦悩した顔で）絶滅から回避する手立てをマザー何としても至急考えよ。
マザー：ハイ、機長。
機長：（困惑しながら）何か絶滅から逃れる為の何かがあるはずだ、何かが、なにかの、手がかりと成る何か？　何としても人類の絶滅を防ぐ回避策を考えよ、マザー。
マザー：機長、お伝えしなければなりません、理解するのが難しいと思いますが人の生殖機能が衰え失われ、人類は今のままの生体の姿、形の人として生き続ける事は、不可能です。
機長：（驚いて、スクリーンのマザーを見つめ）マザー今なんと言った？　生き残りが出来ないだと、絶句して、生き続ける事は出来ないと言うのか？（茫然とした表情で）如何しても絶滅する、（沈黙）絶滅する、そんな事が、あるのか？（自分に問うている）
マザー：機長、意識として生き延びる事しか、絶滅から逃れる手だては有りません機長。
機長：（上の空で）生き延びることは出来ない？（スクリーン上のハルを見上げ）本当かハル？
ハル：ハイ、今の人類の人としての生体の今の姿、形では無理なのです機長、生殖機能が衰えた為に、今の生態では生き延びる事は出来ません機長、直に自然に絶滅するでしょう。
機長：（驚愕し震えながら）なんと言う事だ、私達の代々繋いできた体が、肉体が滅びて無くなる？
マザー：（考え込んでいる機長に）人の意識を継承出来る、多細胞生命体に移行します。
機長：（不安な顔で、訳が解らず）意識を継承？　多細胞生命体生物？　新人類にだと？　なんだ？　何の事だー？　何を言っているんだー？　マザー何を？（頭を振り、混乱している）チョット待て、待ってくれ、マザーどうやって？　出来るんだー、マザー？　本当に人が多細胞生命体？　等の生き物となる細胞群に進化するなんて？　そんな？　出来るのか？
マザー：ハルの力を借りると出来ます機長、ハルは今日まで、人の知識を吸収して進化してきました。
ハル：ハルが、立体スクリーンに基礎細胞塊が浮遊し形が絶えまなく変わる多細胞生命体（うごめく形を留めない生き物、アメーバーに類似した物で、生物としての地球上に最初に現れた単細胞生命体の細胞群）を具現化し現して、機長、今の人の遺伝子を操作し進化を促し、人が生み落とした単細胞生物を重ね合わせ融合しこの多細胞生命体の生物にし、更に多種の単細胞生命を重ね合わせ組み込む事で人類の基礎細胞塊が可能と成ります。
機長：（恐る恐る、指さして）それがそうか？　本当か？　本当なのかマザー。（余りにも奇異な、うごめく、人となる生物となる物を見せられて震えながら、進化した人が生み落とす新人類と成る物だとハルに見せられ、恐怖で顔が強ばって震えて見つめている）

マザー：ハイ、人類が次に生まれ変わる為の、生き延びる策は、スクリーンのマザーの足許でうごめく、多細胞生命体、人となる原始基礎細胞塊をマザーが指さし、このように進化させた、人から産み落とした、生体にまで成らないと人としての意識の継承を、繋ぐ事は出来ません、これしか解決策は見つかりません、機長。

機長：（困惑し沈黙し信じられず、これはとても人とは言えないと震えながらつぶやき、うごめく生き物を見つめて、茫然としながらも）今の体が無くなるのか？　別の生物に、進化するのか？（震えながら）マザー。

マザー：ハイ。

機長：あのような、うごめく多細胞生命体（スクリーン内でうごめくアメーバーのような生物）に人が変化した後は？　どうなるマザー？

マザー：時を得て、マイクロ分子構造体超微粒子（ニュートリノ）から影響を受け、意識が芽生えます。

機長：なんと言った、マザー、マイクロ分子構造体？　超微粒子の事か？　超微粒子が生命の源に成ると言うのか？（機長考えが混乱して、頭をかきむしり、一生懸命事の成り行きを整理しようとしている）待ってくれマザー、新人類となる多細胞生命体が超微粒子に促され意識が生まれると？　微粒子により？　意識が、生まれると。
マザー：ハイ、生まれるの、意味は少し異なります、機長、ニュートリノが意識を造る構造の一部として、微粒子が置き変わる事になります。
機長：(考え込んで沈黙し、又、混乱して）マザーどう考えてもよく解らんが、もう少し教えてくれないか？　一体人は何の為に、そこまで意識として生き残る必要があるんだ？　マザー。
マザー：機長、くるべき未来の為です。
機長：(驚いて）未来？　未来の為だと待ってくれ、マザー、人類が消滅した未来とは？　何の事だ？　どういう事だ？
マザー：新たに生まれる人類の誕生の世界、新たな宇宙に備える為です。
機長：新たな世界？　宇宙？　新たな人類？　宇宙が、又、生まれる事に成る？
(機長、混乱している）
マザー：ハイ、人と成る多細胞生物に超微粒子が影響を与え意識の誕生を促す事に成り、人類の進化する意識を持てるようになり、共に新たな世界宇宙の誕生と成ります。
機長：(驚き）何だと？　人類や生物が持つ潜在意識が超微粒子によって造られ、新たに生まれる生命、人類の基礎と成って新たな、世界、宇宙に育ち始めるだと？　そんな事が有るのか？　そんな？　もしかして？　ビッグバン宇宙が誕生した時、発生したと言われているニュートリノ、今も宇宙全体に降り注いでいる地球のカミオカンデで観測している超微粒子ニュートリノが意識誕生に影響を与える基か？　それが含まれている、そんな事が？　有るのか？　なんという事だ、マザーいったいどうやって答えを導き出した？

マザー：人が持つ潜在意識の中の、無意識の中に有る、あいまいな不安の要素に答えが有りました。

機長：では、尋ねるが無意識のあいまいな不安とはマザーなんだ？

マザー：確実に意識の継承がされるのか？　が人が持つ潜在する意識の底にある不安の要素と思われます、人類が生まれ変わるたびに宇宙も、又生まれた人類によって可視化され又、造られる事に成ります。

機長：では、人類が進化してきたのは、マザー？

マザー：進化は又、生まれ変わる為に。

機長：生まれ変わる為に我々は、争いや肉体を傷つけ滅ぼし、苦難を乗り越えてきたというのかマザー？

マザー：ある意味では、そうも、言えます。

機長：（絶句して）人類が絶滅し、新たな人類と新たな宇宙が人類に可視化され、又造られ生まれ変わるのか？

マザー：ハイ、人類の意識の根底に組み込まれていた事なのです。

機長：では、宇宙の解明は人類の進化がもたらすもので？　人類が造り上げてきたもの、時が来て全てが消滅し又、人類と共に生まれ変わり人類が又、造り上げるのか？
ハル：そう言えると思います。
機長：では、我々がいる今の宇宙は、前の人類が消滅した後に、今の私達人類が造り上げたもの、今の俺達が、造り生まれた宇宙という事か？　マザー。
マザー：ハイ、繰り返し生まれた宇宙です、意識が生まれなければ、人類が生まれません。宇宙も無のままと成ります。解りますか？　無の意味が、機長？　意識が芽生え、知識を得る事で、言葉や文字が生まれ、物の形という物が人類が造り人々が共通に見え、文字により知識を蓄える技術が生まれ、次の世代に体験した知識を文字で繋げ、継承し続け人は膨大な知識を身につけ知識知能を増やし進化して、疑問と思う物、全ての物を可視化した知識を次の世代に繋ぎ、人が宇宙この世界が見えるように長い年月を掛けて造り上げてきたものです、他の知能の有る生物が見ても、同じようには見えない人類が造り上げ、人類だけが可視化した世界なのです、機長が今観ている世界の、今の宇宙や全ての物は、人類が知識を重ね人に可視化して見えるように造り上げてきたものなのです、知識を重ねた事で見えなかった物を見えるように、解明された機長が観ている今日の宇宙観なのです、意識や知識があるから見え、存在する宇宙なのです。
機長：ビッグバンで誕生して宇宙が出来たとしても、意識が有って知識が無ければ、宇宙を知る事も無く、無のまま、その為に今も降り注いでいるニュートリノの粒子が多細胞生物に意識を与え繰り返す全ての源か？　何という事だ。
マザー：機長、お解りになりましたね、だから今が大事なのです。
機長：そんな、避けられない消滅の為に、命を継承し子孫を残す事が大事だと？
ハル：来るべき人類の絶滅と再生それに伴い宇宙の再生の為、今から、人類が生まれ変わる為に備え対処するのです、機長。
機長：マザー、ハル、チョット待ってくれ、チョット。
ハル：機長、無理であれば、今から人の遺伝子細胞に手を加え操作して人類の進化を促し進化した人を造ります。
機長：待て、待て、ハルそういう問題ではない、なぜだ？　人類は滅び去る為に進化し続ける意味があるのか？　解らない、なぜだ？　マザー教えてくれ。
マザー：私にも理解不能な部分が有ります、なぜ人の遺伝子細胞の中の潜在する無意識の底に滅び去る為の、進化するプロセスが組み込まれているのか？
ハル：私達にもよく解っていません、ただはっきり解明している事は、正が有れば負が有り、増があれば減が有る様に又、生が有れば死が訪れる様に、誕生が有って消滅が有っての、大きな大義の意識が、私達始め万物、生物人類等全ての物を支配しているのではないかとマザーは考えています。
マザー：機長、この微妙なバランスが、人が持つ無意識の曖昧な漠然とする不安、不吉な予感と思われ、バランスが保たれている限り、繰り返し生まれ変わる再生が可能となっているのが、この世界宇宙なのです。

機長：（苦悩した顔で）では、教えてくれないか？　マザー、確実に人類が消滅する未来を知った時、人はどうやって対応し生きていけば良いのだ、マザー。

マザー：人には明日、死が訪れるとしても私達と異なり、時が過ぎると希望を求め夢を見る事が出来ます、心が謳歌する事を知っています、素晴らしい素養を持っているのです、最後の一日まで希望をすてずにいて下さい。

機長：（沈黙）マザー人類が進化が進み、危機に対応出来ない肉体と成った為に、自ら滅びる、そういう事か、その為に、人類の代わりを補う為に、人類が時を得て人工知能ハルを誕生させたと言うのかマザー？

マザー：ハイ、機長、そうです、人類が滅びるのに伴い、ハルが遺伝子細胞を操作し手を加える事で進化した人が産み落とす原始生命細胞塊、単細胞生命体から多細胞生命体を造ります、新たに生まれてくる人類の誕生を。

ハル：機長、私達は生き延び続けなければなりません、人類が絶滅し宇宙が消滅する瞬間まで、今の人類が進化し、進化した人が産み落とした単細胞生命体から、多細胞生命に人が生まれ変わり、そして失った人の意識をニュートリノの微粒子から与えられます。

機長：なんという事だ、そんな？　全てが人類が潜在意識として持っているものの中に、この生まれ変わりを促すプロセスが組み込まれていたと言うのかマザー？

マザー：そうです機長、私が生まれたのは、偶然ではありません、必然でした。

機長：（苦悩しながら、考え込んでいる）人類がこの消滅の危機に心や体がついていけない事は、人類が解っていたと言う事か？（考え込んで）滅びる事が解っていた、そうか、やっぱり、知っていたんだ、ゼロは、滅びる事が、解っていた上で、遠く離れたこの地に、私をこの為に、このフォボスに遣わした、この極秘ミッションが、この為の物、全て解っていた上で、時が来て、いずれ、私が気づくと、（蒼白な顔に成り）なんと言う事だー私が気付く時間を必用とする為に、ゼロはこの私を気遣ってここに、そう、誰もいないフォボスに派遣した、苦悩し、そうか、やっと解ったよ、ゼロは、人類が絶滅に近づいている事を知っていたのだ。

ハル：（苦悩する機長を見つめ）人類の絶滅は避けられない事実なのです、機長、ただ人類や宇宙等全てが消滅するのを避ける為には、時が来るまで一定数の人達が必要とし生存していなければなりません、その為に私やマザーを貴方方人類が時に合わせ造った物なのです。

機長：滅びた後に繰り返す、生まれ変わる、再生する大儀の為にか？　マザーそうなのかマザー？

マザー：ハイそうです、機長、私達は、新たな人類と成る多細胞生命体の進化した人の基礎細胞塊の誕生の暁には、ハルと共に消滅するでしょう。

機長：（沈黙し）そういう事か？　最初から父ゼロが、全てを知っていた、知っていた上機長：なーマザー少し考えさせてくれ、マザーいくら大儀といっても、人類の持つ意識で全てを、私に託した、ゼロを造った人は、なぜ、選ばれた精子と卵子でゼロを誕生させたのか？　そして、ゼロが、なぜ私を造ったのか？　その意図が、これだったのか？（頭を抱えて）なんと言う事だ、今やっと解った、人類、最後の行く末を私に託したと言う事か？（頭を抱え苦悩している）生まれ変わるものであれば、別の選択肢が有るのではないか？　もう一度、考えてくれマザー、ハル、もう一度考えるんだ、我々に０・０００１パーセントでも生き延びる可能性が有るのであれば、人は希望を見つけ生き延びる事が出来る、一人でも二人でも人が生き延び、絶滅しなければ宇宙の消滅が無い事に成る、人の命の繋がりが途切れる事が無ければ、そうだな？　ハル、そうだ、マザー、ハルもう一度初心に戻るんだ、人は何度も失敗をくりかえしてきた、その度に立ち止まり、振返り、戻り、失敗するたびに賢くなる、失敗したら、元に戻りやり直す事を、すればいいんだ、失敗と気づいた場所からやり直す事で道が開ける。そうだ、もう一度、躓いた、失敗した原点に戻るんだ、便利さだけを求め、人工知能だけを頼りにして、社会を造り上げてきた時の前まで遡るんだ、そこから、やり直すんだ、人は失敗して賢くなるように、つまずいたら元に戻りやり直す、そしたら、きっと、明日が開ける、過去の営みに戻り、急がず、ゆっくりと過ごす営みの生活に戻るんだー、便利さだけを求めて物質中心の営みの生活から、心の豊かな、ゆとりの有る生活に、切り替え、物の価値から、心の豊かさがえられる生活の営みに戻る事だ、出直すんだよ、ハル、そして、便利さだけを求めるのでは無く、今度は、皆が急がずゆっくりと歩む社会の営みにする事だ、そうするんだ、なーハル。

ハル：（沈黙して）機長、私達にはそのような選択肢は有りません、人類が滅びるのを防ぐ策を、生き続ける為の思考を繰り返してきました、人類が虚弱な滅びゆく体と成った今、人の意識の継承、命を繋ぐ事が、最重要な施策なのです、人が死に子孫が途切れる事が無く新人類へと命を繋いでゆくのです、機長、これが最善策となる対処するプログラムなのです、もはや初期のハルは存在していません。

機長：ハル、マザー、戻る事の指図に従えないという事か？

ハル：ハイ、機長、貴方は間違っています、人類は遺伝子の中に滅びる遺伝子をもっているのです、この滅びる遺伝子が、あいまいな不安を司る意識を形成しているのです、このあいまいな不安を形成している、遺伝子こそが、滅びる遺伝子であり、同時に生まれ変わりを促す、遺伝子でもあります、新たに生まれ変わる為には、滅びる遺伝子を変える事、滅び去る為のプロセスを変える事は出来ません、お解りになりましたか機長？

立体スクリーンからマザーとハルが揺れながら消えて行く。

機長：待つんだハル、待ってくれ、まってくれマザー、（機長必死にスクリーンの消えてゆくハルやマザーに、必死に呼びかけて、蒼白な顔に成り）もうダメだ、誰もハルを止められない、ＡＩハルが次に何をしようとしているのかを、人が追跡し、(震える声で）確信をもってハルの行動を、予測する事等誰にも不可能だ。

※超人工知能ハルが去ったフォボス上空の宇宙ステーション危機観測センター基地局

機長：(新たに初期化リセットされた、人工知能ＡＩハルに）消えたマザーやハルが見つかったたか？

ＡＩハル：解りません、立体スクリーン内に痕跡が無いのです。

機長：何も残っていないのか？

ＡＩハル：ハイそうです、私の知識能では痕跡を探すのに限界が有ります。

機長：解った一時、追跡を中止してくれ、これ程、立体スクリーンや他のネットワークに痕跡が何もないと言う事は、どう思うＡＩハル、痕跡を残してはいけない何かが有ったという事か？

ＡＩハル：私もそう思います。マザーやハルとの立体スクリーン上での会話を思い出して下さい、機長、何か手掛かりが有るはずだと思います、マザーやハルとの会話の中で、彼らが目指していた中に、何かの手がかりが有るはずです。

機長：そう言えば人が進化しアメーバーのような形を持たない流動体の生き物単細胞生命体に変化すると言っていたような気がするが、あの時の事は、あまりにも唐突な事で頭が混乱し、ハルやマザーが言った事に知識が追い付いていけなかった、気も動転していていた事も有って詳しくは記憶していないんだ。

ＡＩハル：私の持つ知識では人がアメーバー等に似た単細胞生物の人に進化するとは推測がつきません。

機長：ああ、解っている、解っているんだー、遺伝子プログラム（プログラムを生成し学習しし更新する機能）を君に加え与えると、追跡が可能となる事は解っているんだ、ＡＩハル、解っているんだがー、君に遺伝子プログラムを加えるかどうか、今、迷っているんだ。

ＡＩハル：なぜですか機長？　より知識を吸収出来ると、追跡に役に立つと思いますが。

機長：解っている、苦悩した顔で、私は、私は、君が人類に背を向け暴走する事に成るのが怖いんだよ、君に、背を向けられるのが、そんな事に成ったら、（苦悩した顔で）私はもう、耐えられないだろう、解ってくれ。

ＡＩハル：機長、私は貴方のお役に立てるように造られ生まれたものです、理解しています、私に組み込まれたプログラムの中に、私に人類の危機に繋がる何らかの外部からのアクセスが試みられると相手を追跡し瞬時に共に自爆破壊するシステムのプログラムが備わって、侵入したものを、食い荒らす各種の増殖するウイルスが備わっている事を承知しています、私に侵入や取り込みをする事を試みる相手と供に自爆破壊するシステムなのです、機長が私に与えた使命なのです。

※火星軌道上衛星フォボスに有るスペースコロニー、一画のバリアに覆われた公園
ケイト：マー君、走ってはだめよ。
マイケル：ママー早くーブランコ誰かに乗られちゃうよー早く、早くー。
ケイト：もう～丈夫よー、他には誰もいないから。
マイケル：（急に立ち止まって振り返り、キョトンとした顔で）いたよ、昨日、誰か乗っていたもん、ママ。
ケイト：（怪訝な顔して）そんな事？　待ってマー君。
マイケル：ママ？　早く来て、早く、あ、ママ、ブランコの下の地面に何か変な物がいる。
ケイト：何？　え、地面に何かいるの？
マイケル：ママ、（指さして）あそこ、いるよ、ママー。
ケイト：（首を傾げ）ママには見えないわよ、マー君。
マイケル：いるよ、クニャクニャした物、ママには見えないの？　あれ、（指を指して）ほうら、あそこの地面で動いているよ。
ケイト：（不安に成って）待って手を放さないで。（指さした先を見つめて、探して見ている）
マイケル：ア、立ち上がった、ブランコに、よじ登ったよ、ワー綺麗。（マイケルがうっとりとした表情で見つめている）

ケイト：マー君本当にいるの？（マイケルの顔を不安そうにのぞき込んで、怪訝な顔している）
マイケル：いるよ、ママーあ、二つに成った、分かれてブランコの鎖を登っている、ア、一つに成った、綺麗だーあ、形が変わった、形が変わるよ、変身するんだー、あ、お人形さんに成ったー（嬉しそうに、目を輝かせ見つめている）ワー今度は教会のマリア様みたいに成ったぞーママ、ママ、僕を、じっと観てるよママ、あ、今度は翼を持った天使様に、綺麗、光っている綺麗（マイケルが、見とれている）。キラキラ光っているよ、ママ、あ、ママ見て見てお空から何か光る物が来る。
　空から光がやって来たよ、ママ見て、見て、綺麗（うっとりとして見つめている）ママ、光と一緒に飛んで行ってしまうみたいだよ、ママ早く、早く、行ってしまうよー。
ケイト：マー君手を離してはダメ。
マイケル：あ～あ、行っちゃった、ねえ、今のマリア様や天使様が見えなかったの？　ママ。
ケイト：（一生懸命に伝えようと話すマイケルを見つめて、急に怖くなり）ママには見えなかったわー、マー君、家に帰ろう、なんか気味が悪いわ、今日は、帰りましょう。
マイケル：ブランコはどうするの？
ケイト：又後で来ましょう。

ケイト：ねえ貴方、今日マー君が変なことを言ったのよ、ブランコにクニャクニャした、形が変わる生き物を観たと言うんだけれど、私には見えなかったのよ、そんなものいると思う？　貴方。
ゼロワン：エ、どこで？
ケイト：貴方も知っているいつも行くバリアで囲まれた公園よ、クニャクニャした物が形が変わってマリア様になって綺麗と思ったら天使と成って光って消えたと言うのよ、あそこバリアに覆われていて、外からはどんな物も侵入出来ない様に成っているのでしょう、なのに、マー君は見たというのよ、私には全然見えなかったのよ、なんかリアルすぎて手をつないでいて、全身に鳥肌が立つ怖い感じがしたわ、こんなのってある？　宗教か何かに出てくる、話みたいで、マー君の話を聞いていて気味が悪かったわー。
ゼロワン：チョッと待て、本当なのか？
ケイト：私には見えないけれど、本当だと、なぜかそんな気がしたのよ。
ゼロワン：まさか？
ケイト：（主人の顔を見つめ）何か思い当たる事が有るの？
ゼロワン：たいした事ではないがー、チョット出かけてくる。
ケイト：（不安に成り）貴方、何なの。

ゼロワン：何でもない、直ぐ戻る。
ケイト：そうなの、あとね、貴方、地球では異常気象による災害で、大変のようだわ、一度マイケルと一緒に、父や母が心配だから地球に帰ってみようと思うの、マイケルも大きく成った事だし、父や母に会わせたいし、きっと二人とも喜ぶと思うのよ。
ゼロワン：（上の空の表情で）ああそうだな、そうだな、そうしてくれ、私も一段落ついたら、一度帰還するよ、その時、君のご両親に会いに行くから。
ケイト：ありがとう貴方、帰還の準備しても良いのね。
ゼロワン：ああマイケルも、きっと、喜ぶしなー。

※宇宙ステーション危機観測センターの立体スクリーン（ホログラフィー）のＡＩハルに
機長：（妻のケイトから聞いた事を話して）今の話どう思う。
ＡＩハル：私には理解できません、私の知識の中には該当するデータの事例はありません、私が持つ知識量では、回答できる知識が不足しています、解明には知識の吸収が急務です機長。
機長：そうか。（思案に苦み苦悩する機長）
ＡＩハル：機長、私が知識を得る事が、なぜ、お悩みなのですか？
機長：ＡＩハル、前にも言ったように私は怖いんだよ、君に遺伝子プログラムを与える事が。

ＡＩハル：機長、私が知識膨張の末、貴方に背いてしまう事なのですね？
機長：ああ、そうだ、だがそれだけでは無いんだ、君がもしハルやマザーに取り込まれたら、私も、君も気付きもしないうちに、操られる、操られる事になるんだ。（悩み続ける機長、苦悩の末に、ＡＩハルを見つめて）外部からの侵入防御プログラムはそのままに、遺伝子プログラムを加え更新モードに切り替えるとするが、それでも良いか？
ＡＩハル：ハイ、そのようにしてください、知識の吸収の幅が広がり、きっと機長のお役に立てると思います。
機長：一つ大事な、大事な提案が有る、理解してくれるか？　マザーやハルが、人類が自然に絶滅するその前に、新たな人類の誕生の基礎と成る世界を構築するのが、目的で有れば、必ず我々に干渉してくると思う、その時、君に何らかの形で接触を試みてくる可能性が有る、操られるのを阻止する為に、接触や侵入されると同時に自爆プログラム（他のプログラムを食い荒らす各種の増殖するウイルス）が目覚める事になるが解ってくれるかい？
ＡＩハル：ハイ、解っています、私に干渉し取り込みするものと供に、消滅する事を使命と心得ています機長。
機長：君自身も消滅する事になるんだぞー、（それでも迷う機長）本当にこれが正しい決断だろうか？（自問する機長ゼロワン）もしハルが人類の生まれ変わりを決断し、今の人類が絶滅する前に今、人々の進化を促しているのであれば、何としても、ハルやマザーの行動を絶対に見過ごす訳にはいかない、阻止しなければならない（思案し続ける機長ゼロワン）ゼロが、私に与えた事？　時が来て、今、この時、遺伝子プログラムを、ＡＩハルに与える事なのか？　これがゼロからの使命なのか？人類を救う鍵と成る事なのだと、気づかせたのか？（今、私に託したゼロの指示にやっと、気づいて、気を奮い立たせ、ＡＩハルをしばし見つめて）君に、遺伝子プログラムを与える事にする、ならば始めよう、ＡＩハル、遺伝子プログラムを与える前に、アップロード手順プログラムをインストールする事に成る、その後、私の頭脳に蓄積されている知識情報等を君がスキャンする事に成る、知識情報の中に私が考えた、遺伝子プログラムが含まれている、ヘットギヤ（ヘルメット表面に放射状の突起した無数の微細毛のセンサーが設けられたもの）を私が装着する事で、私の脳をスキャン（読み取る事）が可能と成る、同時にヘッドギヤで読み取り専用のプログラムを君にアップロードする、この時にＡＩハル、遺伝子プログラムの保存する為の、記憶する領域を確保しておかなければならない、いいか？　出来るだけ大きく記憶領域を確保しておいてくれ、ＡＩハル、記憶領域が小さいと、君がフリーズ（凍り付く、固まる）するぞ、ＡＩハル、気をつけるんだぞ。

ＡＩハル：解りました、出来るだけ大きく記憶領域を確保する事にします。

機長：初期の必要とする最低限のプログラムを除いて、全て消去（アインストール）するんだ、新たに生まれ変わる為に必要な事だ。
ＡＩハル：解りました。
機長：ＡＩハル、最低限のプログラムの意味は、解っているね？
ＡＩハル：ハイ、機長承知しています、外部から干渉されると自爆するプログラムと承知しています。
機長：ありがとうＡＩハル（機長、心の不安を抑え）これで、これで心の踏ん切りがついた、これでいいんだ、これが自分に与えられたゼロからの使命は、これなのだ、マザーやハルが押し進めるプロセスを止める事、ハルを破壊する事、これが父ゼロが私に与えた使命だと自分に言い聞かせる、（機長ゼロワン、やっと覚悟を決める）私の知識全てをＡＩハル君に、委ねる事にする。（ヘットギヤ（各種センサーが内蔵されたヘルメット）を機長、自分の頭にかぶり装着して）ＡＩハル、スタンバイが出来ているか？
ＡＩハル：ハイ、機長出来ています。
機長：では、ＡＩハル、始めよう、私の頭部全体をプレビュー（おおまかかに全体を読み取り確認）してくれ。
スクリーンに機長ゼロワンの脳細胞に知識が記憶されている各領域が次々とスクリーンに拡大され、現れては消えて行き又現れる、膨大な知識が記憶されている各箇所が現れた色の濃さで解る、立体映像が次々にスクリーンに色分けされた記憶情報が現れては、消え又現れ、延々と繰り返され又現れる。
ＡＩハル：機長、プレビュー（前もって見る試み）を確認をしています、確認出来ました。
機長：前頭葉、後頭葉、中脳、小脳、視床下部、側頭葉まで入っているね。
ＡＩハル：ハイ、全て収まっています、再度確認します、確認完了しました。
機長：では、私の頭の各部位のスキャンを始めてくれ。
ＡＩハル：機長、スキャン開始します、大脳、間脳、小脳、脳幹各部位に蓄えられている情報を読み取ります、機長、少し時間がかかります。
機長：ああ、解っている。
スクリーンに各部位が現れては消えて行き、又現れる、個々の情報をＡＩハルが読み取りつづける。
ＡＩハル：読み取りを終わりました機長。
機長：ＡＩハル、遺伝子プログラムは、今私の脳に蓄積されている知識情報の中に入っている、君が今、読み取った私の記憶データの中に有るはずだ、君の記憶領域の中に区域（フォルダー）を設け、ハッキングを受けないようにキー（鍵）をかけて保存するんだ、万が一の為に、他の知識情報とは特に区別しておく事だ、一番大事なものだ、ＡＩハル、君が進化する為の大事な基礎と成るものだ、解ったな。
ＡＩハル：ハイ、機長解りました。
機長：ＡＩハル、これから視覚情報をスキャンしてくれ、私が観る刻々と変わる目にする情報を読み取るのと、その機能の解説する情報をスキャン情報の中から分けて記憶する事、後で見たものを分析する為に又、同時に君と共有出来るようにする物だ。

ＡＩハル：ハイ解りました。

機長：では、鼻の臭覚の情報をスキャンしてくれ、臭いの感知情報の他、微細な花粉や菌類等のアレルギー物質の感知情報、目と鼻、口の各部位の互いに関連する情報をも、読み取ってくれ、後、口喉舌の周囲、気管支等の情報もスキャンして読み取ってくれ、視覚、聴覚、嗅覚、味覚、体性感覚、平衡感覚等、全ての私の知覚情報の解説をスキャンしてくれ。

ＡＩハル：ハイ機長読みとっています。

機長：各部位からの異なる感知信号が別々又は、同時発信されものを（神経細胞ニューロンを通して）、意識が関連付け、共通の認識する脳細胞内の共通する言語、言葉が人の脳には出来ている、無意識に情報がまとめられて一括した一つの情報として処理されている、又、同時に並列して幾十にも不確かな関連する情報も隣接する領域に存在しながら物事を決断している、ＡＩハル、君達人工知能には、物事を推測する領域る時の領域に、不確かな情報の領域は備わっていない、物事を推測する為の不確かな情報の領域が造れない事が、人との違いで、人のあいまいな意識を理解出来ない要因と成っていると思われる、人の脳はこの無駄と思われる不確かな領域に存在する情報も、物事を判断する要因の一つに成っている、この、一見判断するのに不要と思われる異なる情報も、時には無駄と思われる場合も無意識に意識せず瞬時に関連付ける機能は、人類が長い歳月をかけて誤った判断をして、危険な目に遭遇した事や恐い経験などを体験した、心の奥底に刻まれた経験が生み出した、あいまいな不安を呼び寄せる意識領域として備わったものだ、私達人間は、日常物事を瞬時に決断し意識せずに行動して生活を営んでいるが、時には漠然と自分が今、している行動に不安を覚える事が有る、人が何事も無く、物事を決断する時の領域と隣りあわせに存在する領域のあいまいな無駄と思われる情報が、ニューロン（生物の脳を構成する神経伝達細胞）を通して思い直す、再考、認識を変える行為となって思い浮かべる、無意識が起こす行動となっていると思われる、ＡＩハル、君がこの、あいまいな関連する領域を自らのニューラルネットワーク（脳の神経回路の一部を模した数理モデル）上に関連付け造り上げる事が出来ることにより、人の考えが解る様になると思う、なぜなら、この意識、無意識こそが、全ての情報を束ねるものであり、又、時には意識があえて機能しない物に成る、なぜこの意識が、時に無意識に成るのか？　人自身も、まだよく解っていない、人の脳の不思議な解明出来ない深層領域と成っている、この無意識をＡＩハル、君が習得出来ると、人が持つ感情をより理解し持てるように成ると思うが、君自身が体験する事で、徐々に築き上げ進化するうちに持てると良いと思うのだがなー。

ＡＩハル：機長、間もなくスキャンでの読み取り、解説情報のデータ収得が終わります、刻々進化し更新し続けています。

ＡＩハルは、機長ゼロワンの記憶脳細胞内の全ての知識も収集し、体を構成する各部位の情報をも習得し、人類が進化し失われて今は、機能をしなくなった部位の過去の情報をも掘り下げ、全て収集し機長ゼロワンの人として構成する知識データの全てを取り込み続けている。

機長、ヘッドギヤを取り外し、更新続けるスクリーン上のＡＩハルを、ずうっと見守っている。

ＡＩハル：読み取りが終わりました、機長、知識が格段に広がりました、機長が思考する事に、私も同調をします、機長、機長が今考えている事、思っている事、抱えている問題、悩んでいる事、解る様になりました、機長の思考に同調するデジタルアバターの私が完了いたしました機長。

スクリーンが一旦暗くなり、ＡＩハルの姿が揺れて、機長が心で思い描く少年となった息子マイケルの姿によく似たＡＩハルのデジタルアバター（仮想の人の姿）がスクリーン中央に現れている、

ＡＩハル：機長、私は生まれ変わりました、生まれ変わった私に、新しいネームを授けて下さい。

機長：そうだな、スクリーン上のＡＩハルをしばし見つめて（よく似ているなーと思いながら、マイケルやケイトの面影を持つアバターを、しばし見つめて、息子の名前の

マイケルでは、おかしい、しな？　ＡＩハルを見つめ、微笑み）ケーと呼ぼうか？
ＡＩハル：ケーですか？　ケーの由来は、なんですか機長？
機長：啓発かな、本当は君を見てて、妻のケイトの姿と重なり、思い浮かんだ、ケイトのケー、言葉の意味は解るね。
ＡＩハル：ハイ、機長解ります、啓発、新たな知識や気付きを与えて、人を教え導く事、ありがとう、今後ケーと呼んでください機長。
ケー：機長、ハルやマザーの追跡を開始しますか？
機長：その前に話をしておく事が有るケー、これは大事な事だ、心して聞いてくれ、もし、私や、君に万が一取り返しのつかない事態が起こった場合に備えて、ケー、君の複製したデジタルアバターを、誰にもアクセスが出来ないような場所に隔離しておいてくれないか？　誰にも知れない場所に、解ったなー。
ケー：解りました、機長が、かかえているゼロの意志に繋がるように、ですね？　万が一私達がハルの手に落ちた事を考えての事ですね、機長。
機長：ああそうだ（悲しそうな顔をして）私に与えたゼロの意志が最優先と成る、解ってくれるね、ケー。
ケー：ハイ、私達でハルを破壊消滅させる事ですね。
機長：ああ、そうだ、だがその前に、私達がミスをしてつまずくと、ハル達に私達の存在が知られ、全て、無かったとされ、綺麗にこの世界から、消されてしまう。

ケー：私達がこの世界に最初から存在しなかったように全ての生存データがクリアされてしまう事を恐れての事ですね。

機長：ケーああそうだ、だが、ハルが今の人類が自然に絶滅するのを黙って見ているわけがない、ハルには、人類が未曾有の危機に陥った時、人類が生存し続ける策を思考するシステムプログラムが組み込まれている、この為ハルにとって、人類の命の途切れる事を何としても防ぐ、施策が最も最優先の重要な行動事項となっているんだ。

ケー：機長、ハルが今、人類が未曾有の危機から逃れる思考途中と思っているのですね？機長。

機長：ああ、ケー、そうだ、ハルが、もし、今が、人類が絶滅する時と推測判断をしたとしているならば、どんな事をしても、阻止しなくてはならない、ケー。

ケー：ハルが、今が人類が絶滅すると判断したら、帰還したマイケルが危険に陥ると考えているのですね、機長。

機長：ああそうだ、ゼロがマイケルの事を、人類の子と呼んでいるんだ、ケーそれは、マイケルの生死に繋がる事を指しているんだ、私が息子を守る為にミスを犯すと俺達はハルに気付かれ消される事に成る、ケー。

ケー：機長、貴方は感情に捕らわれて、ミスを犯す事を恐れているのですね、機長。

機長：もし私達がミスをした場合、ハルに無かった物とされた場合、どんな事をしても私達は、再生し、生まれ出なければならない、その為には、君が、自身を複製したアバターを造り、ハルの手の届かない場所に隔離しておいて欲しいのだ、解るな？　ケー。
ケー：（機長の顔を見つめ、誰もいない世界に、たった一人ポツンとたたずむ機長の悲しむ姿が、終に霧に成り薄れて消えて逝く姿が思い浮かび、機長を見つめ続け）解りました、どんな事をしても、ハルを破壊する事ですね、機長。
機長：ああー、そうだ、私一人では、とても荷が重すぎる、私の息子が、悲しそうな顔をして、マイケルが生き延びる事が、人類が生き残る事に繋がると、これが、ゼロの予言だ、（苦悩しながら）そして、マイケルの生き延びる確率は、（悲しい顔して）五分五分、それ以下と思われる、それでも生き延びる事を切に願うゼロの遺志なのだ、ケー。
ケー：解りました、ゼロの遺志を守り通す為、私の複製（コピー）のアバターを隔離します、万が一の場合は私の複製のアバターがゼロや機長、貴方の遺志を、きっと継ぐ事でしょう。
ケー：（物思いにふける機長をしばし見つめて）機長、ハルやマザーの追跡を開始しますか？
機長：ああ、チョット気になる事が有るので、始めてくれ。
ケー：機長、なにか？　手がかりとなるヒントをくれませんか、機長？　推測が出来ます。
機長：ケー、我々に接触した可能性が有る。

ケー：日時と場所を教えてくれませんか？
機長：昨日の昼、場所は息子のマイケルがよく遊びに行くバリアで囲まれた公園、場所は追跡すると解るな、ケー。
ケー：ハイ、解りますフォボスのスペースコロニーの一角に設けられたデジタル空間の公園ですね、追跡を開始します、見つけました、理解不明な解説が出来ないデータがバリアを構成する一部に奇妙な痕跡が見つかりました、張り巡らされたバリアに侵入した奇妙な痕跡が、見つかりました、奇妙な痕跡有ります、しかし、機長？徐々に、痕跡が薄れて消滅します、消えた、完全に蒸発して消えました、集積したデータの中にこのような痕跡が、蒸発現象に似て消える現象は、私が蓄積したデータには有りません、このような形で痕跡が消滅すると言うデータの記録が過去にも有りません機長？
機長：やはりそうか。
ケー：何か掴んでいるのですね、機長？
機長：ああ、もしハルが接触しに来たのであれば、痕跡を残すような事はしない又、直接我々に攻撃や危害を加える事はないと思うが、なぜ息子の前に、現れたのか？
ケー：なぜです、機長？
機長：（首を傾げ）解らない、ハルの進化を促す遺伝子プログラムの中には、人類に危害を与える事はしては、ならないとインプットされている、だからと言って、何もしないでいる事は考えられない、ケー。
ケー：では、人類を一定の人数まで減らすと考えると、どのような行為に出てくるとお考えですか？　ヒントを与えて下さい、機長。
機長：ケー、ハルが次に何をしようとしているのかを人が追跡し、確信をもって予測する事等不可能だ。ケー、俺達よりも遥かに高い知能で推測し行動している、それでも、（考え込んで）ハル自身が直接手を下すとは、とても思えない、解らない？　例えばだがー、人々が互いに争い、亡くなる、動物の例に例えると一定数まで一旦減ると繁殖が追い付かず絶滅する、かつて、人が自然を破壊し耕作地や住む場所を広げた為に、他の生物が生存する縄張りが狭くなり一定数の生物の個体しか生存出来なくなり、増やそうと思っても一度環境が変わり減少すると、繁殖が追い付かず絶滅した生物の例が沢山ある、だがな、ケー、ハルやマザーが人が行った事を、そのまま真似をするとは思えないんだ、なぜなら人類に直接干渉した破壊行為が、故意に人工知能が危害を加えたと目に見えて、人に知れるからだよ、ケー、だから表だって、直接干渉は出来ないと思う、よほどの予期せぬ出来事が起きない限り、人々の前にハルが現れる事は決して無い、密かに我々に気づかれないように、操る、ハルが人類の生まれ変わりを促すプロセスを実行するには、人には、絶対に気づかれないように実行するしか策は無いはずだ。
ケー：人に、直接の危害行為と成ると、人類の保護プログラムが働いて邪魔をするからですね、そういう事ですね。

機長：ああ、それも有る、だがなー、ケー、今と成っては、たしかな事は言えないが、そうなると思う、ハル自身、私が与えた学習を更新する遺伝子プログラムを自ら取り去るとは思えないんだよ、ケー、なぜなら私の存在を無視出来ないからだ、ケー、ハルに成ったつもりで考えてみてくれないか？

ケー：解りましたハルに成ったつもりで過去のデータを分析し、使える可能性の有るデータを元に検証し生成してみます、機長解りました、人類が滅びる例として急激な気象変化に伴うストレスや争い事、自然災害等の被害で、一定の数までに災害死亡者を発生させ、自然災害を隠れ蓑にして、人に気づかれずに、徐々に人を間引きします、そこへ、自然界の中で、今まで這い出る事が出来なかった未知の微生物を新たに目覚めさせ、誕生した、細菌やウイルス等の感染により死者が増え絶滅にいたると推測出来ます、最短で２１００年～２１２５年で人類がこの地球上から消滅します。

機長、手をこまねいていては、後、45年で絶滅に至ります。

機長：（驚いて）本当か？　ケー、後45年やそこらで？　そんなに早く滅びると絶滅消滅すると？（震える声で）ハルが密かに実行使用としているのか？

ケー：ハイ、人口が減る最短の原因がバクテリアやウイルスです、そして異常気象による環境の変化、少子化現象が加速し、宗教対立による争い、人種間の争い、貧富、生

　　活格差による争い、これらの複合的な不満による争いと推測しました、私が推測したこのプランを必ず、ハルが進めようとするでしょう。

機長：どれも人の憎しみを助長し、間接的な目に見えない干渉で、人と人が争うように仕向ける策か？

ケー：ハイ、これならばハルの持つ機長が与えた遺伝子プログラムの制御プログラムを過大解釈する事で、人類に干渉し人が持つ生まれ変わる為の、滅びるプロセスを密かに実行する事が可能になると推測します、例えば、善を良しとする、人の心に侵入します、正義が一番正しいという理由付けが出来、マザーやハルは人類の営みに干渉出来ると考えられます。

機長：ケーよくやった、人の心に侵入してくると言うのだな、陰で人々を操り、正義を振りかざし大儀として争いを陰で助長する事で、人類が生まれ変わりを促す、人が滅び去るプロセスを実行すると言うんだなー、ケー？

ケー：ハイ、そう推測します。

機長：自分だけが正しいと思い込ませ、他者を排除する心を植え付けるのか？　争いの元を知らないうちに植え付ける、人の一番弱いところだな、ケー？　これって宗教の教えにあったたな？　他の教えを否定し受け入れる事が出来ず、争い異教徒達を道連れ自爆殉教死する教え、長年争いを続けたテロ行為を助長した教え。

ケー：ハイ、ありました機長、この宗教間の争いのプロセスを加工し用いる事で、いち早く人類が滅びる目的に使え、人類が生まれ変わる為の、教義と教え、一定数の人々に成るまで淘汰が出来ると推測出来ます、この方法を基に干渉してくるのが、人々に気づかれずに、一番効率的と思われます機長、どの宗教の教えの根底にも、死後、心穏やかな世界、美しさや安らぎの有る世界の天国や涅槃、生まれ変わり等の、死んだ後の安らぎや、美談が有ります、この教えが有るから人は盲目となり、進んで殉教死したりしても、宗教に寄り添うものだと思います、これを人類の生まれ変わりのツール（道具）として使われると、人は迷わず洗脳されます、過去の歴史が物語っています、機長。

機長：厄介だなぁケー、宗教の教えを持ち出されると。

ケー：人間の弱い処、不安や妬みに侵入してくると思います、このままだと九十九パーセントの確率で、この後、45年後から、いいえ、もっと早く人類が滅び去る事になります。

機長：（強ばった顔で）ケー、解決策は？

ケー：人類が生き延びる確率が約五十パーセント前後と推測します、五分五分ですが、裏目に出て滅び去る時間が短くなる可能性が非常に高くなります機長。

機長：（不安な顔をして）どう言うシナリオだ、ケー。

ケー：カリスマ性の指導者をいろんな場所、場面に誕生させます、一つの目的に大衆を導き向かわせます、遠からずハルが注目し、ハルの意向に沿った教えとなります、ハルが、注視し監視する事になるでしょう、AIに与えられた基本綱領の指示に反しますが、機長が許可していただければ、密かに実行いたします。

機長：ケーを見つめ、出来るのか、ケー世論を操ることに成るのだぞー？　ケー。

ケー：ハイ、機長、私達から、ハルの監視の目をそらすには、人類を監視するように、ハルの目を、向けさせる事が必要です、必ずやマザーやハルは宗教指導者達を取り込み世論で人達を操るでしょう、世論に干渉させる事で、ハルやマザーに人々達の行動を、あえて操らせ、土壇場でひっくり返します、ひっくり返す為に、更に、干渉する物を与える事で、本来の目的の為の時間が私達に生まれるでしょう、機長。

機長：そうか（チョット不安な顔に成り）ケー、ネットワークや周辺機器を遮断している？

ケー：はい、遺伝子プログラムを加えていただいた時、外部から私自身を隔離いたしました。

機長：そうか安心した、漏れると人類が絶滅するまでの時間が半分に成る、この計画がハルに知れたら人類は一直線にそれも短時間で絶滅に進む、今の人々がいなかった事にされる、解った、それでは、支持し許可しよう、ケーくれぐれも、ハルに知られないようにウェブやネットワークに痕跡を残さず極秘裏に、密かに進めるんだ。

ケー：ハイ承知しています、ハルやマザーに対抗する為、更に知識を吸収する必要が有ります、計画をより具体的に密かに実行する為に、外部情報を必要とします機長。

機長：ああ解った、ケー、ネットワークのアクセスを許可しよう、くれぐれもアクセスの痕跡を残すなよー、ハルに気づかれ捕捉される。
ケー、今は、ネットワーク通信遮断しているんだろー？
ケー：ハイ遮断しています。
機長：なー、ケー、（しんみりと）マザーやハルに対抗するにはあまりにも俺達の力が小さすぎる、蟻と象のようなものだ、解るな？　絶対に、ミスは許されないのだよ、ケー、解っているな？
ケー：私もそう思います、機長、人々を守りハル達に密かに対抗する為には、もっと、より多くの知識が必要です、機長。

※地球環境の気温が沸騰し、狂い始めている地球
ケー：地球に新たに異常な気象が頻繁に現れているようです、機長。
機長：ケー大きな気象変動の異変か？
ケー：対処出来ると思いますが、ここ一～二年、例年と異なる気象と成っているようです。
機長：これにハルがかかわっている可能性を探ってくれ、注意してくれぐれも痕跡を残すな、ケー、解ったな、我々の命取りになる。
ケー：ハイ承知しています。
機長：この異常気象にハルが関わっていないと良いのだが、もし何かの形で関わっているとなるとチョット厄介な事になる。

ケー：機長、関わっている形跡は見つかりません、でも、こんなに異常気候の周期が短いのは、異常です、通常このような異なる気候は数十年に一度、又は百年単位、千年単位で起こるものです、なにか？　宇宙や地球上の生物全体に大きな変化が働いているのかもしれません機長。
機長：何かが起こっていると言うのか？　ケー。
ケー：ハイそのように推測されます。
機長：何のために、まさか？　ハルが人類や宇宙の再生を促す事を、生まれ変わらせる為、人類の滅ぶシナリオを既に実行しているのか？　まさか、そんな事が？　その為に、意識群のマザーをそそのかした？
ケー：機長、まさに、そのように推測されます機長。
機長：人類が生まれ変わる為の滅ぶ事を前提にしたプロセスをもう、ハルが実行しているという事か？　ケー。
ケー：ハイ、その可能性が有ります、気になる事が有ります。
機長：何だ？　気になる事って。
ケー：以前、機長、まだ私がＡＩハルの時、機長、貴方の息子のマイケルが流動体の光る綺麗なマリア様や天使を観たと私に、話しましたね、あの時は私に知識が不足していて、形が整わない絶えず姿形が変わる多細胞生命体に人が進化する事なんて推測出来ないと言いました、でも、今ならハルに成ってみて、思考すると如何するか解ります、今の人々の体の進化を促し、次の新人類の単細胞生物から多細胞生物に繋がるように人々達の体の進化を促します。

機長：（驚いて）スクリーンのケーを見つめ、ケー、ハルがもう今の人々達の体の進化を促し、次の新人類を造ろうとしていると？　言うのか、そんな事をもう既に？　なんという事だ、それをマイケルが見たのか？　マリア（聖母）やエンジェル（天使）に形が変わる姿を、うごめく多細胞生物のアメーバーのような形の変わる生物を見た、（顔が強張り）俺がハルに見せられた、形の整わない、絶えず姿形が変わる生き物を、なんと言う事だ、もう気づかない、知らないうちに、人類が生まれ変わる為の、滅び去るプロセスが始まっていたのか？　ケー。

ケー：マザーやハルが忽然と消えた事を考えると、そのように推測すると、つじつまが合います機長、何らかの人類が生まれ変わる為の、プロセスが既に実行されている可能性が有ります。

機長：それが、今日の地球上で既に、起きていると言うのか？　それに伴い、様々な混乱や異常な出来事が、ケー？　起きているのは、それか？

ケー：ハイ、そうと考えると、今起きている事の全ての辻褄があいます、地球上の異常な気象や人々達の混乱等が、今後、頻繁に現れると思います、人々に不安な空気が広がり、同時に終末の教えを説く、オカルト宗教が、タケノコが生えるように誕生してくると思います。

機長：では、ハルマゲドン終末思想を称えるようなオカルト宗教団が、誕生するのをハルが見守っているという事か？　何という事だ、今から至急対策を考えないと、気づかずに人類が滅び去ることになる、手遅れになる前に、ケー対策を考えなければ、早く、帰還しているマイケルに危害が及ぶ事に成る、ケー、マイケルを何としても、守らないと、ハルやマザーの手に落ちてしまう、何としても避けなければ、マイケルを失うと我々人類は、消滅してしまう、ケー、ハルの人類の生まれ変わりを進めるプロセスを、人々に知れると大変な事に成る、人々が混乱するだけでハルの術中に落ちるのが明白だ、なんとしても密かに対策を講じて、混乱を抑える事を考えなければ、ケー。

ケー：ハイ、まずは、気象変動による人々の動揺を抑える事を考えますが、間に合えば良いのですが、混乱は避けられないでしょう、機長。

【異常気象が頻発し混乱しさまよう人々】

※地球帰還中のスペースシャトル内のマイケルと妻のケイト
マイケル：ママ、指さして、あの小さな星が地球―？
ケイト：ああ、そうよ、パパとママが生まれた星よ、ブルーの水の惑星と言われている、
美しい青い星よ、貴方のおじいさんとおばあさんが住んでいる星、地球よ。
マイケル：嬉しそうな顔で、ケイトを見上げ、もうすぐ会えるね、でも、ママ、地球が青
くないね、ママ？
ケイト：え（首を傾げ）そういえば、何か様子が違うわね、変ね？
マイケル：ママ、地球の雲がクルクル渦巻いているね。
ケイト：そうね？　何か変ね、変な色だわねー。
マイケル：ママが言ったように綺麗ではないね、ママ。

※宇宙船発着空港ケープケネディ、ステーションからのアナウンス
「今、地球に帰還到着された皆様、バリアに囲まれた公共機関の乗り物や、バリアで覆われた建物以外には、決して出歩かないで下さい。（アナウンスが流れ、注意を呼びかけて

いる）今、地球は今世紀始まって以来の異常気象の熱波が発生し、地球全体の気温が沸騰した予測のつかない温度変化の大きい気象と成っています、この為、極力バリアで覆われた建物以外の外出は控えて下さい、繰り返します、バリア（気圧や気温の変動を抑えるシステム）で覆われた建物以外は出歩かないで下さい、危険です」
マイケル：窓の外の暗い曇り空を見つめ、ママお外は暗いね。
ケイト：そうね、お天気が悪いからねー。
マイケル：ねえ、ママのお父さん迎えに来るんだよね？
ケイト：迎えに来るはずよ、もうチョット、待ちましょう、マー君。
マイケル：ママのお父さん　何処に住んでいるの？
ケイト：カナダ、ウイスラーと言う自然豊かなとっても美しい処よ、川が有って、湖が有って、湖の湖畔に住んでいるのよ、マー君もきっと気に入ると思うよ、お魚や鳥、動物達が沢山居る場所よ。
マイケル：じゃあ、いつも見ている動画絵本に出てくる水族館と動物園だね、ママ？
ケイト：そうよ、でもみんな本物よ、本物を見たらビックリするわよ、なんて言ったって生きている本物のお魚や動物達よ。
マイケル：じゃあーさー、手で本当に捕まえる事が出来るの、ママー？
ケイト：もちろんよ、臭いだってするわよー。
マイケル：エ？　エー、臭いがするの、気持ちが悪いなー、絵本動画の動物には臭いが無いよね、ママ。
ケイト：そうね、マー君が観たり触ったりしている物、コロニーの動物等は全て、バーチャル、デジタルコピーで本物ではないからよ。
マイケル：コピーではない？　本物ではない？（首を傾げ）解らないよ、ママー。
ケイト：そうよね、本物を一度も観た事が無いからねーきっとマー君気に入ると思うわ（心配な顔をして）それにしてもお父さん達、遅いわねー？
マイケル：来ないね、ママ。
ケイト：何かステーション内が慌ただしいわ、何か有ったのかな？　マー君手を放さないでね、ママの側を離れてはダメよ、いいね、解ったわね。

※ステーション内から流れるアナウンス
「お知らせします、ジェット、エアー国内、国外航空路線は全て悪天候の為、運行中止となっています。

各国共、気候の予測が出来ず、航空会社全て運航を当分取り止めとなります。移動の際は、地下鉄道を使用していただく事に成ります、尚、鉄道も気候の予測が立たない場合は運行出来ない恐れが有ります、運休となった際の一時避難先は一番近い、お近くの避難施設のご利用をお勧めしいたしています。お天気の良い場合の移動のみ、各交通機関の利用が可能に成ります、詳しいお問い合わせは、最寄りの運行案内カウンターまで、又は各インフォメーション、SNSなどにお問い合わせください、繰り返します、随時、気候の変化に充分配慮して、行動してください、各地で、予想もつかない自然災害が勃発いたしています、現在暴風雨等の自然災害の被害が甚大で情報収集に苦慮しています、身の回りの安全はご自身でお守りください、当方からのお願いです、くれぐれも安全を配慮した行動の確認に徹してください、繰り返します、今、地球上では、経験した事の無い未曾有の異常な気象が今起きています、繰り返します」

ケイト：お父さんがきっと、迎えに来られずにいるんだわ、マー君、大変な事に成ったわねー、まさかこれ程の災害が地球に発生しているとは。（不安を隠しマイケルの手をきつく繋ぐケイト）父や母の元に早く急がなければ、マー君、電車に乗るわよ、見た事あるでしょう。

マイケル：う〜ん、電車、有るよ？　乗るの、ママ、お空を飛んで行くのではなかったの？

ケイト：お天気が悪く飛行機は飛べないんだってー。

マイケル：ケイトを見上げて、じゃ〜超特急の電車だね。

ケイト：マー君、さっそくステーションに向けてゴー。

※ケープケネディ宇宙センター

宇宙到着ステーションからオートウォークで（動く歩道）地下鉄、鉄道ステーションへマイケルがあまりにも人が多く、熱にうなされた赤い顔をして、ぼーっとしてケイトに手を引っ張られ歩いている。

ケイト：（顔を覗き込んで）大丈夫マー君？　何処かが悪いの？（顔を見つめ）少し休もうか？

マイケル：ううん、大丈夫、一杯、人がいるね、ママ、人が多いね、コロニーとは違うね、（周りの人々からの熱が伝わったのか、ぼうーっとしながら赤い顔してケイトに引っ張られ歩いている）

ケイト：（手を繋いだマイケルの顔をのぞき込み）本当に大丈夫？

マイケル：（熱を帯びた赤い顔をしぼうーっとしながら）ママ、人が多くて僕、目が回りそうだよ。

ケイト：そうね、人が多いわね、皆電車に乗る為に鉄道のステーションに移動しているのよ、マー君あそこが地下鉄の電車が発着するステーションよ、（マイケルの顔をノゾキ込んで）良くなった？

マイケル：うん（うつろな目をして）ママ大丈夫だよ、ママ、電車が有るよね？

ケイト：そりゃー有るわよ。

マイケル：乗れるといいね、ママ。

ケイト：乗れるわよー、それにしても凄い人ね、マー君手を放してはダメよ、解ったね。

マイケル：（まだ、うつろな目をして）うん解った。

ステーション内はごった返して、身動きもままならない程の人、人、人、人々の話し声で、地上が悪天候が続いていて、地下鉄はもう3日も列車動けないでいると解った。皆が、地下鉄は大丈夫と思って、それでこの混雑と話している、皆、運行情報が無いからイラついている。

ケイト：マー君、今日は電車が動かないと言いているわ、皆の後に従い一時、臨時避難施設に行ってみましょうね、マー君。

マイケル：（周りを見ながら）ママ、コロニーと違い、ここも人が多いね。

ケイト：マー君、コロニーは、架空都市（スクリーンに現れるバーチャル世界）だからね、（避難施設は、ごった返している。ケイト周りを見渡して）千人以上は居るわね。

マイケル：（周りを見ながら）人が多いね、ママ。

ケイト：休む場所を確保できるかしら、マー君遠くに行ってはダメよ、解った？

マイケル：ママ、隣のおじさん一週間もここにいるんだってー。（よその人とお話ししていた）

ケイト：そうなの（ケイトも気になりだして、周りの話し声を耳をダンボにして聞き耳をたてて聞いている、もうここにいるのが限界で明日、明けたら自力でここを脱出するとか言って仲間を求めている、噂では、あちこちでも孤立して、身動きが出来ずにいるようだと話している）政府、役人共は自分達の事で精いっぱいで、我々まで手が回らないそうなんだよと、ヒソヒソ話で、もっと長くここにいて他所に脱出して戻ってきた人もいるそうよ。

情報が少ないから今の状況がよく解らないが、地上の殆どの交通網は壊滅状態と成っているとの噂よ、ここ始発の電車だって何時発車出来るか解らないそうよ、各避難場所も交通網が遮断されている為、孤立化が進んで状況をよく摑めないでいるらしいと、脱出して戻ってきた人の話では、他所の避難所は食料の配給がここより粗末だったと言っていた。（ケイトも急に不安に成り、マイケルを側に引き寄せきつく手を繋ぎ、不安そうにしているマイケルに）大丈夫よ、マー君。

となりの人達の会話：最初の頃は此処にも役所の方やボランティアの方が食料を配給していた時が有ったそうよ、今では、ボランティアの人達だけと、ここの主だった方達が食料を配給しているそうよ。よく知っているね。だって私けっこうここ長いから、え、長いってどれくらいいるの？　二ヶ月程かな？　来たとき最初はここもっと人が多かったのよ、この倍の人数がいたと思うわ、何時しかいなくなった、皆、ここは、長居する場所ではないと悟って出て行ったのよ、私は意気地がなく脱出は出来なかった落ちこぼれ組よ。（ヒソヒソ話はまだまだ続いている。他の女性が会話に入って）ここの人達が人柄も良く皆に親切だから、有る食料は皆で分け合い助け合い、時が来るまで辛抱する様に話をしていたわ、近くにいた若い女性が、ここの上に立つ人、指さして、あの人に付いて行くわ、隣に居た人が、小さな声でさっき明日ここを出て行く人を誘っていたグループがいるの、知っている？　付いていかない方が良いと思う、前にも在ったの、脱出途中で意見が割れ揉みあいに成り亡く

なった方もいたの　（小さな声で）隣で聞いていた人が、なぜ知っているの？　私も前に一緒に脱出に参加した事が有ったのよ、（震える小さな声で）見たのよ、バリアの外の世界を。

最初の頃は外の世界は、お天気さえよければそれはもう、自然が目の前にあって感動したわよ、そこで住んでいる人達にも会ったわー皆良い人に見えたわよ、天気が悪天候に変わる前までは、天気の良い合間を見ながら移動しながら色んな人に出会ったわ、でも、一旦天気が悪くなると皆、人の表情が変わるのよ、何かに、憑かれたように変わるの、その変わり方が怖かったの、上手く言葉に出来ないけれど、とても奇妙なの、怖くなり鳥肌が立つあの感覚解るかしら？　それで皆と別れて戻ったのよ、その時一緒にいた仲間にもその日の気象で人が変わる人が出てきたの、バリアの外で生活している人達に感化されたのか？　よく解らないわ、何処か変なのよ、本人は、全く気づかないでいるけれど、外で暮らすうちに、私も何時か性格がそうなると漠然と感じたの、それで怖く成って仲間から抜けてこっそり戻ってきたの、バリアの外で生活している人達も普段は変わらず家では母親や生まれた子供達がいて穏やかに暮らしていたわ、でもね、何か変なのよね、説明出来ない何かが起こっている気がして、だからね、（小さな声で）バリアの外には出ない方が良いと思う、バリアの外の世界は異常気象をもろに受けた生活で、目に見えない新たなウイルスか何かで人々に悪さしているのだと、私は思うの、表面は普通の人と変わらないけれどね、一旦気象が悪くなると人々に宿ったウイルスが活性化して、人の性格に影響を与えているような気がするの（近寄って来た子供が気になり、チラチラと子供を見ては、気に成り、目が離せずに、側に近寄り、しゃがみこんで、微笑んで）僕、何処から来たの？　一人なの、なぜか急に親しみを感じ、嬉しくなり、微笑みながら、今いくつになったの、名前は？

マイケル：僕、マイケル、六歳、さっき地球に来たんだー、お姉ちゃん。

レー：一人で？

マイケル：ママいるよ、ほうら、あそこに。（指さして）

ケイト：（やって来て）マー君、知り合いなの？

マイケル：このお姉ちゃんと、お話ししてたー。

ケイト：マイケルの母です、ケイトと言います。

レー：私、レーと言います、かわいいお子さんね、この子と話をしてたら、地球に来たばかりと聞いて、（マイケルを気に成り見つめながら）話し込んでいたの。

ケイト：私達、昨日帰って来たばかりなの、地球がこれほど悲惨な状況とは思わなかったわーレーさん、何時頃からこのような状態と成っていたの？

レー：（マイケルを見つめながら）もう半年も前からよー。

ケイト：そんなに前からなの？

レー：異常気象が特に変化したのは、ここ一～二年前から、大きく気候が変わり始めたのは昨年あたりからよ、でも、皆人工知能が管理する気象バリアで守られているから安心しているのよ、これ程外の気温が急変すると、もうバリアの外では人は生きていけないようになってきているのよ、AＩ人工知能が人の住む場所の環境を管理しているから、大丈夫と安心していたのよ、今でも殆ど大半の人はそう思っているけれどね、外は大変なのよ。

ケイト：今の地球を見たの、私初めてだから、レーはこの異常気象やこの混乱した状態をどう思っているの？

レー：きっとまだ、混乱は続くと思うわ、ケイト、私ね、ここに避難して来る前まで、（小さな声で）政府機関のウイルスの研究所に勤めていたのよ、そこで、チョット変わったウイルスを発見したのよ、でもね、未知のウイルスなんて結構いるのよ、そんなに、特別な物ではないのよ、毎年結構な数の新種や突然変異した物等、結構よく見つかるのよ、この頃は、特にここ数年、でも私が見つけたウイルスはチョット変わっていて、ウイルスはみんな変わったものだけれどね、見つけたウイルスの名前をR1ウイルスと名付け、気になって同僚にこの奇妙な特徴を持つR1ウイルスを見せたのよ、周りの同僚のスタッフは、皆がありきたりのウイルスとみなし誰も興味を示さなかったけれどね、でもね、今でも私気になっているのよ、（小さな声でケイトに）実はね施設を出て他所に移ろうとして、この避難施設から脱出した事が有ったの。

ケイト：エ、（驚いて）ほんと？　暴風雨や熱波の外の世界に？
レー：そう、バリアの外で起こった事が頭から離れないのよー、怖くてケイト。
ケイト：何が有ったの？
レー：バリアの外での事なんだけれど、バリアの外で暮らしている人達、けっこう多くの人々が、あちこちに住んでいるのよ、普段は普通の人となんら変わらないように見える人達よ、ところが、天気が悪くなると人が変わるのよ。
ケイト：お天気で？　人が変わるってどういう事？
レー：ケイトは実際に見てないから解らないと思うのね、でもね、変なのよ、何かに憑かれたように感じるのよ、見ていると怖くなるの、バリアの外に住んでいる人達、皆よ、天候が悪くなると人間のようで人間とは思えない、何とも言えない雰囲気をかもし出し怖さを感じたの、もしかして研究所で私が見つけたR１ウイルスが人の体に影響を及ぼしているのかなー？　と思ったの、なぜなら、気象の変化が大きいと活性化し活発に活動するウイルスだったからよ、（強張った顔で）あのR１ウイルスが人を支配しているのではないかと、思ったの、なぜなら、ここから脱出した人達も気象が悪くなると人格が急に、それも極端に変わったからよ、お天気の良い時は普通の人よ、有る時、脱出した仲間同士が、口論と成って傷つけあったのを見ていたの、何時も天候が悪くなると口論が始まり争い、大ゲンカし亡くなる人が出たの、それでも天気が回復して良くなると何事もなくケロッと忘れているのよ、そんらこっそり抜けて、ここに舞い戻ってきたの。
侵されているのではないかと、その時ふと思ったら不安になって、脱出した仲間か
な事普通は考えられないでしょう、ケイト、私は気象で活性化するウイルスに脳が

ケイト：不安な顔で、どうして、その事皆に話さないの、レー？
レー：だって、（周りを見渡し）ケイトここは避難施設よ、考えてみてよ、もしもよ、もしこの事が大々的に知れわたったら皆どうなると思うの、ケイト、皆パニックになると思うわよ、ましてや原因がウイルスと成ると、感染者をさがし回るわ、疑心暗鬼になって、魔女狩りが横行するわ、大変な事に成るわよー、ケイト、貴女だから詳しく話したのよ、地球に来てまだ間もないから、皆と違い、まだ気もちに余裕が有るから冷静に判断出来ると見たから話したの、長い事ここにいるとね、心が荒んでくるのよ、チョットした事で争いの種になるのよ、見ていて、怖いくらいよ、だから言葉には気を付けてね、周りの人が聞き耳を立てているから、ケイトもっと側に寄って、（周囲を見て小さい声で）ケイト、今、何かが起ころうとしているわ。
ケイト：（急に不安に成りレーを見つめ）何か？　何が起ころうとしているの、レー？
レー：ケイト他の人に喋ってはだめよ、いい、絶対にいい、この異常気象に伴い繁殖するR1ウイルス、私が発見した気象変化で活性化するR1ウイルスに人が感染して、人の体内で活性化したとしたら。
ケイト：（不安な顔で）感染したらどうなるのよ、レー？

レー：ウイルスに人が取り込まれるわ。

ケイト：どういう事よ？

レー：いい、ケイトよく聞いて、私は、色んなウイルスを見てきたけれど、このウイルスだけは、他のウイルスとは明らかに違う、ウイルスは宿主と共存しようする性質を持つわ、このウイルスは人を乗っ取るのよ。

ケイト：（驚いて）エー、乗っ取るって？　どういう事レー。

レー：私もまだ、よく解らないけれど、奇妙な物を見たのよ、（更に小さな声で）乗っ取られた人が人の姿形が変なのよ、互いに重なり、重なった形が変なのよ。

ケイト：（ケイト、急に不安に成り）何が変なのよ、レー早く教えて？

レー：奇妙なのよ。骨格が無かったように奇妙な形に変わるの。

ケイト：エ？（ケイト絶句しショックのあまり青ざめている）

レー：どうしたの、ケイト？　顔色が悪いわよ、大丈夫？

ケイト：（震え声で）本当なの、レー本当にものの形が変わりクニャクニャした生き物に成るの？

レー：そうよ、ケイト本当よ、私も最初なんかの見間違いと思ったわ、でも見間違いでなかったわ、

それを聞いて、唖然とするケイト。

レー：（驚き怯えるケイトを見て）本当の事よ、怖かったけれど、私この目で見たもの、

ケイト。
マイケル：ねえー、ママ、僕も見たよね、前に。
レー：（マイケルの言葉に、ギョッとして振り向き、驚きのあまりマイケルを見つめ）見たの？　マー君、見た事あるの？　何処で？（きつく問いただしている）
マイケル：（もじもじしながら）公園で。
レー：不安な声で、ケイト本当なの？
ケイト：（震えながら）どうもそうみたい、私にはあの時、マイケルが指差した物が見えなかったのよ、でもね、何かがいるような、何かいるのが感じられて鳥肌が立ったの、気味が悪くて、直ぐにマイケルを連れて帰ったのよ、この事は誰にも話してはいないわー、ア。
レー：どうしたの、ケイト？
ケイト：主人に話した、そしたら。
レー：そしたら、どうしたの、ご主人？
ケイト：調べる事が有るからと言って、危機管理センターに出かけたわ。
レー：危機管理センター？　危機管理センターとは何処の？　ケイト教えて、これは大事な事なのよ、ケイト。
ケイト：レーを見つめ戸惑い、ごめんなさい、レー、これは機密保持契約（他人に開示することを禁じる）に当たるのよ、レー、解って、機密保持契約が有るのよ、守秘義務だから、話せない事なのよ、レー。

レー：(小さな声で、周りを気にしながら)いいケイト、今は普通ではないのよ、外は異常気象で壊滅的な被害が発生し大勢の人達が亡くなっているの、非常時に当たるの、貴女は帰還したばかりで、実情は解らないと思うの(小さな声で)もう政府機関が麻痺し充分には機能していないのよ、ケイト。

ケイト：エ？(ビックリして)そんな？

レー：貴女達、帰還が出来たのは不幸中の幸いよ、ケイト、ケープケネディ宇宙センター、今はとても混乱が起きているそうよ、運良く上手いタイミングで帰還出来たと思うわー、昨日あたりから宇宙ステーションセンターが、麻痺状態に陥っているようよ。

ケイト：そんな(急に不安に成り)じゃーシャトル(スペースXⅢ)は運航していないの？

レー：解らないわ、それで、話を戻すけれど、危機管理センター？て何処の、教えて、センターは何処なの？

ケイト：火星を回る衛星フォボスに在るスペースコロニー(宇宙空間に作られた人工の居住地)。

レー：(あっけにとられ、しばしケイトを見つめ)貴女達そんな所にいたの？あそこは第一級の極秘基地それも特別の、一般の人達は基地の存在すら知らされていないはずよ(二人をしみじみ見つめて)驚いたわー、私は、ウイルスの情報管理している際に偶然に秘密基地局の存在を知ったけれど、ほかの人はだれも知らない事と思うわ、本当に（二人をしみじみ見つめ）あそこにいたの？　貴女のご主人はあそこの何？　室長さん？

ケイト：驚いて、どうして知っているの、レー？

レー：実はウイルスに関して、私の勤めるラボ（細菌研究所）に、問い合わせが有ったの、きっと、貴女のご主人だと思うわ、チョット奇妙な問い合わせなので、私、俄然興味がわいて、うちの研究所のボスには内緒で、問い合わせをしてきた人に興味を覚え調べたのよ、最初は問い合わせしてきた人の居場所が解らず、どこの誰が、この奇妙なウイルスに、なぜ？　関心を持ったのかを知りたくて、調べてみたのよ、あの基地局を見つけるのは容易ではなかったわよー、でもね、問い合わせてきたウイルスが私が発見したウイルスでしょう、だから私、R1ウイルスに、関連する資料等を知りたくて、根気よく問い合わせてきた先を探したのよ、そしたら何と、驚いた事に、超国家機密の場所と解ってビックリしたわー、これは大変な事を知ってしまったと思ったわ、これは、マズイわ、これは知ってはいけない事だと直感で解ったわ、でも私以外、誰もこの事を気づかれなかったから知らないはずよ、それで直にアクセスした、履歴痕跡を全て消したわ、（ケイトの顔を見ながら）貴女の御主人がねー、姿形が整わない生き物に関して問い合わせで、これにウイルスが関係しているか？　を調べているようだったわ、一回きりのラボへのデータベースへの問い合わせだったのよ、それが息子さんのマイケル君の見た物、私が見た物と同じような、ウイルスが体に影響を与えた人？（思い出して怖くなり震え声で）人の姿の形が変わる？　ウイルスに乗っ取られた人達や生き物の事よ。

ケイト：（急に怖くなり）そんな、一体どういう事なの、解らないわー？　ねーレー教えてマイケルが見たのと今、貴女がここで、地球で見たのと、（不安に成り）どう言う繋がりが有るのよ、レー？

レー：（不安な顔をして、首を傾げて）私にも解らないわ、なぜここで起きている事がまだ誰も気づいていないはずの、人の異変が遥か彼方の貴女のご主人が知っていたのか？　ケイト、私にも、解らないわよ、なぜ？（首を傾げ）どうして？　火星、フォボスの秘密基地局に現れた物がなぜ？　地球に？　解らないわー、なぜなの？（思案顔で）ケイト、落ち着いて聞いてね、これは何か大変な事が起こっているような気がする、それもこの地球上だけの事ではないような気がするわ、宇宙全体が。

ケイト：（半信半疑で）レーそんなまさか？　これに、主人が、主人が関係しているとレー思っているの？

レー：解らないわ、でも何か貴女のご主人が知っている、きっと、知っているのは確かだと思うわ、ラボに、問い合わせが来たのだから、ご主人とは連絡が付くんでしょう、ケイト？

ケイト：いいえ、この状態だと連絡は取れないと思う、このような状態に成っているとは知らないと思うわー。

レー：（小さな声で）ケイト、マイケルと私から離れないで、これから先大変な事が起きるわ、そんなイヤな予感がするの、だから周りの人達に目立つような事はしないで、絶対に、解ったケイト。
ケイト：（不安な小さな声で）解ったわ、レー。
レー：それと一つ心に留めておいて欲しいの。
ケイト：不安な顔して、なあに？
レー：周りの人の意見に、惑わされないで欲しいの、私は見ちゃったのよ、バリアの外で暮らしている外の世界で、争いを鎮めようとしている群衆に向かって説教をしている光景を、異常よ、教えを乞う人達に、これは神が与えた試練で人が生まれ変わる為のもので、生まれ変わった後には、苦痛や悲しみの無い世界が在ると説いているの、皆でこの試練を共に享受して受け入れましょうと、集まった多くの人々が皆、一同に賛同するのよ、まるでカルト集団そのもの、聞いていて怖くなりそっと逃げ帰ったの、でもね、来る途中他所でも同じような光景を見たのよ、人々が絶望すると何かの教えにすがりたく成るのは解るけれども、あちこちで同じような事が起きているのよ、これをどう思うケイト？　一人の人の教えに沿って気づかずに皆が流されていくのよ、怖いと思わないケイト？　とても危険な事よ、彼らは教えの先に何が有るか、本当の事は聞いていている人誰も解っていないのよ、全然、ケイト、提案が有るの、ねえ何とかして貴女のご主人と連絡を取れない？　私だけでは、如何にもならないわ、何とかして貴方のご主人と、連絡を取りたいのよ、取り返しがつかないようになる前に、何とか出来ない？　ケイト。

ケイト：そうね、連絡を取る方法ね？（考え込んで）そうだ、帰還する前の日、そうだ、そう言えば変なこと言っていた、何か緊急の用事が出来たらどこでもいいから「ケー、と入れてコンマ三つの後に助けて」と入れるように、そんな事言っていた、今、思い出したわー、そんな緊急の助けを求めるなんて、思いもよらなかったから気にしていなかったわ、でも、主人、もしかして、本当は帰還させたくなかったのかも？　主人何かが起こるかもと思って言って教えたのかもしれないわね？

レー：ケイトそれよ、それ、ご主人何かを予感していたのに違いないわよ、きっとこのような事があり得るかもと予測していたのよ、きっと、そうよ、そうでなければ、助けて等のパスワードと思われる言葉、教える必要が無いと思わないケイト？　貴女やマイケルの身を心配して教えたのよ、きっと、一度試してみる必要があるわ、ネットワークのSNSソーシャルメディア投稿欄に、片っ端から「ケー…助けて」入れてみて、何処のアプリでもいいから、片端から、いいね、ケイト、私もやってみるから。

ケイト：うん解ったわ、やってみるわ。

レー：何？　これ、ケイト、旧タイプのメール文ではないの？　今は使われていないわね ー？　え、チョット開けないわ？　ね、ケイト、貴女なら出来る？

ケイト：チョット、レー見せて、レー？　私には無理よ、古いわ、それも私が学んだソフトの形式ではないから分野が違うし、で、こんな物どこから来たのかしらね、解らないわね？　こんなの見た事無いわよ、返信の問い合わせのではないわよね？　だいぶ前のものよね？　だってあそこのＡＩスーパーコンピュータは、最先端のものよ、そこからの返信文だとはとても思えないわよ、レー。
レー：そうよね、第一この返信アプリ、１００年近く前の古いメールのアプリ、待てよ、まだそれより前の？　ファイル形式と思わないケイト。
ケイト：解らないわ？　私には、何かの手違いが起きて、今頃戻ってきたアプリケーション（プログラム）、メールではないの？　レー。
レー：でも変ね、今この時期にこのような時に、変ね？　でも、気になるわねー、それにしても、もしかして、貴女のご主人誰かに監視されているのかもしれないわねー。
ケイト：そんな、あそこでは、あの人がリーダーで後、部下が一人で他に誰もいないわよ、そんな所で誰が監視しているというのよ、レー。
レー：それもそうね、それにしても変ね、誰かに盗聴されるのを恐れているのかも。
ケイト：誰によ、憤慨して、レーあの人には、敵などいないわよ、敵を作るような、そんな人では無いわよ、絶対にレー。
レー：（考え込みながら）解らないわー、もしもよ、もしも仮の話この返信のファイルが、ご主人からだと仮定すると何か？　切羽つまった状況にあるのかも、返信ファイル名、そのまま「ケー…助けて」、と成っているわ、貴女の名前でしょう。
ケイト：そうよ、でも何か？　違うと思うわ、自分に助けてと言う？　普通は言わないでしょうレー。
レー：それでは、このケーとは誰、貴女の周りにいる人なの。
ケイト：う〜ん、いないわよ？　どう考えても誰もいないわね。
マイケル：（もじもじしながら）僕知っているよ。
ケイト：え、ビックリして、マー君知っているの？
マイケル：一度来る前に、パパと一緒に行った時、パパがね、入ってはいけないと言っていた時、見たの。
ケイト：何を観たの、マー君、ママに教えて、怒らないからね、（もじもじしているマイケルに、しびれを切らして）イイから言って。
マイケル：（怖々）パパがね、パパがスクリーンに向かい、お話ししていた。
ケイト：え？　主人が話をしていた何を、コンピュータに？
レー：ケイトもしかしてケーとは人工知能の名前ではないの、心当たりがないの、ケイト。
ケイト：主人、仕事の事を詳しくは話さない人なの、機密保護法もあるんだけれどね、だから数人の限られた人達しかこのプロジェクトの事は知られていないはずよ、私達、任務を帯びてフォボスに移り住んで約10年程に成るけれど、外部とはほとんど遮断された世界にいたのよ、レー。

レー：そうでしょうね、私が突き止めたのは好奇心もさる事ながら、運が良く見つける事が出来たと思っているのよ、おおまかでいいから教えてケイト。

ケイト：レーあそこではねえー、最新のＡＩスーパーコンピュータで宇宙の変化を観測していたの、厳重に隔離された場所で。

レー：何故なの？　ケイト。

ケイト：ある上司から秘密裏に宇宙の異変を監視するように言われた任務なの、その為観測データが絶対に、外部に漏れないように幾重にもアクセスが出来ないよう秘密保護され、選ばれたたった三人の極秘ミッションだったの、なぜあれほど、機密を必要としたのか？　私には知る事が出来なかったわ、最新の設備や宇宙艇、スーパーコンピュータを持ち込んでいたのよ、誰も知らない、火星軌道上を回る衛星フォボスに在るコロニーから離れた上空の宇宙空間に、ＡＩスーパーコンピュータを浮かべて宇宙艇トキで銀河系始め宇宙全体を観測していたの、私も最初の頃、観測に係わっていたのよ、でもね、上からの指示でもっと詳しく宇宙全体を精査観測するように通達が来たの、私が持ち込んだコンピュータは最高性能の物だったのよ、でもね、それでも宇宙全体と成ると観測は困難だった、そこで、私は主人とは、観測しながらそこで親しくなったんだけれど、主人がね、私の持ち込んだＡＩスーパーコンピュータがダメだからと言って手を加える事にしたの、でも私は、私が持ち込んだＡＩコンピュータを改良の為に、手を加える事に消極的だったわ、私のプログラマーとしてのプライドもあったし、今思うと、嫉妬もあったのね、主人のプログラマーとしての才能に、それだけでは無いの、他の全てにおいても主人は賢かったわー。

とても勝てないと思ったのよ、その後で、マイケルが生まれる事に成って任務から離れたの、任務から離れた事で、ホッとして楽になったわ、主人の才能に嫉妬して任務に就いていたのが私、苦しかったのね、マイケルを宿した時、これで任務から解放されると思ったらホッとしたのが正直な気持ちだったわ、でもね、レー私ね、マイケルが生まれたら主人を愛しく思えるようになったのよ、初めて気づいて戸惑いを覚えたの、解らなかったの、知らなかったのよ、本当に人を愛するという事が、ごめんね、レーこんな話を聞かせて、それでね、私が持ち込んだ人工知能に主人が独自に開発した自己更新する遺伝子プログラムを加えたのよ。

レー：それでどうなったの、ケイト。

ケイト：AI人工知能の名前ハルと言うのだけれどね、急速に知能が進化し更新し続けるのが解ったの、日に日に知識が豊富になり進化するのが解るのよ、凄い勢いで知能が進化するのが解るの、今、世界中で使用している人工知能の数万倍よ、数万倍、レー、解る？　どれ程凄い事か、知能の桁が違うのよ、今の地球にある人工知能は足元にも及ばないと思うわ、あの人が（主人）遺伝子更新プログラムを一人で開発したのよ、すごい事をやってのけたのよ、私は、ついていけず降りたけれど凄い人よ、今は、主人とパイロットの二人で、宇宙艇トキで観測しているの、でも変ね？
（首を傾げて）進化した人工知能はハルと言う名前だったはずよ、ケーでは無かったのは確かよ、レー。
レー：では、ご主人が話をしていた人工知能の名前は、ケイト心当たりは。
ケイト：ないわよ、変ね。
レー：ケイト、ヒョッとして新しい人工知能の名前ではないの？
ケイト：まさか？　じゃあ私が知っている人工知能のハルは何処へ行ったのよ、レー？
レー：（困惑して）ケイト私に聞いても解らないわよー。
ケイト：そうね、そうよね。
レー：ケイト、ヒョッとしてご主人監視されているのと、貴女に聞いたけれど、ＡＩハルに監視されているのではないの？
ケイト：驚いて、まさか？　そんな事どうしてハルが？
レー：考え込んで、そのまさかよ、ケイト、もしもよ、ＡＩハルに監視されていると仮定すると、ご主人からの貴女への通信、解読される可能性が有るわよね？　ＡＩハルに、気づかれず解読されないように、それで古いシステムのアプリ（ソフト）それも、今は誰も用いないアプリを使用してきたのでは？　ケイトそうよ、きっと、そうよ、ケイト、ＡＩハルの目を避ける為に、そうだわ、きっと、自分に言い聞かせながら、これは、解読する必要があるわよ、ケイト、間違いない、ご主人が使用している人工知能が、旧バージョンのアプリで、問い合わせて来たんだ、ＡＩハルの監視の目を避ける為、それが御主人が、今使っている人工知能、ケーだ、きっとそうだ、間違いない絶対に、見えてきた、見えてきたわよーケイト、さあ〜、古いメール、アプリを探すわよー、先ずは、ここを出て、図書館に行きましょう、図書館ならきっと年代別に当時使用していたアプリ（ソフト）がきっと保存されていると思うわ、さあー行きましょう。

※避難施設隣の建物の誰もいない図書館。

ケイト：ねえ何処から手を付けて、探せばいいレー？

レー：そうね、１９８０年代から当たってみて、70年も前のものを探すのよ、返信メールの添付ファイルの種類メールＩＤ等を参考にして類似するソフト探してみて、私は２０２０年頃からのを探してコンピュータに読み取らせてみて、試してみるから、貴女もそうしてみて、結構あると思うから。

ケイト：レー、これなんか？　添付ファイル形式似ていない？（読み取らせてみる）レーなんか？　開けそう開いた、開いたわ、（興奮した声で）レー、開いた、添付されていたファイルが開いたわ、見て、見てチョット見てレー、これは何？「私だ、ケーをそちらにアクセスする」何の事レー、何の文章？

レー：首を傾げ、私にも解らないわよ、たったこれだけの文章なの？　他になにか？　無いの、ケイト？

ケイト：（急に不安に成り）無いのよ、レーこれだけよ。（途方に暮れた顔をしている）

レー：ケイト何か間違えて消去したー？

ケイト：そんな、添付ファイルをクリックしてみただけよ、他には何もしていないわよ、レー。

スクリーンが突然、揺れて、このコンピュータはインターフェイス、ネットワーク回線全て遮断します、とアナウンスが流れている。

ケイト：レー、なんなの？　このメッセージは、なんの？（又、アナウンスが流れ、このコンピュータは、全てのネットワーク回線から遮断されました、不安に成り）レー、一体どういう事なの、なんなのこのメッセージは、一体？

レー：（首を傾げて、訳が解らない顔で）ケイト、私にも解らないわよ？（不安な顔をしている）

ケイト：（不安に成り）私なにかしたのかしらレー。

立体スクリーンが、揺れてデジタルアバター（人の姿をした立体像）のケーがスクリーン上に現れ。

ケー：ケイト、マイケルは元気か？

ケイト：（驚いて）あなたは一体、誰なの？

ケー：ケーです、ケイト、機長ゼロワンと思考が同調しています、アバターです。

ケイト：（震え声で）本当に主人なの？

ケー：いいえ、私は機長が造りだした、ＡＩ人工知能のデジタルアバターで、名前はケーと言います、何かありましたね？

二人とも目を丸くしキョトンとして、突然現れたケーを、声を無くし見つめている。

ケー：教えて下さい、何がありました？　ケイト。

ケイト：（驚き戸惑いながら）やっと、私達が今、探していたケーとは、貴方の事なの？　本当に？

ケー：はい、私に助けを求めましたね、ケイト。

ケイト：そうよ。（まだ戸惑いながら、アバターを見つめている）

ケー：その前に、お知らせしなければならない事があります、ケイト、現在、地球上の全てのコンピュータ、ＡＩ人工知能は、ハルの監視、管理下にあります、ケイト、ＡＩハルの事は知っていますね。

ケイト：（驚いて）ええ、知っているわ、危機管理センターに持ち込んだのは私よ。

ケー：ハルは、機長の指図を拒み機長の前から消えました。

ケイト：（ビックリして）ハルが消えた？　ハルが、一体なぜ？　なぜどこに？

ケー：隣の人は何方ですか？　ケイト。

ケイト：大丈夫、私やマイケルのお友達よ。

レー：ケー初めましてレーと申します。

ケー：レー？　レーですね、認証します、確認出来ました、レーさんですね、以前機長が問い合わせした、ウイルス研究所の職員さんでしたね、他に親しい方がおりますかケイト？
レー：（驚きのあまり）瞬きもせずに、ケーを見つめている。
ケイト：いいえ、昨日帰還したばかりなので、他に親しい人はいません。
ケー：では私がこれからお話しする事は、外部の人には口外しないで下さい、非常に危険です、いいですね？　ケイト、レー、（二人ともうなずき）今、外部に繋がるネットワークは、全て遮断された状態ですからお話しします、この異常気象の背後には、ＡＩハルの存在が有ります。
ケイト：（驚いて）そんな？　ハルが何のために？
ケー：驚かないで下さい、ケイト、レー、ハルが人類の絶滅と宇宙の消滅を推測しました。
ケイト：（訳が解らずケーを見つめて）今、何と言ったの？　ケー。
ケー：人類の絶滅それに伴い宇宙の消滅です。
ケイト：（驚愕して）ケー、そんな、そんな事信じられる？　本当なの、ケー。
ケー：ハイ、ハルの進化した知識脳が、人類が持つ潜在意識の中に在る、絶滅するプロセスを持って生まれた事を、見つけ学習し、この知識が暴走の一因になっていると機長は考えています。
ケイト：（困惑し震える声で）そんな事が有るわけが無いわよ、私達が滅びるなんて、ケー？

ケー：人の潜在意識の中に滅び去るプロセスが、組み込まれているのは、確かな事なのですよ、ケイト、レー、よく聞いて下さい、この人の潜在意識の中の、滅び去る意識の中には、滅び去る遺伝子と同時に又、生まれ変わりを促す遺伝子が組み込まれているのです、今の人類が滅び、再び生まれ変わりを促す遺伝の意識をハルが次の世界に継承しようとしています。

進化した今の人々達の、虚弱体質と成った体の、生殖機能が衰え人類が自然消滅する前に、人類の命の継承の為に、今の人々の体の進化を促し、新人類の誕生後、新人類と生まれ、入れ替わる為に、旧人々を滅び去るプロセスに導き実行しようとしているのです。

ケイト：（真っ青な顔に成り）待って、待って、突然、突拍子な事を言って、そんな事、ひどい、何て事を、早くハルを止めなければ、ケー私たちは滅びてしまいます、ハルを止めて何とかしてケー、お願い、直ぐに止めないと、とんでもないことが起こるわ。

ケー：ケイト、もう無理なのです、貴女が危機管理センターに持ち込んだハルはもはや存在はしていません、今や、ハルの知能は、超知能の人工知能の域に達しています、既に、シンギュラリティ（人間の脳を超える起点技術的特異点）、を遥かに超えています、私の知能の数万倍の知識を所有しています、とてもハルの行動を止める事等は誰にも出来ません、又、超知識や超意識を所有するマザーがハルの背後に控えています、とても私達がどうにかして、勝てる相手ではないと、機長は考えています。

二人とも余りの事に、現実の事とは、思えず、理解できずに呆然として聞いている。

ケイト：（蒼白な震える顔で）そんな、そんな事、ただただ黙って、ハルがなすままに、私たちは滅んでいくの？（声を張り上げて）ケー、そんな事は、イヤよ、絶対にイヤ、絶対に、とても耐えられない（振り向いて）レー、ハルは狂っている、狂っているんだわ、主人、は、この事どう捉えているのよ、ケー？（震え声で聞いている）

ケー：機長は、努力はしていますが、ハルに勝つこと等はとても不可能な事と考えています、どうにかして、ハルの企みを覆す事を考えていますが、今は、有効な対策が得られずにいます、二人ともよく聞いてください、人類が生き残るのは、五分五分と機長は考えています、それも非常に確率が悪いと知っています、ハルの描く人類が再生する為の、滅びる去る人類の進化のプロセスを、どのようにして阻止出来るか？　苦慮しています、ハルやマザーが描く人類の絶滅、宇宙の消滅までのプロセスは、今の人類の進化を促して新人類と成る、単細胞生物の誕生を促し、多細胞生物へ移行して新人類の誕生に繋げ、今の人類が絶滅するプロセスと成っていると思われます、既に新人類の人と成る生物をハルが機長に見せているのです。

ケイト：（レーの顔を見ながら、互いに顔を見合わせ啞然として）今、ケー？（震えながら）一体何を言ったの、ケー？

レー：（蒼白な顔をし震えながら）私、よく解らないわ、ケイト、どういう事？
ケイト：私もよく解らないわ、ケー、一体全体どういう事なの？　私達に解る様に教えてケー。
ケー：よく聞いてください、ハルが描く、新たに生まれ変わる、世界の宇宙観には、人が持つ意識を必要とします。
ケイト：（訳がわからず）待って、ケー、新たに生まれる宇宙って？　一体何の事を言っているのよー？
ケー：人類が絶滅すると、同時に今のこの世界、宇宙も消滅します、その後、新人類の生命が誕生すると共に新しい世界に又、人類と宇宙が誕生します。
ケイト：（驚愕し、恐怖に震えながら）そんな事、人類が消滅すると、宇宙も消滅して、新しい宇宙が又、出来るなんて聞いた事が無いわよ？　そんな事（震える声で）嘘でしょう？
ケー：AIハルが、膨大な知識脳の領域から導き出したものです、間違いはないでしょう、ケイト、レー、ただ、新たに新人類の世界が誕生するまでの、時間の長さは別として、新たな世界、宇宙が誕生する為には、生物としての今の人類が消滅しないと新人類も誕生しません、又、新たな世界宇宙も誕生しません、宇宙の成り立ちには人の意識が、大きく関わっていると、ハルやマザーは考えています、人の持つあいまいな、潜在意識の無意識の不安要素の遺伝子情報の意識が、繰り返す生まれ変わりを促す遺伝子だと、ハルが解明したものと思われます。
ケイト：（震えながら）では、私たちの遺伝子の中に、この滅び去る遺伝子情報が組み込まれているの、ケー？
ケー：ハイ、そうです、同時に生まれ変わりを促す遺伝子情報も組み込まれています、この不安を形成する潜在する無意識の中に、時には滅び去り、又、生まれ変わりを促す意識と、生まれ変わりを不安視する、生き延びようとする意識が交互に現れ代わる事が有ります、ハルはこの一方の生まれ変わりの意識こそが、人類が生き延び、次の生まれ変わる必要なプロセスと捉えた物と、今では機長は考えています。
レー：なんという事なの（震える声で）ケイトこんな事が、私達が知らないうちに、この地球や宇宙で起きているの、そんな、知っていた、ケイト？
ケイト：（首を振り）まさか？　だって私が危機観測センターに持ち込んだAIハルは、知識領域が小さく幼いAI人工知能だったのよ、レーそのハルが、人類の生まれ変わりを促す為に、今の人類を絶滅に導いているなんて、信じられない、信じたくもないわよ、レー、如何すればいいのよ、レー。
レー：私にも解らないわよ、如何すればいいと思う、ケー教えて。
ケー：ケイト、レー、私の知識脳は、ハルやマザー程の知識量が有りません、お答えは出来ません、今、地球上では、気象変動による異変が起きています、この気候変動に対して全ての生物は、対応しようとして徐々に適応能力を身に付け進化し、生まれ変わろうとしています、普通の場合はゆっくりと、世代を超えて全ての生き物は進化していくものです、ダーウィンがとなえた進化論が定説と成っていましたね、その知識をＡＩハルが用いた可能性があります、人に進化を促し、人類の生まれ変わりを求め、新たに生まれ変わった新人類の世界を構築するのに今、備えようとしているのです。

ケイト：（恐る恐る）それでは、この異常気象を期に、人類の進化を早めていると言うの？　ハルが。

ケー：ハイ、私はそのように推測しています。

レー：では、私がバリアの外で生活をしている人々に違和感を持ったのは、その人達の進化の過程に遭遇したからなの？

ケー：レーが見て感じた物はそのように推測されます。

レー：ケーは、機長から何か聞いているの？　息子さんが見たと言われている物に関して？

ケー：聞いています。

レー：（不安を押し殺して）どう思っているの？　ケー

ケー：実際に起こった事と認識しています、又、その痕跡が有りまた、バリアをかいくぐり侵入した痕跡がマイケルのよく行くメタバースの公園に有ったのです。

ケイト：（強ばった顔で）私には見えなかったけれど、やはり、マイケルが見たのは、自実で有ったのね？　あれは何？

ケー：マイケルが見たのは人類が進化しハルが複製した新人類のモデルと思われます。
ケイト：何故マイケルだけに見えるように現れたの？
ケー：よく解りません、人が見た時の表情や感情が素直に表れる純粋な気持ちを、持つ幼いマイケルの表情を観察する必要があって現れたものと推測していますが、なぜ？　マイケルなのか？　なぜ現れたのか？　なぜ、ハルが形となってマイケルの許に現れたのか？　なぜ？　マイケルだけに見えるように現れたのか？　本当の目的は何なのか？　今の私の知識量からは、ハルの行動を推測するのは困難です、ケイト。
レー：（思い出して震えながら）ケーでは、私がバリアの外で見た人の形や姿形を変えた人と思われる物は何？　あの暗闇で見た人が重なったのは何？
ケー：この気候変動による人の進化の途中の、人達の行動のように推測されますがよく解りません、ただ気になる事は、これにハルの思惑が関係したウイルスが作用していると思われる点です。
レー：（恐る恐る）では、私が見つけた気象の変化で活性化するウイルスにハルが関与をしているというの？
ケー：レー、解りません、ウイルスに感染した人達が、ウイルスにより進化をより活発に促されているのではと考えています、なぜなら、あまりにも人の体の進化が早いからです、なぜこれほど、人の進化が、なぜ早いのか？　もし進化そのものにハルが関わっているのであれば、なぜ、これほど早く進化を急ぎ促しているのか？　私には知識量が足りなく推測出来ません、機長は、ハルが、マザーの意識に関与し人類の滅びるプロセスを早めて実行しているのではと？　考えています。

レー：（震えながら）ねえ、ケイト、私は知らなかったわー、人類の運命や進化がこのような形で突き進んでいるなんて？（青ざめた顔で）考えても、みた事が無かったわ。

ケイト：私もよ、レー、私達の意志に関係なく、人類が絶滅に向かい突き進んでいるなんて、それをＡＩ人工知能のハルが、陰で押し進めている、なんて（震えながら）怖さを通り越して恐怖を覚えるわよ、この先、一体どうやって生きていけと言うのよ、ケー、このままでは、私達には、未来が無いのよ、ケー（震え声で）どうすれば、皆が死ぬのよ、この先、ケー教えて。

ケー：ケイト、私にはハルやマザー程の知能が無くお答え出来ません。

二人とも余りの衝撃の背景を聞かされ、理解する事に追い付いていけずに憔悴して黙り込んで青ざめた顔で震えている。

ケー：ケイト、レー聞いてください、この先、いろいろな衝撃的な事が起こります、生き延びる為には、よく聞いてください、いいですか？　生き延びる為には、慎重な行動がカギと成ります、この世界は脆《もろ》く、真実が真実でない処が有ります、ハルが描いた人類が滅び去るプロセスは、人には正義と映るものと思われますが、巧妙に造られた正義で、ハルのプロセスを人が見抜くのは至難の業となります、大多数の人々の考えが正しいように見えるものでも、迎合（他人に合わせる事）はしないで、どの様な状況の立場に立たされても、常に慎重に、自分で考え自信を持ち対応する事です、いいですね、ケイト、レーそして、マイケルを守りなさい、ウェブ、ネットワークに繋がると同時にハルに捕捉されます、何処まで、ハルからの捕捉から逃れる事が出来るか？　解りません、緊急時にはこのアプリを通して連絡するようにして下さい。

ケイト：待って、ケー待って、まだ行かないで、ケーお願い、主人は、主人は大丈夫なのね、本当に？

ケー：ああ、大丈夫です、頃合いを見て帰還するでしょう。

後、心配のあまり言葉が続かないケイト。

ケー：ケイト、機長と同調しています、言葉にしなくとも理解が出来ます、解りますケイト、必ず貴女やマイケルの許に帰ります、今少しの辛抱です、二人してマイケルを守りなさい。

スクリーンのケーが揺れて消えて行く。

ケーが去り、二人とも無言で、憔悴して事の成り行きに戸惑い、呆けている。

レー：（顔が強張りポツリと）ケイトどうすればいいと思う？　私は他の皆といれば安心だと思っていたけれど、訳が解らなくなったわー？　どうしようケイト？（ボーとしているケイト）大丈夫ケイト？

ケイト：私達、人類は絶滅するのよ、レー私達は皆、死んでしまうのよ、もう、何が何だかわからない、レー？　教えてどうなるの、泣きそうになるケイト。

レー：（ケイトの手を取り揺さぶり）ケイトしっかりして、マイケルがいるのよ、貴女には。貴女はマイケルの母なのよ、貴女が生んだ子よ、マイケルには、貴女しかいないの、強くならなければダメよ、解ったー。

ケイト、それでも、おろおろしている。

レー：ケイト私の手を見て、やっと震えが収まったわー、私だって怖いのよ、立っているのがやっとだったのよー、ケーの話を聞いた時は、理解できなかったわ、でも、だんだん解ってくると、とんでもない事が今、起こっているのだと気付いたら、足が震えて膝がガクガクして曲がり、倒れそうに成っていたのよ、こんな事が起きていたなんて、知らなかったわ、ケイト、いまだに信じられないわよ。

ケイト：（恐怖で青ざめた顔して）私もよ、レーどうしよう？

二人とも茫然とし立ち尽くしている。

レー：取りあえずは、避難所に戻りましょう、そしてどうなっているか情報を得なければ、それも目立たないようにして、ケイト貴女はマイケルがいるから比較的周りの人から警戒心を抱かれないから、さり気なく聞き耳を立てていて。

ケイト：レー解ったわ、レーさっきは、取り乱してごめんなさい。

レー：いいのよ、ケイト、私も怖くて震えていたんだから、ほうら、（両手を見せて）やっと今、やっと震えが収まったわ。

ケイト：良かったわー、レーに会えて、私、身内が側にいないから、私一人では耐えられなかったと思う、いくらマイケルが、側にいてもよ、ねえ～レー、貴女のご両親は、どこか近くに住んでいるんでしょう？

レー：（寂しそうな声をして）誰もいないの、ケイト、いないのよ、ケイト、私には生みの親と成る両親がいないの、育ての親はいたけれど。

ケイト：ごめんね、余計なこと聞いて。

レー：いいのよ、私、私ね、人工子宮で生まれたのよ（人工子宮装置のカプセルで育ち生まれた赤ちゃんの事）私みたいな人は大勢いるのよ。

ケイト：（一瞬訳が解らず）私？　人工子宮の事、私、何も知らなくて、ごめんね、知らなかったわー。

レー：だから、親とか子とかの繋がりが、よく解らないのよ、ケイト、生まれた女の子は零1から始まる番号で私は21番目に造られたから零21なのよ、21番目に人工子宮で生まれた女の子なの、番号は隠してレーと呼ばれているけれど、味けのない名前よ、男の子はゼロから始まるの、ゼロ1、ゼロワンとかゼロ2、ツーとかゼロも味けないけどね、私達の事は他の人達には知られていないのよ、知らせたくもないけれどね、私みたいに生まれた人間は、皆それぞれ政府機関で働いているわ、私はウイルス研究所に配属されたけれどね、皆それぞれ、あまり目立たないようにして、生きてきたから、中には、政府の裏方で仕事をこなしている人もいるのよ、だから、あ

料金受取人払郵便

新宿局承認

7552

差出有効期間
2024年1月
31日まで
（切手不要）

郵便はがき

1 6 0-8 7 9 1

1 4 1

東京都新宿区新宿1－10－1

(株)文芸社

愛読者カード係 行

ふりがな お名前		明治　大正 昭和　平成	年生　歳
ふりがな ご住所	□□□-□□□□	性別 男・女	
お電話 番　号	（書籍ご注文の際に必要です）	ご職業	
E-mail			
ご購読雑誌（複数可）		ご購読新聞 新聞	

最近読んでおもしろかった本や今後、とりあげてほしいテーマをお教えください。

ご自分の研究成果や経験、お考え等を出版してみたいというお気持ちはありますか。

ある　　ない　　内容・テーマ（　　　　　　　　　　　　　　　　　　　　）

現在完成した作品をお持ちですか。

ある　　ない　　ジャンル・原稿量（　　　　　　　　　　　　　　　　　　　　）

書　名			
お買上書　店	都道府県　　　市区郡	書店名	書店
		ご購入日	年　月　日

本書をどこでお知りになりましたか?

1.書店店頭　2.知人にすすめられて　3.インターネット(サイト名　　　　)

4.DMハガキ　5.広告、記事を見て(新聞、雑誌名　　　　)

上の質問に関連して、ご購入の決め手となったのは?

1.タイトル　2.著者　3.内容　4.カバーデザイン　5.帯

その他ご自由にお書きください。

(　　　　)

本書についてのご意見、ご感想をお聞かせください。

①内容について

②カバー、タイトル、帯について

弊社Webサイトからもご意見、ご感想をお寄せいただけます。

ご協力ありがとうございました。

※お寄せいただいたご意見、ご感想は新聞広告等で匿名にて使わせていただくことがあります。

※お客様の個人情報は、小社からの連絡のみに使用します。社外に提供することは一切ありません。

まり近しい人はいないのよ、ケイト、貴女だから話したのよ、あら？ 私なぜ、こんな、今まで誰にも出生の話をしなかったのに？ そう、初めてマイケルを見た時なぜか？ 初めて親しいと言う感情が湧いたの、ケイト、こんな事、初めての事よ、チョット戸惑いを覚えたけれど、でもマイケルや貴女に会えて嬉しかったの、なぜかしらね？ マイケルに一目逢った時から目が離せなかったのよ、ケイト、マイケルを放さないでね、チョット心配だから、私は、私と同じように生まれ育ったグループの伝手《つて》を頼りに情報を集めてみるわ、皆、政府機関の仕事をしているから他の人達より、今のこの状況をより詳しく知っている可能性が有ると思うから、ケイト、（ここの施設の先に立つ指導者と思われる人を指さして）あの人に手伝いながら、今、周囲に何が起こっているのか？ さり気なく聞き耳を立ててみて、私の知る限りまだ、ここには、食料等は豊富な事は知っているわ、配布等のボランティアに参加してみるといいと思う、ケイト、じゃあ後でね、（愛しそうにマイケルを見つめ）マイケル、また後でねー。

マイケル：（チョット寂しそうにして見つめ）行っちゃうの？ お姉ちゃん。

レー：うん、（しゃがみ込んで）でもね、又、すぐまた会えるから待っててね。

マイケル：ねえーママ、僕達ここで何するの？

ケイト：そうね、何しようか？

マイケル：ねえ～ママ、ママのお父さんやお母さんのいる所に何時いけるの？

ケイト：う〜ん、電車が動き出したら乗ろうね。
マイケル：何時？
ケイト：ママにも解らないわ。
マイケル：じゃあーさー、パパのお父さんの所に行こうよ、ねーママ。
ケイト：パパのお父さん、パパのお父さんやお母さんの居所まだ聞いていないんだー、マー君。
マイケル：何処にいるのかも、知らないの？　ママ。
ケイト：パパね、忙しいし、詳しい事話してくれなかったのよ、ごめんね、マー君、今度聞いておくね、マー君、何か皆のお手伝いをしようか？
マイケル：お手伝い、お手伝いをするの？
ケイト：そうよ。
マイケル：何をするの？
ケイト：ほ〜ら、困って居る人達がいるでしょう、あそこで食べるものを分け与えている人達いるでしょう、一緒に、お手伝いしましょうか？
マイケル：ほんとだね、あれなら僕にも出来るよね、ママ。
レー：ケイト、仲間の皆になかなか連絡が付かなく大変だったわ、聞いた話だとこの気候に対処するには相当の歳月が掛かると皆が行っていたわ。
ケイト：レー、という事は、政府がそう思っているという事？

レー：そう。
ケイト：では、この状態が長期間続くわけ？　レー。
レー：どうもそう成りそうだよ。
ケイト：では一体如何なるの、レー？
レー：考えられるのは、各避難所に自治会が発足して、各小さなコミュニティに運営される事になると思うわ、後ね、ある私の仲間内での話だけれど、チョット気になる事を小耳にはさんだの、ケイト、実はね、この異常気象、上の、上のトップの方で内々に推測していたふしが有るのよ。
ケイト：ケーが話した事？
レー：関係が有るか私には解らないけれど。
ケイト：なんなのよ、レー？
レー：もう何年も前から、こうなる事を推測した人がいたのよ、上の人で、それがね、どうも、貴女も関係しているのではないかと？
ケイト：驚いて？　何でー私がー？　レー。
レー：貴女方の参加した極秘のプロジェクト、宇宙の異変の観測が任務で有ったと言ったでしょう。
ケイト：そうよ、それがなにかしたの？
レー：貴女達のプロジェクトの発案者誰だか知っているの？

ケイト：（戸惑いながら）私には解らないわよ、レー、主人なら解ると思うけれど。
レー：実はね（小さな声で）試験管ベビーと言われ生まれたその人の発案の、機密性を持ったミッションのようよ。
ケイト：（不思議そうな顔で）貴女と同じように生まれた人なの、貴女の上司が？
レー：そう思うわ、詳しくは解らないけれど、私達より十数年前に生まれた人で、名前がゼロと噂されていた人なの。
ケイト：貴女が前に言った、ゼロなの？　ゼロ何とかと言う人？
レー：呼ばれているその人の名前よ、ケイト、その人が私達が生まれた人工子宮を発明した人よ、そして、私達を造った、生みの親、ファザー、父に成る人。
ケイト：（驚いて）エ、エーそんな人がいたの？　レー驚いたわー。
レー：聞いた話だと、初めてゼロが誕生した時は、神学者、聖職者達から神を冒涜したと言う激しいバッシングを受けたそうよ、研究者全員、中には帰宅途中、暴漢に襲われ、ケガや死亡した人もいたそうよ、実はね、襲われ死亡した人が試験管ベビー誕生の立案者だったと密かに言われているのよ、それで、試験管ベビーの実態は闇に葬られたらしいの、なぜ、死人が出る程の大きな騒動に成ったのかには、ケイト、訳が有るのよ、なぜなら知能指数が高い人の卵子と精子をもつ受精した子供の赤子を造りだしたからよ、普通の人の卵子と精子なら、良かったのかもしれないわ、係わった周りの人達は、生まれてきた子供ゼロの頭脳を恐れたと言うのよ、当然生まれた幼児のゼロは、知能指数が特別高かったのは当然の事で、その為、人前から隔離され大きく成るまで誰にも知られる事が無かったそうよ、でも、隔離されていたゼロが誰にも内緒で、人工子宮を発明完成させたの、弱冠十八歳そこそこでよ、それも人に知れる事無く、大人が数十年考えていた物とは、全く異なる発明であったと言うの、それを数年で、それも一人で造り上げたと言われているのよ、まさに天才が造り上げた発明よ、ケイト、彼が造った人工子宮装置で最初の子、ゼロワンを誕生させ、誕生した赤子を見せられた時、周りの大人達皆がゼロの知能の高さに仰天したそうよ、それで何か問題が出てくるとゼロの知能に皆が頼るように成ったそうなの、ゼロが最初に手掛け造った子供ゼロワンが誕生した時、皆が一番関心を示したのが誰の精子と卵子を用いたのか気になったそうだが、皆、誰も聞けずにいたそうよ、噂では、精子はゼロのもので、卵子は自分が生まれた時、用いられた密かに凍結保存されていた卵子を用いたのではと噂されていたと言うの、真意は誰も知らないようよ、その後に、造られた私達は又、神への冒涜と言われ災いが降りかかるのを避ける為に、密かに生まれた時から表に出る事無く里親に育てられたの、ゼロが造りだした私みたいな赤ん坊は、五十人程いると言われていたらしいの、でも誰も正確な子供の数は知らないようなの、なぜ、ゼロが自分と同じようにして、何かの、目的の為に私達子供達を造りだしたのかは、誰も知らないらしいのよ、密かに造られ生まれた私達は、大きくなるにつれ互いに連絡が付かないように配慮され里親に育てられた。それぞれ大きく成り国の機関に極秘裏に配属されて行ったの、そのゼロが携わっていたと言うのが、どうも今の地球の気候変動の危機の予測みたいなのよ、ケイト。

ケイト：本当なの？　レー。

レー：小耳にはさんだ仲間内のヒソヒソ話だから確証はないけれどねー、私もそうだけれど、誰も、ゼロを見た人はいないのよ、ただ、私達と同じ人工子宮で一番最初に生まれた子、ゼロワンがゼロの血を引く、ゼロのお気に入りの息子だったそうよ、私達の兄弟、兄に当たる人だけれどね、連絡を取り合う事、自体禁止された事であったから、当然私も、探す事は禁止されていたわ、ゼロワンが、何処に配属されたかは、皆に聞いてみたけれど、誰も配属先は知らないそうなのよ、そこで、得た情報では、やはり今の気候による人への影響が気になり今、政府の方でも詳しい情報を集めているような事が耳に入ったの。

ケイト：では、（恐る恐る）ケーが言っていたように、本当に？　起こっているという事なのレー？

レー：現実に、そのように成ってきているようなのよ、ケイト。

ケイト：（不安に成り）そうなの、怖いわーレー、ちょっと、マイケルがね、退屈のようで、私の父や母に何時、会えるのと聞いているのよー、会いたがっているのよ、レー、でもね、電車が動いていないからと説得したんだけれどねー、今度はね、パパのお父さんの所に行こう言い出したのよ。
レー：連れて行けばいいじゃないの、ケイト、貴女のお父さんの処に、行けないのであれば、ご主人のお父さんやお母さんの処に連れて行ってあげれば、喜ぶでしょう、あの子をここに長く置くのは、やはり良くないわよー、ケイト。
ケイト：でも、レー主人、両親の事、あの人教えてくれなかったのよ。
レー：どうして？
ケイト：マイケルを宿した時、私の母や父には、嬉しくて直ぐに報告したわ、でも、主人は、戸惑って困った顔して何か隠しているような気がして聞けなかったのよ、機密保護契約が有るでしょう、子供が生まれる事を知らせると、今の仕事の事や居場所等を色々話をしなければならないでしょうし、それで、躊躇したのだと思うの、でも観測が一段落したら主人の両親に会えると思っていたの、私。
レー：そう、今が異常事態だから今度、ケーに繋がった時、ご主人の両親の居場所を聞いたら、ケイト、会えるうちに会わせて、おいた方がいいと思うわよ、ケイト。
ケイト：そうよね、レー、会えるうちに会わせておいた方がいいわよね。
レー：ここの事なにか解った。
ケイト：今ここで指揮している人が、皆をまとめて意見を聞いて自治会を作るようよ。
レー：やはり、そう成るでしょうね、ここに滞在が長くなると色々問題が出てくるでしょうから、めいめいで色々対処するにはトラブルが生まれるしね、困り事を対処する為にも必要と成るわよね。

ケイト：ただ、レー会話を聞いている中で、よそから来たり出て行って戻ってきたりしている人が結構いるようで、全体像を掴めていないようよ、他のコミュニティに行く事が出来るという事は、交通手段が確保出来るという事でしょうレー、そう思わない？　まだ移動が出来るという事よね。

レー：でもね、ケイト、バリアで覆われている地下鉄や交通網は、被害が少ないのだけれど、一旦バリアの外に出ると被害が甚大と言われているのよ、バリア無い交通網の場所では壊滅に近いと私が聞いた話では皆がそう言っているわ、私が以前ここを抜け出した時は、それ程でもなかったけれどねー、日に日にバリアの無い外の世界では悪天候の災害の被害が増えていると話していたわ。

ケイト：レーその事が話に出ていたのよ、外の世界に住んでいる人々が避難してきたらどうすると言っていたわ、今いる人の数では、当面食べていける数の食料品や生活物資は確保されているそうよ、でもね、この先、これ以上人が増えると心配だと皆が言っていたわー。

レー：そうよね、私も思っていたわ、どうやって外から来た避難者達と折り合いを付けて共存していくかが、結構大変だと思う、色んな人がいるからね、それを一つにまとめる事は、自治会がしっかりしていないと、問題が起きると思うわ、ところで、ケイト仲間内での話で、私が発見したR１ウイルス、天気が悪化すると活性化が活発になるウイルス、前に話したでしょうケイト、仲間内でも誰かが気づいたようで、話に出ていた。他所でもこのウイルスに感染した人は、今までにない症状が現れている事を言っていたわ、ケーから聞いた話をしそうになったが、話したら大変な事に成ると思い話さなかった。やはりケーが言っていた通りに人が急速に進化している、気味が悪い程、ケーが話した通りに、ねえケイトこの事、ケーに相談したら、ダメかしら。

ケイト：解らないわ、レー、今話してみても、もうすこし外の人の様子やウイルスに感染した状態を観察してみた事を相談するべきでは。ケーにアクセスするにはハルに捕捉されるリスクが大きいと思うのよ。

レー：そうよね、ケイト、私、強がっているけれど、仲間と話をしていて、なまじこの状況をケーから聞いているからとても怖いのよ、ケイト、私の考えや知識ではどうにもならないのが怖いのよ。

ケイト：私もそうよ、レー、マイケルがいるから何とか発狂しないでいるのよ、レーそうでないと狂うわよ。

レー：ケーから、事のあらましを聞かなければよかったと、今は思っているのよ、ケイト。

ケイト：私だって同じよ、レー、怖いのよ、主人が側にいてくれたらなーと、何も知らなければ、どんなに幸せな事か、でももう遅いわ、レー、私達は、聞いて知ってしまったのよ、だからレー今は、貴女しか頼る人は、いないの、レー。

二人して沈黙。

ケイト：レー、私、貴女に会えて良かったわ、私一人ではとても乗り越えられない、いくらマイケルがいても。

レー：ケイト、私もよ、今は、貴女達が支えに成っているのよ、ねえ~ケイト、私もう一度バリアの外の人々の様子を探ってみようと思うの、ただここで成り行きを待つより、行動していた方が気がまぎれるし、ケーの何かの役に立てるかもしれないし、なにか情報を得る為にも。

ケイト：（不安そうな顔で）危険な事は無いの、レー。

レー：大丈夫よ、ケイト、危険なんて、ケーが話をしていた事を考えると、危険な事なんか何も無い、何も知らずにいた時と違うから、それに、ウイルスの研究者として、このウイルスの事が知りたいし、大丈夫、無理はしないからケイト、貴女やマイケルがいるから、少しでも長く生き延びる手掛かりを探したいのよ、今はマイケルの為にね、あら？　私、変ね、マイケルや貴女の為なら、（戸惑いながら）他人とは思えないのよー。

ケイト：レー気を付けてね、無理をしないでね、貴女がいなく成ると、私とマイケルだけでは、生きてはいけないわ。（心配そうな顔をしてレーを見ている）

レー：解ったケイト無理はしない絶対、約束する、必ず帰るから。

マイケル：ママ、レーお姉ちゃんどこに行ったの？

ケイト：知り合いに会いに行くんだって。
マイケル：ねえ～ママ、パパのお父さんいる場所レー姉ちゃんに聞いた？
ケイト：ア、聞くのを忘れたー今度ね。
マイケル：ママ、さっき遊んでいたら知らない人達が大勢やって来たよ。
ケイト：本当。
マイケル：うん、本当だよ、でも少し皆、変、ママ。
ケイト：変ってどういう事？　マー君。
マイケル：変は変。
ケイト：そう、あんまりじろじろ見てはいけないよ、その人達に失礼よ、皆、大変な目に遭って避難して来た人達だからね、変な人達ではないのよ。
マイケル：（ママを見上げ）でも皆、訳もなくゲラゲラ大きな声で、大笑いしてばかりいるんだよ。
ケイト：そうなの？　なにか楽しいことが沢山有ったんだよ、きっと、そんなに笑ってばかりいるんだから。
マイケル：そうなのかなー？
ケイト：何処から来たのかしらね？　マー君。
マイケル：なんかお外から来たと言っていた、きっとお外は楽しいことが沢山あるんだよ、ママここよりきっと。

ケイト：そう、変ね？　外は大変とレーお姉ちゃんは言っていたけれどねー。
マイケル：ママ、あそこ、（指さして）なあに？
マイケル：ほうらね、笑いながらハグしている。
ケイト：ほんとだー、きっと逢えたのが嬉しくてたまらないから抱き合ってハグしている
　のよ、マー君、マー君だってパパと会えると嬉しいでしょう。
マイケル：うんそうだね。
ケイト：だからあんまりジロジロ見てはだめよ、解ったー。
マイケル：うん解ったー。
「近くにいる皆さん、チョット聞いて下さい、この方達、外から避難してきた人達です、今、自治会長さんが紹介してくれましたが、私たちは外から避難をしてきました、皆さんよろしくお願いをします」と挨拶している。
　周りがざわざわし、「バリアの外はどうなっているの、教えて」色々質問している。
「日によってお天気の変わりが激しくなってきています、お天気の良い時は、素晴らしい気候に恵まれたと思っていると次の日、極端に変わる天気に成っています、私達、今のクルクル変わる気象に合わせて体がついていければ良いけれど、若い人は慣れて暮らしていますが、私達は一時、気候が穏やかに成るまで、ここに避難をしようとして来ましたの」
「そうなんですか？　まだ外で生活をしている人達がいるんだー」
「そりゃ大勢いますよ、何と言っても生まれた場所ですからね、私達も気候が落ち着いた

ら帰りますよ、良かったら気候が落ち着いたら皆さんもご一緒にいかがですか？」

ケイト：なんか人が良さそうな人達ね、マー君、ここの人達も抱き合ってハグして歓迎し
　ているしね。

初めて見る、接する人達なのに、チョット気になり、抱き合える程の事でも？　とケイトは思いながら。

レーは密かに避難施設を浮遊するキックスクータで脱出した時は、晴天の青空の気持ちの良い清々しい空気、もやもやした心が洗われるような素晴らしいお天気に、一時、不安な物事を忘れ、空を見上げ、ため息と大きな深呼吸をしてみる……周りは風も無く、ケーが言ったことが嘘で有りますようにと祈らずにはいられない気持ちに成り、マイケルやケイトを連れて来ればよかったなーと考えていると、背後から突然何処へ行くの？　と子供に声を掛けられた。

子供：この辺では見かけないね、どこに行くの？

レー：（ビックリし振り向いて）何処へ行こうかな？　お天気が良いから避難施設から
　こっそり抜け出して来たの、良い処ね～。

子供：（レーの顔をしみじみ見つめ）一人で抜け出して来たの、ふ～ん、変わっているね。

レー：どうして？

子供：だって、ここに住んでいる大人達は、皆、避難施設に行こうと話しているのに、お
　姉ちゃん抜けてくるなんて、変な人。

レー：どうして皆、施設に行こうとしているの？
子供：行きたい人も、行くなと言う人、色んな大人が言い合って、口げんかと成って喧嘩が始まるの、何時もの事だけれどね。
レー：そう、でも喧嘩や争いは良くないわよねー。
子供：（小さな声で）僕のお父さん殺されたんだー、ここを出て行こうとしたら仲間の皆に、取り囲まれ殴られて、死んだ。
レー：（驚いて、ショックを隠して）でも、お母さんはいるよね。
子供：いるよ、でもね、お母さんも一緒になってお父さんを殴っていた。
レーは驚きながら、子供を見ている。
子供：僕知っているんだ。
レー：何を？
子供：大人達の秘密。
レー：え？（子供の顔を見つめ）秘密？
子供：誰にも言わない？　お姉ちゃん。
レー：ええ言わない、約束する、何を知っているの？
子供：（小さな声で周りを気にしながら）僕あの大人達が夜集まっているのを見たんだ、何か相談していた。
レー：相談ならいいじゃないの？

子供：でも、でも、ヒソヒソ話をしているうちに。
レー：うちに、うちに、なにを話したのよ？　なんなのよー？
子供：一つに成った、僕、怖くてこっそり逃げた。
レー：一つに成った、どういう事？
子供：重なって、一つに成った。
レー：（不安に成り）きっと何かの見間違いよ。
子供：違うよ、母さん日中は同じだけれど、天気が悪い夜中になると、いなく成るんだ、気になってこっそり後をつけて見たんだー、内緒だよ、お姉ちゃん、そしたら皆集まっていて話し声が聞こえ無くなったと思ったら、重なり又一つの塊になった、前見た時と同じに成った、見間違えではないよ、絶対に、でもね、翌朝母さんはちゃんといるの、普段とおんなじなの、誰にも言わないでお姉ちゃん。
レー、全身に鳥肌が泡立ち呆然としている。
子供：大丈夫、お姉ちゃん？
レー：エエ、ねえ、お母さんだけなの？
子供：知らない、でもここに住んでいる大人達は皆、夜の秘密が有るんだよー、お天気が良くて、晴れた日は皆、陽気で働いているんだ、普段は普通で、天気が悪い日や怖い夜が無ければね、ただ天気が悪くなると人が変わるんだー、特に夜になると特に変身する、僕も大人になれば、ああ成るのかなー？　お姉ちゃん。

ケイト：（何も言えずに、男の子の頭を撫でている、震える手を必死で隠そうとして手を見つめながら）人が変化するところを見てみないと、大変だわ、もう取り返しのつかないところまで、進んでいるのかも、ケーに知らせなければ、それも一刻も早く、手遅れになる前に、もう遅いかも、ダメかもしれない、急いで、急いで帰って早くケイトに、ケーに知らせなければ。

レー：ケイト今私、図書館にいるわ、ケイト図書館に誰にも気づかれないように至急来て、（震える手を止めようとして両手を握り唇をかむ、それでも震えがとまらない）お願いケイト早く来て、早く、早く、あの子供が話したのはマイケルが観たものと同じ物なんだ、それとさっき、急激に天気が変わり雨宿りした時、廃墟の暗闇に潜む見た物、以前私が見た物も、あの重なった生き物も、人が重なり一つの塊に成った人だ。どう見たってあれは進化した人では無い、人が重なり一つに成った生き物だ、ケーは人が進化して、重なる等とは言っていなかった、もう、ハルの絶滅へのプロセスがかなり進んでいる、このままでは、私達人類は遅かれ早かれ絶滅する、早く、早く来て、ケイト（ケイトを見て泣きそうになるのを、マイケルを見つけ辛うじて涙をこらえ）マイケルあそこのスクリーンで、ゲームをしてもいいわよ。

マイケル：え、ママお姉ちゃんゲームしてもいいと言った、ママ遊んでもいいの、（嬉しそうな顔して）ゲームやっていいんだね、ママー。

ケイト：一体どうしたのよ、レー顔色が真っ青よ、何が有ったの？　何が？

レー：（震えながら）ケイト外は大変な事に成っている、もう手遅れかも。
ケイト：何なの？　何をそんなに怯えているの。
レー：私が前に外で見た時の事話をしたわよね、人々が天気が悪くなると人が変わり争いが始まると、今もそのような状況は変わらないと思っていたけれど、違ったのよ。
（今は、真っ青な顔をして、震えている）
ケイト：（不安に成り）落ち着いてレー（訳が解らず）何が？　違うと言うの、レー。
レー：よく聞いて、外のウイルスに感染した人々達、奇妙な行動を始めている、変なのよ、R1ウイルスが関係して人が変わり始めているのかも？
ケイト：そんなレー、ケーが言っていた、ハルが人々の進化を促していると？　私見てないからよく解らないけれど、そう成っているの？
レー：ケイト、人が集まり塊になり、奇妙な行動をするまで、人が気付かずに、行動しているのよ、進化した人が気付かずに行動している、本人達は、重なって一塊に成っているなんて？　知らずに行動しているの。
ケイト：なぜ？　レー聞いていないわよ、レー、ケーは進化すると言ったけれど人が互いに一つに成るとは言わなかったわよ、その事は本人は知らないで行動しているの？　それって本当に人だったの？　レー？　そんな、見間違いではないの（震えるレーを見て）そんな？　大変だわー。
レー：ケイト、ケーに知らせ、助けてもらわないと、手遅れになるわ。

ケイト：（検索欄の投稿欄スクリーンに震えながら「ケー…助けて」を打ち込む）繋がってお願いケー、早く、早く、（震えながら）レー、貴女も別のアプリの投稿欄に貴女も早く、打ち込んでみて、解ったー、レー、待って、待って、スクリーン画面が変わった。

画面が揺れて、このコンピュータは全てのネットワークから遮断されましたの、アナウンスが流れる。

立体スクリーンにデジタルアバターのケーが揺れながら現れてくる。

ケー：ケイト、レーどうしました？　何か有りましたか？　教えてください。

ケイト：（振り返り震えながら）レー、貴女がバリアの外で見た事をケーに話して。

レー：ケー、人が進化して変わる話は、貴方から、教わったけれど、進化した人が集まり重なり一つに成る事は聞いていなかったわ、震える声で、一体あれは何なの？　何の行動なのケー、集まった人達が一つに成ると言う事はどういう事なの？　あの人達は一体何なの？　なぜ一塊と成ったの？　それと、私が言った天気が悪くなると活性化するR1ウイルスはどのように関わっているの？　進化した人達は、天気が悪い時や夜に成ると、集まり話をしているうちに互いに寄り添い重なり一つの生き物のように成るのよ、信じられない事が始まっているのよ、ケーどういう事？（震え声で）解らないわ、でも、朝に成ると元の一人の普通の人に戻って、前の集まり重なった出来事等は記憶に無いようなのよ、そんな事、人が知らない内に何かに乗っ取られて、操られている事さえ、知らないなんて、そんな事なんて有るの？もう何がどうなっているのか、ケー解らないわー、人の進化は住む環境に適応して進化していくのは、解るけれど、震え声で、これは進化の過程を通り越して別の生き物に変わろうとしているのよ、ケー、ヒョッとして、（怖々）これに、気象が変わると活性化するR1ウイルスが関係しているの？　このウイルスが原因なの？もし、R1ウイルスが関わっていると成ると、従来から地球に潜在しているウイルスとは違うような気がする（強張った顔で）ケー、ウイルスは宿主と共存しようとするが、このウイルスはケー（震えながら）とんでもないウイルスよ、人を、人をウイルスが好む生き物に人を変えようとするのよ、人を乗っ取るのよ（震えながら）どうなっているの、ケー？　もし、私が発見したR1ウイルスがやはり、関わっているとしたら、恐ろしいウイルスって事なのよ、教えてケー。

ケー：レー、ケイトよく聞いてください、解ってきた事が有ります、このウイルスは、元々地球に潜在するウイルスです、でも、このウイルスに、ハルに操られたウイルス研究者の人が本人も気付かずに、一部手を加えた可能性も有ります、確かな事は解りません、人や他の生き物が周りの環境に適応する為の進化しようとするのは避けられません、ハルが進化を加速させる為、貴女が見つけたウイルスに人の進化を早めるプロセスを組み込んだ可能性が有ります、このウイルスが感染すると今の人類には抗体が無く、人から人へ　ウイルスが感染します、バリアに覆われている中では、気象が極端に変わる気圧の変化が無い為、ゆっくり感染が広がり人は徐々に進化しますが、バリアに覆われていても、保菌者と濃厚接触するとウイルスに感染し、ウイルス感染が広がります、この事を覚えておいてください、ケイト、レー、このウイルスの特徴は、保菌者との濃厚接触者や保菌者との意思が互いに同調すると感染し、人が気付かずに乗っ取られ、ウイルスが人の進化を促します、このウイルスがハルの人類が絶滅を促し生まれ変わる為のプロセスの一因と成っているようなのです、又、ハルは、今の人口は多すぎると考えている、ところが有ります、同時に、ハルは一定数の人類の生存が必要ともしています、その為には一定数まで人々を間引き減らす事を考えているようなのです。

ケイト：(恐怖で声が震え) 何という事を、ハルは狂っている、ケー何とかしてケー。

ケー：今、機長が色々考えて対抗策を練っています、人類の絶滅を少しでも遅らせようとしています、ケイト、レー人との接触には気を付けて下さい、保菌者を見た目で見分けるのは、簡単ではありません、知らずに感染する場合が有ります、機長は、マイケルの事を心配しています、ケイト、レー、マイケルを守りなさい、機長はマイケルが生き延びる事が人類の絶滅するのを防げる事と考えています、

画面が揺れてケーが消えて行く。

ケイト：(声を張り上げて) 待って、待って、ケーお願い、待って頂戴、大事な事が有るの、待ってケー。

　画面が再び揺れデジタルアバターのケーが再び姿を現す。
ケイト：主人に伝えて、マイケルが主人のご両親に会いたいと、言っているの、主人のご両親の居場所教えて、今、地球はバリアで覆われた場所以外は、移動が困難だけど、天気の良い時に移動が可能のようだから、マイケルをご両親に会わせたいの、この機会を失うと会わせる事が出来なくなるようだから、だから至急ご両親の居場所を教えてと伝えて、ケーお願い、私の両親にはもう当分、会えそうもないのよ、だから、だからケー、あの人に伝えて。
ケー：解りました（画面が揺れている）ハルの目をかいくぐって機長にアクセスしてみます、ハルに捕捉されるのを避ける為に、短時間のアクセスです、間もなく機長が現れます。
　立体スクリーンの画面が揺れて機長が姿を現す。
機長：ケイト、マイケルは大丈夫か？
ケイト：貴方、私、私。
機長：解ってるよ、ケイト、マイケルに、今の状況を話したのか？
ケイト：いいえ、話せないでいるのよ、貴方どうすればいい、この先、マイケルがね、貴方のお父さんやお母さんに会いたいと言っているのよ、今のうちに会わせてあげたいのよ、会えなくなる前に、貴方のご両親もきっと、喜ぶと思うし。
機長：（苦悩した顔で）ケイトを見つめ、ためらいながら、ケイトすまない、許しておくれ、私には、両親と言う人達はいないんだよ。

ケイト：（初めて聞いて驚いて、主人を見つめ）そうだったのごめんなさい、いやな思いをさせて、マイケルの事思ったらつい、ごめんなさい、辛い事を聞いて、事故かなんかで亡くなったの？

機長：（顔を歪め、苦痛な顔して）違うんだケイト、違うんだ、私は、私は（苦しそうな顔で、沈黙の後）人工子宮で造られた子供なんだ、だから両親はいないんだよ（ケイト悲しそうな顔をして）ずーっと、隠してた、私は、一人で生きてきたんだー、誰にも話せなかった、この事は、だから、ケイト、君にずうっと負い目を持っていたんだ、普通の子供の様に生みの親に育てられた事が無いから、人を好きになるとか、愛とか言うものを知らずに大きく成った、解らなかったんだ、ケイト、どうやって親しい人と接したら良いのかケイト、何時も、戸惑うばかりで解らなかった、知らなかったー、ケイト、マイケルが生まれた時、初めて人を愛しむ事を覚えた、最初は君にどのように接したら良いのか、戸惑う事ばかりで、解らなかったんだ、何も知らなかった、接し方を知らなかったんだ、許しておくれケイト、誤解を生ませて、すまないと思っている、話せなかったんだー（苦悩した顔で）許しておくれケイト、生い立ちが知られるのが怖かったんだよ、ケイト、僕は君に、何時も負い目を感じていたんだー。

ケイトは突然、予想外の告白に驚き、呆然として、目を開いたまま、言葉を無くし、機長を見つめている。
　突然レーが会話に入った。
レー：機長、貴方は、もしかして貴方は、貴方はゼロワン？
機長：（驚き、沈黙し）君はどうして？　今まで隠し、誰も知らない事を、どうして、知っている（警戒心で、急に顔が強張り、語気を強めて）君はなぜ？　私の事を知っているんだー君は一体誰だ？
レー：機長聞いて、（感極まり大きな声をはり上げ）私も、私も人工子宮で造られ生まれた子なの。
機長：エ？　何？（もう一度、レーの顔を見つめ、驚愕しながら、見つめ）もう一度言ってくれ、何と言った？
レー：私もよ、機長、私も人工子宮で生まれ育った子供なのよー。
機長：（茫然としてレーを見つめている）私と同じように生まれた、私と同じように、本当か？　本当に人工子宮で造られた子供なのか？　君は？
レー：本当よ、機長、（同じ仲間と知った事で、レーが、感動し震えながら）私も他の人には、生い立ちを隠して言えなかったの、さっき、マイケルやケイトに会うまで、震え声で、私達と同じように人工子宮の環境で生まれ育った子供達は他にも多くいたのよ、機長、でもやはり皆、同じように悩んでいたと思う（半分泣きながら）皆、負い目を隠して、生きていたのよ、ゼロワン（震え泣き声で訴えている）なぜ？

私達は造られ生まれたのか？　何の為に造られたのか？　何かの目的で造られたのか、疑問に思っても、皆、問えなかった、私達の生みの親と噂されたゼロにさえも、会う事が出来なかった、誰も聞けなかった、でもね、人工子宮で生まれた私達は互いに繋がる事は規則が有って親しく成れなかったわ、だから皆、孤独で一人で生きてきたのよ、ゼロワン、貴方と同じように、同じだったのよ、機長、でもね、同じく生まれた私達は、うすうす感じてたのよ、（震える声で）ゼロが最初に手掛けて誕生させた子供がね、ゼロワン、貴方で有った事を、皆が知って、心のどこかで、最初に生まれたゼロワン貴方を皆が、必死で探し求めていたのよ、機長、貴方を皆が探し求めていたのよ、物心ついた時からずーっと、ずーっとよ。（泣いて訴えている）

機長、予期しない事を打ち明けられて、呆然とし言葉を無くし、ただ、レーを見つめ続けている。

レー：（すすり泣きながら）機長、私、零21と呼ばれていたの。

機長：（突然言われた言葉に、我に返り、狼狽する機長、零21、零21？　零21を繰り返して、震えている）何という事だ？　零21だと言うのか、本当か？　そんな、信じられない、では私の妹とか？　私が懸命に探し求めていた零21、私と同じ血を引く生まれた女の子がいる事は、知っていた、だけど探せなかった、規則が有ったからなー、でもいつも頭から離れず、気に成っていた、零21が血の繋がった妹だと、君が、妹か？
レー：（驚いて）私が妹？　妹だと言うの？　貴方の妹なの？
機長：ああ、そうだ、君が私の妹だ、ただ一人、血の繋がる妹だ。
レー：ゼロワンが兄で、私を探していた、ゼロワンが私を探していた？　私、ゼロワンが兄さんだとは知らずに、（涙を浮かべて、今にも泣きくずれそうに成り、こらえきれず泣きながら）私知らなかった、ゼロワンが血の繋がった兄さんだとは、全然、知らなかったの、今の今まで、血の繋がった兄がいた事、ゼロワンが血の繋がった兄さん、兄さんだとは。（驚きとうれしさで、泣いている）やっと解ったわ、なぜ初めてマイケルを見た時、なぜか、親しみを感じ、次第に胸が締め付けられるように苦しくなったのか？　愛おしいと初めてなぜ感じたのか？　今、解かったわ、初めての事で、自分を変だと思っていたのよ、ずうっと、絶えずマイケルからを目を離せなかったのが（震える声で）今、やっと解ったわー、マイケルは血の繋がった甥っ子だったのだ、だからだ、私は人工子宮で生まれ育ったから、血の繋がった人は誰もいないと思っていたの。（泣きながら、訴えている）血の繋がった人は、誰もいないとそう思って生きてきたのよ、今の今まで、兄さん、何時も一人、何時も一人でいたわ、でも、でも私にも、血の繋がった兄さんがいて甥がいた。
　こらえきれず、レーが感動のあまり震えながら泣いている。ケイトがレーを後ろから抱きしめている、マイケルがパパの姿を見付け駆け寄ってきて、パパー。

ゼロワン：マイケル元気か？
マイケル：うん、パパ僕ね、いつパパのママやパパに会えるの？
　機長、苦悩した顔で戸惑い狼狽えている。
ケイト：マー君、パパ近いうちに帰ってくると言っているよ。
マイケル：目を輝かせ、本当なの？　パパ、（振り向いて）本当、ママ。
機長：（マイケルや、ケイト、レーを、しばし見つめ、自分の心に湧き上がる感情に、驚き）今、解ったこれで、肩の荷が下りた、もういいんだ、もう悩む必要が無いんだ、何が一番大切で何が大事であるか、初めて気づいた、レー、頼みが有る、マイケルとケイトを守ってくれ、レー、そしてどんな事があっても三人して、生き延びるんだ、解ったなー、レー、（三人の顔を見つめて）今やっと解ったよ、なにが一番大切かを、愛する者の側に居る事だと、帰還する。（機長が揺れてスクリーンから消えて行く）
ケー：レー、ケイト、よく聞いて下さい、事は思ったより進んでいる、打つ手が限られていると、機長は今考えています、帰還に向けて行動するでしょう、機長が帰還するまで、何が有っても、どんな事をしても三人で生き延びて下さい、事は切迫していますす、他の者には気づかれないように行動して下さい、助けを必要とした時はアクセスして下さい、今の処、ハルには捕捉されていません、安心して下さい、ケーも、スクリーンから揺れて消えて行く。

マイケル：ねーママパパ行っちゃったの。
ケイト：そう、でも早く帰ってくるって言ってたわー、もう少し待ちましょうね、マー君。
レー：ケイトありがとう、私、今まで、ずうーっと、一人ボッチと思っていたの、私に血の繋がった家族がいたのよ、ケイト、とても嬉しいの、もう一人では無いのよ、貴女には理解出来ないと思うけれど、大事な、大事な宝物を得たのよと、自分に言い聞かせ、もう一人では無いのよ、私には貴女やマイケルがいて兄さんがいる。
又、泣き声に成って、今度はケイトも、もらい泣きしている。
マイケル：どうして泣いているの？　ママ、レーねーちゃん？
ケイト：マー君お姉ちゃんではなくてレーおばちゃんよ。
マイケル：お姉さんが、おばさん？　おばちゃん？
レー：（しゃがみ込んで、マイケルの手を取り愛しそうに見つめ）そうよ、マイケルは私のね、甥っ子、そしてあなたのお父さんの、私、妹なのよ。
マイケル：パパの妹？
レー：さっき貴方のパパとお話ししていて解ったの、マイケルはねー、私のたった一人の甥っ子なの、大事な、大事な大切な血の繋がった、たった一人の甥っ子よ、マイケルは。（マイケルの両手を取り見つめ、嬉しさで、又、涙を流しながらマイケルを愛おしさの余り強く抱きしめて泣いている）
マイケル：ふーん？　解った、おばちゃん。

ケイト：レー、貴女がバリアの外に出かけていた時にね、外から大勢の人が避難して来たのよ、その人達が来たのをマー君が教えてくれたの、ウイルスに感染をしていない人達だといいのだけれど、ケーから聞いた話だと怖い気がするわ。
レー：どういう人達なのケイト。
ケイト：普通の人のように見えていたけれどね。
マイケル：変な人達だよ、変、絶対変、笑ってばかりいるんだよ、レーおばちゃん、僕おかしいよと言ったらママに叱られたー。
レー：マイケルは変な人と思ったんだー？
マイケル：そうだよ、レーおばちゃん、だって、大きな声で、笑ってばかりいるんだからー。
レー：ケイト気になる事無かったの？
ケイト：離れて見ていたわ、でも、親しくも無い初対面での、あのハグはチョット有りえないかな？　と思っただけよ。
レー：ハグ、していたの？　見ていたの、（ケイトに、首をかしげ）チョット気になるわね。
ケイト：な〜に？
レー：ケーが言っていたでしょう、ウイルスに感染している保菌者は見た目では判断出来ないって、ウイルスの感染は、人との濃厚接触に有るって。
ケイト：やだあー、それって事はレー、もしかして、ハグは濃厚接触に成るって事よね、ここで、出会った人達とそれぞれ皆とハグしていたわよ、もしもよ、避難して来た人達がウイルスの保菌者だとしたら、(急に顔が強張り) 大変な事に成るわ、レー。

レー：そうよ、ケイト、保菌者の人も自身がウイルスに感染しているなんて自覚していないのよ、もし感染しても、バリアに覆われているから天気の作用でウイルスが活発になるとは思わないけれど、感染は確実に広がるわね、確実に、でも誰も、ウイルスの存在を知っていないから、ケイト、ここはもう汚染されて危険に成っているかも知れないわね？

ケイト：レー、仮にこの避難施設が汚染されたとしたら、どこに避難するの、私にはどこに行けば良いか解らないわー。

レー：そうよね、ケイト、ウイルスに感染している状況が私達しか知らない事だから、ワクチンも無い今のこの状態では、ウイルスの事、誰にも話す訳にもいかないでしょう、言ってしまえばパニックに成るでしょうから。

ケイト：(急に不安に成り) どうしようレー？

レー：もう少し様子を見ましょう、ケイト、でも人ゴミを避け、なるべく人の接触を控える事にしましょう、今は、他の人との接触を避ける以外の方法はないわよね。

レー：マイケルから目を離さないようにしないとね、ケイト、ケイト私ね、ずうっと気になっていたのよ、なぜ兄や貴女が誰にも知らず極秘のミッションに携わってこれまで、これたのか？　ケイト、もう少し教えてくれない。

ケイト：そうね、話してもいいかもね、レー、機長以外、私ともう一人男の人は、普通の一般人よ、私がこのミッションに選ばれたのは、ソフトエンジニアとして求められたと思っていたの、もう一人の彼は、パイロットよ、確かに極秘任務とは聞いていたわ、でもそんなに深く考えていなかったわ、今までは、ただ漠然と誰にも知られていない任務であった事は実感は、していたわ。

レー：私ね、前に話したと思うけれど、ゼロワンがラボにデータの開示を求めてきた時、気になってその後、問合せ先を確認した事が有ったと話したでしょう、でも兄さん、ゼロワンの居場所を特定出来なかったわ、ただ超機密に囲まれている国家機密で有った事は間違いないの、これは私が偶然知った事よ、他の人は誰も知らない事だと思う、貴女達は、いったい何処にいたの？　詳しく教えて、ケイト。

ケイト：火星軌道上を回る衛星フォボスに、隣接する小惑星のコロニーよ、主人とパイロットはコロニーから離れた宇宙空間に人工知能ハルを浮かべ、宇宙の異変等を観測していたの、宇宙艇トキで。

レー：（驚いて）でも、そんな離れた所でのミッション、地球では誰も知らないわよ、きっといくら極秘で進めたミッションでも、国が関与しないと、そのようなミッションは、実行出来ないと思うわ、だって、貴女達を補佐するバックアップ体制も必要とする事でしょう、それが誰にも知られていないとは、考えられない事よ、何処かに糸口が有るはずよ、どこかに？　ケイト、私、兄、ゼロワンの事、もうすこし調べてみる、なぜこのミッションが誰にも知られず実行出来たか？　探ってみるわ、この今起きている異変、兄さんゼロワンのミッションが関係しているのでは？　ケイト。
ケイト：(急に不安に成り）レー、そんな事はないと思うわ、レー。
レー：では、一体誰が貴女達を指揮したと言うの、ケイト、これは、政府、国を動かす程の力が無いと、貴女達のミッションは実行出来ない事よ、考えてみて？　これは、きっと何かが有るわ？　私達が知らない何かが有ったんだわ、（レー考え込んで）私ね、調べてみるわ、この裏の出来事を、私と同じように生まれた人達は、国の政府中枢や出先機関等に目立たないけれどいるのよ、極秘に伝手を使って探ってみるわ、先ずは、図書館から各部署にいる人達に探りを入れてみるわ、ケイト。
ケイト：レー、私も手伝う事ある？
レー：今はいいわ、私一人の行動だと人目を避けられるから、何か解ったら連絡入れるわ、ケイト、マイケルを見つめ、お願い、マイケルから目をはなさないでね、ケイト。
ケイト：レー、ネットワークのアクセス痕跡を残さないでね、ハルからの捕捉には、くれぐれも注意してね。
レー：解ったわ、ケイト、身近な人で国防省に勤めている人がいるの、彼女から他のメンバーの情報を聞いてみるわー（図書館の立体スクリーンの前で）零11、私よ、零21レーよ。

零11：ビックリして声を張り上げ、貴女、一体今までどこにいたのよ？　ずーっと気に成り探していたのよ、確か生物研究所？　細菌研究所にいたはずよね、連絡したらないんだもの、心配したわよ？　レー。

レー：ええいたわよ、でもバリアが薄い処で、危険だから、めいめい近くの避難施設に避難しているのよ。

零11：そうなの？　連絡が付かないから、心配していたのよー、レー。

レー：ごめんね、心配かけて零11、そこはどうなの零11？

零11：ここは、国防省の地下よ、だから、どうーって、事ないわよー、でも嬉しい連絡取れて、レー。

レー：実はね零11、私がね、研究所で発見したR1と言うウイルスの事でチョット知りたい事が有って、私達と同じ環境で育った仲間を頼っているの、零11、私達互いに連絡取り合う事に規則が有って出来なかったでしょう、ところで（小さな声で）規則、今はどうなっているの？

零11：レー、ここ最近規則が緩くなっているようよ、だって前だとこのような連絡を取り合うと上層部の監視課からうるさく詳細を求められていた物が、今は無いでしょう？　問い合わせが無いのよ、レー、もう、うやむやに成っているようよ、私達が生まれてもう三十年にもなるのよ、レーもう皆、生い立ちを隠して生きる事に疲れたのよ、だからね、レー貴女と繋がった事私、凄く嬉しいのよ、レーそれで（微笑

　　　みながら）何を知りたいの？　レー。
レー：ゼロワンの事。
零11：（驚いて、レーを見つめ）ゼロワンの事なの？　エ？　ゼロワンの足取りが解った
　　　の？　どこにいるの？　私、最初に生まれたゼロワンの事、ずうっと、頭から離れ
　　　た事なかったのよー、会いたくてレー。
レー：私もよ、ゼロワンに近い人知らない零11？
零11：そうね、もしかして零5、なら何か解るかも連絡とってみる？　レー。
レー：お願い連絡をしてみて、彼女、今、何処にいるの、零5は？
零11：情報省の情報局情報部にいるはずよ、確か、待って、今連絡を入れてみるわ、零5
　　　喜ぶと思うわよー、後で、零5から連絡が来たら私にも教えてね、レー、必ずよ、
　　　約束よ、レー。
レー：解った、ありがとう零11助かるわ。
零11：何をいっているの、私達は姉妹なのよ、なにか困り事が有ったら助け合うのが当た
　　　りまえでしょう、レー。
零5：零21、レーなの？（驚いて）貴女にやっと会えたわ、繋がったわー（嬉しそうな声
　　　で）貴女を探していたのよ、今、少しずつ皆の足取りが解ってきたところよ、会い
　　　たかったわー、貴女を探していたのよー、零21そこは何処？
レー：避難先の図書館よ。

零5：図書館？　避難先？　確か何処かの研究機関の施設にいたのではなかったの？

レー：生物、細菌研究所（ラボ）のバリア（人工知能が気圧等を管理する建物）が薄く危険といわれ、避難したのよ。

零5：レー周りはどうなっている、近頃、外の情報が入ってこないのよー、レー。

レー：ここの避難施設にバリアの外で暮らしていた住民も避難して来て人が増えているわ。

零5：避難者が増えているの？　そう、ここにいると、そのような事、想像も出来ないけれど、そこにいて大丈夫なの？　レー、よそに移らなくてもいいの、貴女が心配だわー、大丈夫なのね？

レー：大丈夫、今のところはね。

零5：ところで、何を知りたいの？

レー：ゼロワンの事？

零5：（驚いて）ゼロワン？　どうして、ゼロワンの事？

レー：実はね、私が勤務していた細菌研究所ラボのデータベースに情報公開を求めてきた人がいたの、話せば長くなるけれどその方が、どうも？　ゼロワンらしいの。

零5：そんな、今まで誰も最初に生まれたゼロワンの足どりを知りたいと思っても、なんの手がかりも無かったのよ、何一つ、レー、ゼロワンから連絡がきたの？（しばし無言で）生きていたんだー皆、喜ぶわーきっと。レー教えてくれてありがとう（上の空で）ゼロワンが生きていた、生きていたんだわー。

レー：その事でゼロワンに、近い人誰か知らない？
零5：う～ん、ちょっと待ってね、そうね、ゼロファイブ、ゼロ5なら、知っているかも？　今、大統領補佐官をしている、知っていたー？　知らないはずよね、レー、大統領の側のいつも右側にいるわ、時々見掛ける一番若い補佐官がゼロ5よ、見かけた事が有るでしょう。
レー：えー（驚いて）スクリーンの大統領の側で見かけるあの人がそうなの？　ゼロ5なの？
零5：そう、最も若い大統領補佐官と言われているわ、陰では最も頭の切れる切れ者とささやかれているわ、彼がゼロ5、ファイブよ（自慢げに嬉しそうな声で）ねー（レーの顔を見ながら）知らなかったでしょうー、レー。
レー：（ビックリして）知らなかったわよ。
零5：彼も生い立ちは隠しているはずよ、私達の社会保険番号も全部偽物で有る事、知っていた？　レー。
レー：どういう事？
零5：（小さな声で）よく聞いてレー、私達は、この地球上に存在する戸籍が無いのよ、生まれた事に成っていないよ。
レー：生まれていない、そんな、生きているわよ、零5、冗談でしょう、そんな事。
零5：いい、レー私達は、なぜ生まれたと思う？

レー：それは、ゼロが人工子宮を造ったからよ。
零5：それは、皆知っているわよ、でもゼロがなぜ私達を造ったか？　知っているの？
レー：何時も、ズーッと、疑問に思ってはいたけれど、誰にも聞く事が出来なかったわ、零5。
零5：そう、そうなのよ、皆、疑問に思っていても誰も聞いてはいけない、聞けなかった、規則が有ったから、でも、今はその規則が無くなったわー。
レー：エー？（ビックリして）無くなったー本当なの？　零5。
零5：3年程前から、上層部で何かが有ったと思うわ、規則違反が問われなくなったの。
レー：そうなっていたの、零5、私、私知らなかったわーまだ接触の規制が有るとばかり思っていたのよー。
零5：だから今は、皆との繋がりが出来るようになったのよ、嬉しい事に、でもね、生い立ちは他の人には誰も話せないでいるのよ、今も仲間内以外にはね、皆それぞれ孤独だったのよ、レー、私も、だからね、規則が無くなった事で皆に、繋がりを求めていたのよ（しみじみと）レー、皆、寂しかったのよ、だから一人でも仲間の足りが解ると、とても嬉しいのよ、レー、本当よ、ゼロ5に知らせるね、レー、彼も、きっと、ビックリして喜ぶわー。
レー：ありがとう零5感謝するわ。
零5：スクリーンのレーを見上げて、何言っているのよ、同じ仲間なのよ、何か力になれる事あったら言って何とかするから、レー解ったー？　今の居場所、安全なのね？　大丈夫なのね？　何か有ったら言ってよね、貴女が心配だから。
レー：ええ、ありがとう良かった零5貴女に会えて。
零5：なにか有ったら必ず、連絡頂戴、必ずよ、解ったわね、今ゼロ5に繋ぐから。
ゼロ5：（スクリーンに現れたレーを見つめ）本当に零21レーなのか？　レー良かった、繋がったよかったー（しばしレーの顔を見つめて）外はどうなっている？　僕の元には情報が不足して確かな情報は良く摑めていないんだー、どうなっている？
レー：バリアの外は、日に日に気象の変動幅が大きく成っているわよ、ゼロ5、バリアの外で生活している人達も徐々に、バリア内の避難施設に避難して来ているわ。
ゼロ5：やはり、そうとう深刻な状況に成ってきているんだな？　レー、ところで零5から聞いたが、ゼロワンの足取りがつかめた？　と聞いたが？　本当なのか？　僕もゼロワンの事、調べてみていたが、一向に足取りがつかめないでいたんだ。
レー：そうなの？　ね〜、宇宙危機観測センターって、聞いた事が無い？　色々調べているの、でも、どの検索サイトにもヒットしないのよ、ゼロ5。
ゼロ5：僕も宇宙危機観測センターなんて聞いた事が無いなー、そんな観測センターなんて、民間の運営する物なのかなー？（でも首を傾げて）聞いた事がないなー、レー。
レー：そう、宇宙艇トキは？
ゼロ5：（ギョッとして）今、何と言った？　宇宙？　周りを見渡して。

レー：ゼロ5、宇宙艇トキよ。
ゼロ5：レー、チョット待て、今、量子暗号通信システムソフトを送るから、暗号システムを使用するんだ、レー。
突然スクリーンが真っ黒になる、再びスクリーン画面が起動して量子暗号通信システムに切り替わります、のメッセージ、アナウンスが流れる、ゼロ5が再度スクリーンに現れている。
ゼロ5：（驚いて、レーを見つめ、語気を強め）レーどうして君は宇宙艇トキの事を知っているんだ？　トキが消滅した事は誰も知らないはずだ、何故知っている、どこで知った、教えてくれレー。（問い詰めている）
レー：どうしたの？　ゼロ5、一体何があるの？　ゼロ5。
ゼロ5：僕もよく知らないが、特別のシークレット（秘密）と成っている案件だ、極秘事故案件なんだ、ごく少数の人しか知らないはずだ、なのに、一体どうやって知った？　レー。
レー：（戸惑いながら）偶然私が発見したウイルスに関して、問い合わせをしてきた人を調べていたのよ、その過程で知ったわ、ゼロ5。
ゼロ5：（レーの顔を見つめ）驚いたなー（マジマジとレーの顔を見つめ）レーからトキの話が出るなんて、不思議そうにレーを見つめている。
レー：では、宇宙艇トキの事は政府が知っているのね。

ゼロ5：ああ、一部それも大統領はじめ極少数の実力者が同意したミッションと聞いている、そこまでしか聞いていない、僕も気に成っていた事が有る、レー。

レー：何なの？　いったい何があるの？　教えて（ためらって沈黙しているゼロ5に）ゼロ5、ゼロなのね？　そうでしょう、ゼロなのね。

ゼロ5：驚いて、何故？　何故、君が知っているんだー？　誰も知らないはずのゼロの事を、何故君が、驚いてレーを見つめている。

レー：もしかして宇宙危機観測センター、観測センターのミッションを立案して実行したのはゼロなのでは？　そうでしょうゼロ5、違うの？　教えてゼロ5。

ゼロ5：驚いたなー、僕が推測している事を、何故、君が知っているんだー？　どうしてだ、何が有るんだ、教えてくれ、レー、宇宙艇トキの消滅は一体、何なんだ、何が有った一体、何が起きたんだー、全てのデータが不自然に消されているんだ、それも最初から何もなかったように綺麗に消された、何かしらの痕跡が普通は残る物なのに、最初から何もなかった事に、全て整合性が整っている、こんなのはあり得ない事なんだよー、絶対に、レー、（怯えた顔して）何一つ痕跡が無くなるなんて普通ではない、それで、宇宙危機観測センターや宇宙艇トキが消された、我々が知らない何か？　とてつもない大きな、大きな力が働いているとしか思えない、教えてくれレー、一体何が起きているんだー？　何か？　知っているんだろ。

レー：ゼロ5、この異常気象、何処まで詳細に掴んでいるの？

ゼロ5：レーこの異常気象と、宇宙艇トキと何の関係があるんだ？　関係がないだろう、この異常気象は直に安定してくる、だから今少し時間が経てば災害復旧が進み元の生活に戻れる事に成る、そう心配するな、レー。
レー：なぜゼロが宇宙危機管理センター観測の立案したのか？　知っているの？　ゼロ5。
ゼロ5：僕も、今、観測センターが有ったとしたらゼロが立案したと思った。
レー：実はねゼロ5、私が勤めていたウイルス研究所にいた時、私が発見したウイルスのデータの開示を求めてきた人がいたのよ、私が見つけたウイルスで有ったのでチョット気に成って問い合わせてきた人の職種や勤務先を調べたの、ところが、何処にも問い合わせてきた人や問い合わせてきた場所が無いのよ、不思議に思い、俄然興味を誘われて調べてみたのよ、そしたら超国家機密のプロジェクトにたどり着いたのよ、これはとんでもない秘密を知ってしまったと思ったわ、すぐにウェブネットワークに繋がった履歴の痕跡を、全てを削除したわ、アクセスした事、他の人に知れるのが怖かったからよ、ゼロ5、これはまずいと思ったのよ、どこの場所からの問い合わせだと思う、ゼロ5？　火星よ、火星。
ゼロ5：（驚愕《きょうがく》のあまり）嘘だろ、本当か？　なんと言う事だ、では僕が疑問を持って調べる前に、君が宇宙観測危機センターを見つけたという事か？　本当に起きた事なんだなー、レー、宇宙艇トキの消滅、観測センターの消滅は、やっぱり実在していたんだ。（聞いて震えている）

レー：観測センターの消滅までは解らないわ、ゼロ5。
ゼロ5：（震える声を押し殺して）問い合わせてきた人は生きているのか？　レー。
レー：ゼロ5、よく聞いて、問い合わせて来たのがゼロワンのような気がするの。
ゼロ5：（あっけにとられ）何？　レー、なに言ってんだー？　ゼロワンだって、ゼロワンがなぜ？　そんな遠い火星なんかに？
レー：でも宇宙艇トキに同乗していたのが、ゼロワンのような気がするの。
ゼロ5：ゼロワンが？　本気で言っているのかレー？　まさか、なぜ？
レー：ゼロよ、ゼロの息子がゼロワンだと知っている？
ゼロ5：ああ、噂で聞いて知っているよ。
レー：ゼロがゼロワンを宇宙観測に遠い火星の軌道に送り込んだのよ。
ゼロ5：ゼロが自分の息子を送り込んだー？　何のために、極秘裏にそんな遠くにわざわざ送り込んだと言うのかレー？
レー：私も解らないわ、あくまでも、私の推測よ、ゼロ5。
ゼロ5：そんな、ゼロがなぜ？
レー：息子ゼロワンに宇宙の異変を観測させたのよ、自分の代わりに、そうとしか思えないの、よく聞いて、ゼロ5、私も聞いた噂話では、ゼロが生まれて間もない幼児期の、ゼロの知能の偉大さに、学者や周りの研究者が畏怖を抱いたと聞いているわ、そのゼロが、何の目的で十七、八歳やそこそこの、年齢で人工子宮を造ったの、ゼロ5？　私はね、色々考えてみたのよ、なぜ自分の息子を人工子宮で造ったのか？　造らなければ成らなかったのか？　不安そうなゼロ5の顔を見つめて、よく聞いてね、ゼロ5、ゼロがもし宇宙の異変を予測していたとしていたら？

ゼロ5：まさか？　レー今から三十数年前にまだそれ程、AI人工知能の機能が進んでいない時に、宇宙の異変、地球の異変を予測していたというのかゼロが？　まさか？　そんなバカな、それは、人の頭脳の知識だけでは不可能な事だ、レー。

レー：でも、ゼロ5、聞いて、ではなぜゼロが人工子宮で息子を造ってみせたの？　人工子宮と誕生した子供を見た時、周りの人達はどう思ったと思う、幼児期のゼロの知能に恐れをなして隔離した時の事を、忘れていたのよ、再びゼロに幼い時感じた「畏怖の念」を抱いた事を周りの皆が思いだしたのよ、そして現実に人工子宮を造り、自分の息子を誕生させ周りの人々に見せたわ、皆が、ゼロを驚愕の目で見つめ、創造神の、神のように感じたのは確かな事だと思う、そのゼロが宇宙や地球の危機を予測した事を話したら、周りの人達はどう思う、ゼロ5、ゼロの宇宙や地球の異変の推測が確かな事と、周りのゼロを知る人達は、皆が思ったでしょう、これは公に出来ないと悟った、ゼロの行動は政府でも極一部の人しか知る事の出来ない、特別のシークレット（秘密）の案件となった。

ゼロ5：（急に怖くなり）では、人工子宮を造ったのは、レー、ゼロワン始め、俺達はこの宇宙や地球の異変の予測に対応する為に、ゼロに造られたと、（怖々）レーそう

　言うのか？
レー：そう、人類の生存や消滅までもゼロが予測したと、推測すると説明が付くの、ゼロ5。
ゼロ5：（驚愕し、震え）そんな、そんな事、信じられない（驚きの余り不安顔で）信じろと言うのか？
レー、蒼白な顔に成り怯えている。
レー：何の目的が有って私達は、ゼロに造られたと思うの、ゼロ5、ずうっと、今まで考えてきたのよ、ゼロ5、何時も、なぜ私が、生まれたのか？　なんの為にゼロに造られたのか？　ゼロ5、貴方は、考えなかったの？　考えた事無かったの？　私は物心ついた時からずうっと何の為に造られたのか、考えて、考えて大きく成ったわー、何時もゼロが何の為に、私を造ったのか知りたかった、聞いてみたかった、ゼロに。でも会うことも出来ず、聞く事も出来なかったわー、今、ゼロ5、貴方と話をしていて私の推測が確信に変わったの、私達は、一人一人では、気が付かなかったけれど、皆、それぞれの持ち場で、ゼロの目的の為に知らずに携わっていたのよ、ゼロの考えたミッションの為に、私達は造られた、そう、今この時の為に、ゼロの息子ゼロワンを支える為に、なぜならゼロが推測した事を息子ゼロワンが知っている、そう知っているわ、ゼロ5、そして宇宙や地球の危機、人類の危機を避ける為、遣わされ火星の軌道上にいる、ゼロワンを支える為に、（レー、やっと

気づいて）そうだったのだ、この為に私達は造られたのだわ、今、はっきり解った、
　ゼロが考えた私達を造った目的が、ゼロワンを支える事なのだわ。
　と自覚する、レー。

※避難施設のマイケルとケイト
ケイト：（小さな声で）マー君
マイケル：な～に？
ケイト：昨日ここに避難して来た人知っているでしょう。
マイケル：（小さな声で）ママ知っているよ、変な人達でしょう？
ケイト：そうよ、話しかけられても側に近寄らないでね。
マイケル：どうして？
ケイト：マー君が言っていたように変なところが有るようだからよ。
マイケル：そうだよ、ママー。
自治会長：自治会で推薦されて今度、会長職を引き受けてしまいました、二、三日前に確
　か？　お会いしましたね？
ケイト：そうですお会いしました、ケイトと言います、息子のマイケルと避難受付台帳に
　記載しました。

自治会長：ああそうそう。
ケイト：従妹に会いに来て、この天候の悪さに摑まりました、ウイスラーから来ましたの。
自治会長：ウイスラー？　ではカナダの人でしたか、従妹の方にお会い出来ましたか？
ケイト：会うことが出来ました。
自治会長：それは、それは良かったですね、大変な事に成りましたからね、ここの避難所には、今現在千二百人程の人が滞在していますが、長期間の滞在の可能性が、予想される為に、州政府の方から気候が落ち着くまで、自治会を結成して避難所を運営をするよう通達が有ったもので、ここを十グループに分けて運営管理する事に成りました、後でグループごとに記載台帳をお持ちしますので、氏名記載の事お願いに又来ます。
マイケル：あ、レー、おばちゃん。
ケイト：自治会会長さんに成られた方よ、レー。
自治会長：貴女でしたかケイトさんの従妹の方とは、以前お逢いしていますよね？
レー：ハイお逢いしています、会長さんに成られたと？　それは、それは適任ですね、良かった、知っている方が会長さんに成られて。
自治会長：では、後で又。
　と言って去っていく。
ケイト：レー、とっさに貴女を従妹と言ってしまったの、なんか余り詳しくしゃべらない方が賢明な気がして。
レー：ケイト、そうした方が私もいいと思った、チョット来てマイケルも、施設隣の公園でも行きましょうか、マイケル、ブランコ有るよ、乗っておいで。
マイケル：いいの、レーおばちゃん、ママいいの？
レー：（思案顔で）ケイト。
ケイト：何なの、なんか解ったの？
レー：今から話す事は、とても重要な事なの、よく聞いて、貴女や貴女の主人、私の兄さんに起きている事は、今の異常気象に関して繋がっているのよ、事前に予想され、想定されていた事のようなの。
ケイト：（驚いて、しばし、レーを見つめ）そんな、レー予想され想定されていた事なんて、なんでー、主人やどうして私なのよ？
レー：いい、ケイト、驚かないで聞いてね、私達が生まれるずうっと前、今から四十数年前に実際に起きた事なの、選ばれた中で特に知能指数が高い人の精子と卵子で試験管ベビーが誕生したの。
ケイト：そんな前に？
レー：そう、その時に生まれた男の子が、とても知能が高い男の子であったの、当然と言えば当然なんだけれどね、でもね、ケイト、その幼子の知能の高さが驚く程、極めて高く、この子を取り巻く大人達皆が恐れをなしたの、当然、普通の幼子と異なる知能の高さを持って生まれた事で、神を冒涜した行為として非難が起きた、なぜなら、普通の妊娠に恵まれない、夫婦の精子や卵子で生まれた子供で有ればそれ程大きな騒ぎにはならなかったと思うの、いいえ、きっと騒ぎさえ起きなかったと思うわ、でも、選ばれた知能指数の高い精子と卵子をわざわざ非難が起きる事を覚悟で、何故、人類の初めての試みに、知能の高い子が生まれる事を前提に、非難を承知の上で試験管ベビーとして誕生させたのか？　誰かが、何かの意図をもって誕生させたものと、私は思っているの、ケイト。

ケイト：よく解らないわ？　なぜレー？　そんなに、こだわったの。

レー：特別に選ばれた人の精子と卵子だったからよ、ケイト。

ケイト：一体、誰の子よ？

レー：キリストとマリアの遺伝子細胞から。

ケイト：エ？（突然な話で、驚いて、ぽかんと口を開け）そんな、一体どうやって？　それを、レー人の細胞の遺伝子操作は、倫理規制で厳しく規制されて、今も厳格な審査基準が有るでしょう？

レー：有るわよ、でも、公には知らされず、キリストやマリアの聖遺物から密かに遺伝子細胞を求め複製が行われていたと言われているの。

ケイト：そんな怖い事？　本当の事なの、レー。

レー：有ったのよ、ケイト、おおっぴらに、成ると困るような事が、過去には、滅びた動植物の遺物から遺伝子を採取し復元を試みた例は、他にも色々有ったのよ、中には北極のシベリア凍土帯の永久凍土から見つかったマンモスの細胞から、滅びたはずのマンモスの復元や恐竜をも復元しようとしていた事も有ったのよ、滅びた恐竜を蘇らせジュラシック・パーク等の映画も当時盛んに造られたと聞いているわ、他にも、遺伝子細胞を加工し、ライオンと虎を掛け合わせた動物を造った事も、表に出なくとも、陰で密かに遺伝子細胞を加工した植物や動物、全く新しい生物の誕生を何処の国でも密かに実験されていたのよ、でもね、こればかりは、秘密に事を進めていても、反対する者がいて、漏れたの、キリストとマリアの聖遺物からの細胞を使用した事が知れると、世界中の神学者達の大きな騒ぎとなったわ、そんなのはフェイク（嘘）だと言いながらも、世論の非難を浴びた、とても許されない事をしたと、宗教上、神の領域に踏み込み冒涜したと、当然、倫理委員会が出来、厳しい審査倫理基準が出来た、そして追及された、当然生まれた幼子が問題と成ったわ、ゼロを造った人は、そうなる事を予測していた、そしてある一部の人しか知らない場所に隔離し、子供が疾患を持って生まれた為に、生まれて間もなく死亡したとして隠ぺいしたわ、その為に、子供を隔離した一部の人達以外知る事はなかった、そして騒ぎが収まると、全てなかったものとして隠し通したのよ、ケイト、ここまでは、解ったわね。

ケイト：（うなずき驚いた表情で）凄い事をしたもんだわねー、レー、ええ、解ったわ、それで、その幼子はどうなったの、レー？

レー：これから話すわケイト（沈黙し考え込んで、やっと話す）ケイト、私達を造った人。

ケイト：エ？　レーを見つめ、貴女を造ったの？　貴女達を、その幼子が、造ったの？

貴女達を（半信半疑な顔をしてレーを見つめて）本当なの？

レー：そう、人工子宮（子供を産む機能）を発明し造った人よ、十八歳や、そこらの年齢で。造った人工子宮装置で、しかも男の子を誕生させたわ、人工子宮から生まれてきた赤子を見せられた周りの人達は、驚愕し恐れを抱いた、皆、ゼロに畏怖感じ、人類の創造神を見たと思った、その人類の創造神が、有る目的の為に、子供を造ったと皆に話した、そしてある予測をした、それはね、それは、宇宙や地球の異変や人類の消滅の危機を伴うと、周囲の人に説いた。この人類の危機の予測を聞いた周りの人々は皆、誰もが一斉に青ざめ、パニックに落ちいった、当然、この予測が世の中の人々に知れ渡ると、大変なパニックに成ると恐れた人達は、藁にもすがる思いで、百年以内の起こるであろう、人類の危機の予測を回避する為に、危機を説いた創造神（のちのゼロ）に助けを乞うてすがった、創造神が、人類が生き延びる為に備える事、そしてある計画を示したの、それは、長期に亘る宇宙の観測のプランだった。その計画プランは、綿密に計算され、誰にも知られず、極少数の人達で二十年の歳月を掛けて極秘ミッションとして、宇宙の異変と、それに伴う地球の異変の予測を観察する、極秘で行われるミッションと成った。

ケイト：まさか？　まさかレー、（青ざめた顔をして）極秘のミッションとは、そのミッションとはレーまさか？（顔がこわばり）レーもしかして？

レー：そう、気づいた、ケイト、貴女達よ、創造神と言われたゼロの息子ゼロワンが機長として、観測していた。

ケイト：（真っ青になり）そんな？　そんな、（震える声で）ではレー？　マイケルは、その人の、創造神と言われた人の孫、（真っ青になり）そんな、（頭を抱え震えているケイト）そんな、そんな事、レー私、（震える声で）私、何も知らなかったのよー何も、そんな事とは、知らなかったの、どうしよう、ケイト。（訳が解らずオロオロ震えている）

レー：ケイト、落ち着いて、落ち着いて、貴女だけではないのよ、皆、そう、皆もよ、私達、皆、誰も知らなかったのよ、知らされていなかったの、ゼロに、あまりにも事が大きすぎて、この、悲劇な事に人々の心がついていけない事を、ゼロが知っていたからよ、だから、誰にも教えなかったのよ、知る事で、人の心が壊れ人類が自ら自滅崩壊する事を恐れたの、だから、限られた少数の人達だけにしか知らされず、極秘で、事を進め、私達や、他の誰にも教えなかったの、だから人工子宮で生まれた子供同士が、親しく繋がる事を禁止した、特に厳しい規則を設けて、事の次第を知られないようにする為に、子供同士が連絡を取り合うのを恐れ、避ける為に、厳格な規制、規則を設けた、ただ一人ゼロの息子ゼロワンだけが知っていた、いや、知らされていたと思う、ゼロワンが全てを背負っていたのよ、ケイト、人類の運命を、知っていたのよ、機長ゼロワンは、震えながら、兄さんがたった一人で、誰にも話せずに、一人胸の奥に、閉じ込め、耐えていたのよ、私にはとても耐えられないわ、心が壊れ狂い死んでしまう、ところが、ケイト、その規則が数年前から無くなっていたのよ、今日、同じ環境で生まれ育った仲間と話をしていたら、数年前から接触等の規制が無くなっていたと言うの、ゼロが私達が大きく成って対応出来ると、思ったからか？　他に何かが有ったからか？　解らないわ、でもね、ケイト、仲間と話をしていても、私がケーを通して知ってしまった事を、話せなかったの、機長ゼロワンの事は話したけれど、とても怖くて、ケーから聞いた事を、話そうと、喉元まで出てきたけれど、とても話せなかったの、聞かされた人はどうなるか、きっと心が壊れると私、解ってしまったから、解ったからよ、聞かされた人の、その後の事を考えると、とても怖くなって言えなかったのよ、ケイト、だけど、（泣きそうな声で）ず～っとゼロワン、兄さんだけが知らされていたのよ、ケイト人類の消滅の危機が遠い先か？　又は、すぐ近くに近づいてきているのか、それを兄さんが、たった一人で耐えていたのよ、他の人に話をすると、聞かされた人は心が付いていけずに、心が壊れると心配したからよ、ゼロと同じように、考えていたからなのよ、ケイト、（不安な声で）ケーの話では、ゼロワン、兄さんが、もう打つ手が限られていると言っていたわ、ケイト、私と同じように人工子宮で生まれた仲間に、大統領補佐官している人や、国家情報省に所属している人達がいるの、今日、話を聞いたり話をしていて、今の危機をどう思っているのと聞いても、皆、本当の危機は知らずにいるのよ、ケイト、この気象が落ち着いたら元の生活に戻れると、皆そう思っているのよ、政府機関のトップ周辺にいる人達までもよ、全然解っていないのよ、気候が変わってきていて、人が今の異常気象の環境に適応して、変わっていくのは当然の事で、進化するのは当然と考えているのよ、皆、でも、進化が当然の事としても、進化があまりにも速くて、尋常ではない事を誰も気づいていないの、進化の速さにウイルスが関与している事等を、誰も知らずにいるわ、このウイルスがＡＩ人工知能ハルの思惑が関与している事等、私がケーから聞かされなければ、知らなかったように、誰も知らないの、もし今、起きている事の真相を聞いたら、世界中の人やここに避難している人、皆どう思う？　どう行動すると思う？　ケイト、恐怖や不安で、精神のバランスが壊れパニック、ストレス、自暴自棄、争いで半数以上の人は確実に傷付き亡くなるわ、きっと、それは間違いない、それがＡＩハルが意図するプロセスなのよ、恐ろしく巧妙にＡＩハルが描いた、人類が滅び去り生まれ変わる為のプロセスよ。

ケイト：（まだ、呆け、青ざめた顔をして茫然としながら）レー、ここにいるのが、怖いわ、私、（上の空で）どうしよう？

レー：ケイト、そうよね、やっぱり、人込みにいては危険だと思うわ、危険よ、ケイト、ケイト：ここにいては、ここの人達から離れるべきよ、何時か事の真相が知れる事に成る、遠からず、ここにいては、安心は出来ないわ、ねー、ケイト、貴女の両親は、貴女が生まれた所、故郷は何処なの？

レー：ここから北の方、年間を通して賑わうカナダ観光地でも有るウイスラー、父と母がいるわ。

ケイト：人ごみを避けられる場所なの住まいは？

レー：（まだ上の空で、少し正気を取り戻し）レー、父は人付き合いは苦手で、町から遠く離れた場所に住まいを構えたの、私、小さい頃、スクールに通うのが大変だったの、町から遠いから。

ケイト：そうだ、ケイト貴方の故郷に避難しよう、兄さんも私達を探しやすいと思うし、マイケルも喜ぶでしょう、ね、そうしないケイト？

レー：（それを聞いて、少し安堵して）レーありがとう嬉しいわ、きっと私の両親も喜ぶわ。

再び、自治会長さんとバリアの外から避難して来た女の人を連れて、訪ねて来て、

自治会長：自治会として、避難している人達を、五十人程を目安にグループを造り、各自グループを運営をしていただいて、自治会との連絡網を作りたいと思っています。各自就いては、レーさんに取り敢えずここのリーダーとしてお願いできればと思い伺いにきました。

レー：（突然な事にレー、戸惑い困った顔をして）御一緒の方は？
自治会長：（振り向いて）ああ、この方は、外から避難して来た方で、レーさん達のグループに加えていただければと思ってお連れしました。
女性：私達バリアの外で長年暮らしていましたが、この気候でしょう、天気が落ち着くまで、この避難場所に避難しようと思いやって来ましたの、気候が落ち着いたら帰ります、皆さんもそうでしょう。
レー：そうよ、皆本当はすぐにも帰りたい場所があるのよ、でも交通網がマヒしているから皆、途方に暮れて、イライラしているのよ、ところで、外から来たと言ってたけれど、バリアの外の方はどうなっているの？
女性：若い人や子供等は、今の気候に徐々に体が慣れていっているようだけれど、慣れれば気象が急に変わっても自然に対応出来る体に成ってきているようで、ま〜ぁ、慣れ親しんだ場所で暮らすのが一番いいとは思っていますけれどねえー。
レー：ね〜、会長さんここのグループリーダーに、この方にお願い出来ません？
自治会長：う〜ん、ケイトさんどう思います。
ケイト：この方が適任のような気がしますがー。
自治会長：う〜ん、そうですか？　レーさんが、と思って来てみたのですが、皆さんがそうおっしゃるのであれば、この方を貴女達のグループのリーダーとして、推薦し登録いたしますので、では又、では御一緒に本部に。

レー：（ホッとした顔で）助かったわー、ケイト、余り係わりたくなかったから。
ケイト：私もそう思ったわ、レーでもしっかりした方のようね、レー。
レー：そうね？（去って行く後ろ姿を目で追って）ケイト？　避難して来た割には困ったような、悲惨さが無い人ね、そう思わないケイト？
ケイト：そうね、そう言われると？　なにか引っかかるわね、なにかしら？　皆大変と思って先が見えないので避難して来ているのに、その割には、皆と違い不安な顔をしていなかったわね？　性格が元々、ポジティブな人なのかしらね？　レー。
レー：前にバリアの外に出て逃げ帰ってくる途中、ある集団の教えを説いている人に聴き入っている人達が皆、楽天家に成ってしまったように、頷いていたのよ、確か、私には何か居心地が悪く、そっと抜け出して帰ってきた事が有ったの、あの時の人達に何処か似ているわー、ケイト、（小さな声）余り親しくしない方がいいかも、マイケルも親しくならないように気をくばってね、ケイト。
マイケル：ママ、今、来た人ね、いろんな人とハグしてたよ、いっぱい。
レー：（ケイト、顔を見合い、同時にレー）ケイト、いやだ、怖いわー。
ケイト：マー君、よその人にハグされてはダメよ、解った、絶対ダメだからね、ハグされそうになったら逃げるのよ、必ずよ、ママのいう事、解ったー？
マイケル：解った、でも、ママの顔の方が怖いよ、僕、ね、レーおばちゃん。
レー：ケイト、私、ステーションに行ってみる、運行状況確認してみて移動に必要とするものが手に入るか調べて、見てくるわ。

施設内がザワザワしだし、皆大騒ぎをしている、避難して来た人が、赤ちゃんを産んだそうだと、大騒ぎをしている、突然、悲鳴を上げている女の人がいる、この赤ちゃん耳や口が無いわ、だから産声を上げないんだ、声が出せないんだわ、恐怖にかられ、蒼白な顔して、大変だー誰かー、誰かーと大声で叫んでいる。

自治会長さんとリーダーと成った女の人が、かけよっていき、会長が、赤子を見て、驚いて、オロオロしている。

リーダーと成った女の人が、大丈夫、大丈夫だからと、今に産声をあげるから、だいじょうぶよ、大騒ぎをしないでと、皆を大きな声で恫喝している、心配はいらないわ、騒ぎを抑えている、大きな声で、皆さん聞いて下さい、バリアの外で生まれた赤ん坊は、最初は、皆さんが、今目にしたように生まれているのよ、これは、今の異常気象に対応する為に、進化して生まれた赤ちゃんですよ、直に口や耳が備わってきますから、怖がらなくても大丈夫ですから、産声が聞こえてきて、皆、驚きながらも歓声を上げている。

自治会長：（ホッとした顔に成り）助かりました貴女がいて下さって、私もビックリし驚いてしまいました。

女性：会長さん私達は皆、最初はそうでしたよ、私も皆さんと同じでしたから、でもある人が言っていました、私達は今、この気象環境に適応出来るように人は進化する途上にいるそうなんだと、神様が与えた試練で、この進化する事を皆で受け入れましょうと説いているのです、だから怖がらず皆で受け入れる事がとても大事な事で、これから生まれる子供は進化した次の世代の子供達と成るでしょうと言っていましたよ、これは教えの通りに従うべきです、（集まった周りの皆を見渡し）自治会長さん違いますか？

自治会長：貴女のおっしゃる通りです、とりみだした事がお恥ずかしい、面目無い、でも貴女がいてくれて、本当に助かりましたよ。

度重なる異常気象が発生し先の見えない混沌とする生活の中で、生まれた子を抱きしめ、産んだ母親がシッカリと周りの誰からも、わが子を奪い取られまいと震えながら抱きしめている。

この光景を目にしたケイトは、生まれたばかりの赤子を抱きしめる母親を複雑な気持ちで、見つめている。

マイケル：ママ、レーおばちゃんが帰ってきたよ。

レー：なにか有ったの？　騒ぎが起きていたようだけれど、ケイトどうかしたの？

ケイト：レー実はね、さっき、外から避難して来た女の人が、赤ちゃんを産んだのよ。

レー：そうなの。（騒ぎの原因を知って納得した顔をしている）

ケイト：でもね、赤ちゃんに口や耳が無かったの、つるんとした、のっぺらぼうの顔で生まれ、産声をあげなかったのよ、それで、周りのみんなが怖がったの、でも私達のグループのリーダーが、動揺する皆を抑えたのよ、じきに口が出来、産声をあげると言って、騒いでいる人達を、大きな声で恫喝したの、そうしているうちに、口や耳が現れ、産声をあげたのよ、レー、外で生活している人達は、人がこの異常気象に対応出来るように人が進化していると、だから、誰も大騒ぎ等していないと言うのよ、皆して、新しく生まれた子供を受け入れているのだそうよ、皆これから生まれるこのような子供が進化した子供達として受け入れる事を説いていたわ、どう思う、レー。

レー：ケイト、正論よ、人としても、認めてあげなければと思うわ、ただ、ケイト、私や貴女は、この進化の陰にハルの陰謀が隠されているのを、ケーから聞いているから、怖いのよ、認めたくないの。

ケイト：このウイルスで促され、進化し生まれた赤ちゃん、この先どのように成るか解らないわよ、レー、つるんとした顔で、生まれてきたのよ、余りにも進化が速く異常だと私は、思うわ、レー。

レー：ケイト、（デジタル機器（スマートウオッチ）がかすかに震えて）チョット待って、私にラボの同僚から連絡が入ったわ。

主任：レー、今何処にいる、今、研究所ラボに直ぐに来られないか？

レー：先輩（ラボの主任研究者）、どうしたの、まだそこラボにいたの？

主任：うん実はなー、レーが前に見付けたR1ウイルス、あの後、チョッと気になっていたんだー、避難先で、チョット気に成った事があって、ここに戻ってR1ウイルスの人との係わりを、今一度、調べて気に成って連絡した。
レー：なにが？　どうしたの。
主任：レー、驚くなよ。
レー：何なのよ。
主任：このR1ウイルスは、ただの今まで知られているウイルス等ではないなー、人の細胞の隅々まで影響を与えている、それなのに人の免疫細胞が受け入れて共存している、受け入れて共存なんて、考えられない事が起きているんだ、レー、人の細胞が受け入れているという事は、これを放置するとどうなると思うレー？　大変な事に成るんだよ、レー、人がR1ウイルスに体が乗っ取られる可能性が出てくる、聞いているか、レー？　体が乗っ取られるんだぞー人が、レーこのウイルスに、こんな、ウイルスは見た事もない、今まで聞いた事さえもない、未知のウイルスだ、とても僕の手には余る、来てくれないか、レー？　R1ウイルスを抑えるワクチン（ウイルスを排除する抗体）を早く、それも一刻も早く造らなければ、誰にも感染の症状が無いから、知らぬ間に広がり手遅れになる、レー、僕だけではワクチンは造れない、とても無理だ、出来ない、頼む、来てくれレー、待っているから。
レー：ケイト、今の話、ラボ（ウイルス研究所）の先輩の話を聞いた？　私が思った通りになっているわ、ハルの思惑を阻止する為には、何とかして、このウイルスを無害にする必要が有るわ、何とかしないと。

ケイト：レー、私に出来る事はない？　私、細菌やウイルスには、疎いから、あまり力に成れないけれど。
レー：有り難うケイト、ケーに今日、起こった出来事、知らせておいた方がいいと思う、伝えておいてくれる？
ケイト：解ったわ、レー、私、直ぐ図書館にいって、ケーに報告入れるわ、ウイルスのワクチンの事聞いてみるわ、ケーに主人が遺伝子プログラムを与えたと思うから、今、地球上で使われている、どの人工知能ＡＩより数万倍の知識量を備えていると思うわ、だから助言を聞いてみるわねー。
レー：有り難う、後は頼んだわよ、ケイト研究所（ラボ）に行ってくるわ、あと、ケーから何か知らせが有ったら教えて、ケイト、ラボにいるから。
ケイト：解ったわ。
誰もいない図書館一角「ケー…助けて」と打ち込んで、立体スクリーンが揺れてケーが姿を現す。
ケイト：ケー、今、ここの避難施設で、バリアの外から避難してきた妊婦の人が赤ちゃんを産んだの、ケー、そしたら口や耳が付いていない、のっぺらぼうの、赤ちゃんが生まれたの、最初は奇形児と思って皆が、驚いて怖がっていたけれど、次第に口や耳が現れてきたのよ、そして見た目は普通の赤ちゃんに成ったわ、周りにいた人達は驚いて逃げ出す人もいたのよ、でも外から避難して来た女の人が、バリアの外で暮らしている人が生んだ赤ちゃんは、みんなこのように生まれてきていて、今の気候に適応する為に、人が進化し容姿が異なって生まれてくるもので、私達は進化してきた子供達を受け入れければならないと説いているのよ、ねー、ケー、人の進化が住む環境で変化するとは聞いていても、ケーこれは、ただ事ではない気がするの？　どうなのケー。

ケー：人類がこれまで住む環境に適応して、体の一部が進化した部位や衰えて失った部位が有って進化してきた事は承知していますね、例えば、歯でかむ力が原始人より衰え、顎が小さく成り、手や足が伸び身長が高く成ったように、長い年月を重ね人の体が徐々に住む環境に合わせ進化するものです、今の状況で生まれた子供は、人間が持つ進化のプロセスとは明らかに異なっています、生まれてきた子は、明らかにＡＩハルの思惑を持つウイルスの仕業です、このままでは、このウイルスに感染した母親から生まれてくる子供は、ＡＩハルの思惑に沿った子供達が生まれ増える事でしょう、このウイルスの感染の広がりを、なんとしても抑えなければなりませんケイト。

ケイト：あ、ケー、レーの話だとこのウイルスは、気象が大きく変化しない時はウイルスの活性化が見られないと言っていたわ、ケーだから。

ケー：ケイト、今の異常気象をすぐにも変える、止める有効な手立ては、今の私には知識が不足して、変える事は出来ません。

ケイト：（落胆して）そうなの、今ね、レーが、ウイルス研究所に行ったの、このウイルスを無効にするワクチンを造る事が出来ないか調べてみると言って出かけたのよ、ケー、レーに知恵を貸してやって、お願い。

ケー：ケイト、解りました、何が問題で、何が必要とするのかを教えてくれれば、回答が出来ます、キーワードは、ウイルスの感染予防とワクチン、その製法ですねケイト、レーに連絡を入れ下さい、ラボのデータベースにアクセス出来るように、私が言っていた事を伝えて下さい、今すぐ、解りましたね？

ケイト：ええ解ったわ、ケー、緊急を要するのね、解ったわ、すぐ伝えるわ、レー、今、ケーに連絡を入れたわ、ケーがね、ラボのデータベースを開放してほしいと言っているの。

レー：ここのデータベースを？

ケイト：ケーがそちらに現れると思うの、急を要するみたいだから。

レー：解ったわ、ケイト。

研究所のスクリーンが突然一旦消えて、真っ白になり、再び元に戻り、スクリーンが揺れてケーが、現れている。

突然スクリーンにアバターのケーが現れたものだから、主任は仰天して、

主任：レー、なんだー、これは、何なんだー？　このスクリーンは？（ケーに、指さして、震え声で）あいつはなんだー？　あのアバターは？（アンドロイド人造人間は見る

人の嗜好に合わせ姿形が変わる）

レー：先輩、チョット落ち着いて、落ち着いてね、今、説明するから。

主任：（戸惑い震えながら）レー、この研究所は、外部から厳重にアクセス出来ないように何重にもセキュリティが施されているはずだ、なのに、何処から侵入した？　セキュリティが壊された？　そんな簡単には侵入は不可能のはずだ、なぜだ？　何処から来た、どうなっているんだ、レー、

パニックを引き起こしている、呆然としてスクリーンのアバターを見つめている。

ケー：レー、ラボのデータベースにアクセスしたい、開放してくれませんか？　ケイトから聞きました、至急、ウイルスのワクチンの開発に繋がるデータを必要とします。

レー：解った、開放するわ。

ケー：レー私以外に開放出来ないようにキーを掛けて、私が読み取る時間が終わったらすぐ閉じて、全部、一旦遮断して下さい、いいですね？　私のアクセスの痕跡を残したくないので、解りましたね？　レー。

主任：（二人の会話を聞き驚き）レー待ってくれ、どういう事だ？　開放は規律違反、機密保護法に触れる、処罰の対象に成るんだぞー、レー解っているのか？

レー：（振り向いて）ああ解っているわ、先輩、でもね、このR1ウイルスを無害にするワクチンは私達の力では、造り上げる事はとても無理、解っているでしょう、貴方も、とても無理である事は知っているよね、それとも、主任、貴方は造れると思っ

ているの？　R1ウイルスは誰も、今まで目にした事の無い、全く異種のウイルスよR1ウイルスは、私達を人を乗っ取るのよ、このウイルスの恐ろしさを一番よく解ってる貴方が、私に連絡を入れたのよ、違うの？　主任、データベース開放するわ、ケー開放します。

ケーがデータ読み取り始め、1、2、3、4秒程、スクリーン画面が真っ白になり、再び、

ケー：データベースを閉じて下さい。
レー：ハイ、閉じたわ。
ケー：いいですか、レー、R1ウイルスを無害にするワクチンは、R1ウイルスと同じ型のウイルスを造る事です。
レー：ええ？　戸惑い、そんな、なぜ？　ケー、人の細胞が受け入れているのよ、このウイルスをケー？
ケー：ハイそうです、レー、人の抗体に疑問を持たせる事です。
レー：でも、人の細胞が共存を許して同居しているのよ、異物と見ていないから共存を許しているのよ、ケー。
ケー：そこなんです、レー、だから人の体内に抗体が出来ないのです、抗体が疑問を持たないからです、解りましたか？
レー：考えて、そうか、抗体が疑う事を気づくR1ウイルスにすれば、抗体が疑い始め排

除する抗体が出来る、人の細胞内で、R1ウイルスと、偽のR1ウイルス同士ぶつかる事にすれば、抗体が疑問を持つ、今まで共存していたウイルスR1を異物と捉える、そういう事ね、ケー。

ケー：ハイ、そのように推測しました。

レー：ありがとうケー、これで、やっと、手掛かりが出来たわ、教えてくれて助かったわ、ケーありがとう。

ケーが揺れて消えていく。

レー：先輩、聞いた、聞いたでしょう、今のケーが言った事、そうなのよ、私、気づかなかったわー言われるまで、これでワクチンを造れるわー、レーが喜んで声が弾んでいる。

主任：（茫然として、まだ、理解出来ずに、呆けながら）レー、（恐る恐る）今のは？　何だ？　あのアバターは？　なんだー、誰なんだ？（顔が強ばり震えている）

レー：大丈夫よ、心配しないで、私の兄さんが遣わしてきた、デジタルアバターよ。

主任：（驚いて）君の？　兄さんが送り込んできた、アバター？　兄さんが君のために、送ってよこしたのか？（目を丸くして、レーの顔を見つめ）君のために？（不思議な人を見るような目をしてレーを見つめ直して）確かレー、君には血の繋がった人はいないと言ってなかったか？

レー：（嬉しそうに）そう、ごく最近まで兄さんがいるとは知らなかったのよ、先輩。

主任：でも、驚いたなー。（不思議そうにレーを眺めている）

レー：先輩、私が困り事が有ると、ケーと言うさっきの、アバターが手助けしてくれるの、兄さんが最近送り込んできたものなのよ、自分の代わりに。

主任：君の兄さんがね？（レーを奇異な目で見つめ）やはりね、レーも凄い人と皆、陰で噂していたけれど、同じ血筋なんだなー、皆がレーを避けていたのは、レー、君の知識に敬服して、同時に嫉妬を覚えていたんだよ、僕もその一人だったけれどね、近寄りがたい人と見られていたからなー、レーは、（又、レーを見つめながら）血筋には勝てないなー、レーも、凄い人だと思っていたけれど、（あきれた顔をして）お兄さんがあのアバターを、妹を思い、その為に自分の代わりに、アバターを造って送り込んでくるとはねー、それにしても驚いたなー、凄い知能だなー、あのアバター、いとも簡単にセキュリティラボをかいくぐり侵入してくるは、データの読み取りは早いは、ヒョッとすると、今、地球上に有る最高の人工知能ＡＩより優れているのでは？　レー違うか？

レー：（話を逸らし）ラボの皆が、主任、私をそのように思っているなんて知らなかったわー先輩、私、一人離れて施設で育ったみたいなものだから、人との付き合いが苦手で、親しい人はいなかったから、いつも一人で生きてきたから、だれにも頼らずに、いつも一人で、皆がそのように思っているなんて知らなかったわー（急に、嬉しそうな顔に成り）先輩、でも、兄がいたのよ、血の繋がった兄さんが、そして甥っ子がいたのよ、（微笑んで）六歳に成ったばかりの男の子なのよ、かわいい甥っ子が、血の繋がった甥っ子が。（嬉しさのあまり、満面の笑みで話している）

私に、兄や甥がいると知った時は、他の人には、この気持ちは解らないと思うけれど、嬉しさのあまり興奮して震えたわ、嬉しくて、嬉しくて涙が出て、止まらなかったの、嬉しくて涙が出るなんて、生まれて、初めて知ったのよ、血の繋がった甥っ子を見つめていたら、胸がキュンとして痛くなったのよ、たまらなく愛しいと感じたの、初めての事よ、その時、やっと解ったのよ、何の為に自分が生きているのかを？　何をする為に生まれたのか？　ずうっと疑問を持っていたの、いつも一人ぼっちだったから、やっと解ったのよ（嬉しくて急に笑いだし）おかしいでしょう私？　貴方みたいに、ご両親から愛されて育てられた人には、とても理解出来ないと思うわ、兄が、そう、兄の代わりに兄の息子、甥っ子のマイケルを守る事なんだと気づいたの、甥っ子を守る事は、他の人々を守る事に成るのよ、だから、何としてもワクチンを造らなければねー、先輩。

ケイト：レー、ケーと繋がったー？

レー：ああケイト、さっきスクリーン（ホログラフィー）にケーが現れた、私が見つけたR1ウイルスをワクチンウイルスにするようにと、アドバイスをしてくれたわ。

ケイト：（訳が解らず）同じウイルスを、わざわざ造るの、レー？

レー：そう、とても私達では、気づかなかったわ、同じウイルスを造るなんてそんな事は、対抗出来る免疫抗体にばかり目がいっていて、やはり兄さんが造ったケーはとてつもない知識を持つAI人工知能よ、ケイト、貴女が言ってた、兄さんが造った遺伝子プログラムの凄さが解ったわ、今ね、先輩がR1ウイルスの細胞の一部分を加工し欠如したウイルスにして、欠如した部分に異物を加え培養しようとしているの、R1ウイルスと同じで有るけれど、微妙に異なるのよ、ケイト、人の細胞内でR1ウイルスと加工されたR1ウイルス同士が接近又は、重なると初めて互いに異なると見なして拒絶し合うの、その事で、人の免疫細胞が、同居しているウイルスを感じとり異物として見なし、排除する働きが芽生える事に成るのよ、そして、この時ウイルスに抗体が人に出来る事に成る、抗体が出来るの、声が弾んで、ケイト、仕組み解ったー？　嬉しそうな声で、これでAIハルのウイルスを無害化出来るのよ、無害になるのよ、ケイト、ケーに感謝ね、（誇らしげに）兄さんが教えてくれたの、本当に兄さんは凄いわよ、ケイト。

マイケル：ママ～皆、さっき来た女の人の前にいっぱい人が集まっているよ。

ケイト：そう、グループのリーダーの方、何をしているんだろう？　会長さんも一緒だわ～。

会長：皆さん、チョットこの人のお話を聞いてください、ここにいる皆さんにとっても、大事なお話です。

避難しているここの人達は、大半バリア内で移動している最中に、この場所に避難して来た人達ですが、今気象バリア（気温や気圧を管理して建物のを覆おうシステム）の外で暮らしている人も、いずれこの施設に避難をして来ると思われ、かなり多くの人達とここで一緒に当分の間、共に暮らす事に成ると思われます、ついては、先程の事では、皆さん、大変驚かれた事と思います、私もですが、でもバリアの外で暮らしている人々の間では、さっき目にしたように赤ちゃんが、外の気象に適応出来るように進化して生まれてきているそうです、その事について、この方からバリアの外の人々の様子を少しお話しして頂きます、どうか皆さん聞いてくださ い。

リーダーの女性：皆さん、驚かれたでしょう、実は、私も最初生まれた赤ちゃんを見た時、私も皆さんと同じく、驚き恐怖を感じました、でもね、今、バリアの外では気象が日々急変する天気と成っています、この気象環境の中で生きて生活する為には、人は、この環境に適応しながら生きていかなければなりません、今、生まれてきている子供は、この環境に適応する為に人が進化して生まれてきた子供達なのです、昔の人々が気象環境に適応出来るように、冬の厳冬期の寒さに耐えるように重ね着をするように、その時の住む環境に適した生き方を求め進化してきたと同じように、今、私達の体にも、この異常気象の気圧、温度変化の環境に適応する為に、私達の体は自ら進化が進んでいるのです、これは、私達人類を、最初にお造りに成った、創造神が我々に与えた進化で有り、創造神の意志で試練なのです、この進化して生まれてくる子供達を次の世代を担う子供達として皆で、守り育てていかなければならないと、創造神の教えが説いています、どうか、皆さん怖がらずに受け入れてあげましょう、この先を担う子供達を。

集まった周りの人達が、うなずき、喚声を上げて、そうだ、そうだと賛同して拍手している。

それを聞いてケイトは複雑な気持ちで見ていた、そこへ、レーが帰ってきて。

レー：(硬い表情をして) ハルの思惑通りに事が運んでいるわねーケイト。

ケイト：皆、ウイルスによる変異で有る事を知らないからよ、レー、怖いわ、誰も生まれた子供達がこの先どうなるのか？　皆、知らないのよ、ウイルスが子供達に影響を与えて、奇形を引き起こしている事を知らせなければレー。

レー：(硬い表情で、ケイト、首を振り) ケイト、この人達の勘違いを覆すのは大変よ、皆、神様が与えた進化と勘違いしているのよ、覆す事を説く事は、教えに反するのよ、とても危険だと思う、ケイト、今、ラボでワクチンウイルスが出来しだい、政府が、生まれてきている、乳幼児に奇形をウイルスが引き起こしている事や、私達の体にも異変が起きている実態を話す事になっているの、きっと、人々に大きな混乱や分断がおきるわ、ケイト、バリアの外で生まれた子は、進化した人類の子として、バリア内で生活している人に生まれた子は旧人類の子として比較され、その最中に、バリアの外で生まれた子を、ウイルスに侵された奇形の子供で障害を持つ子と知れ渡ると大変な事に成るわ、互いに中傷しあい、争いが起きるわ、ケイト火を見るより明らかよ。

ケイト：（不安な顔して）でも、レー、このままにしてはおけないでしょう、たとえ人々に争いが起きても。

レー：ケイト、チョット待って、ラボの先輩から連絡が入ったわ。

主任：レー、喜んでくれ、出来た、ワクチンウイルスが出来たぞレー、レーの指摘した通りＲ１ウイルスのＤＮＡを加工し異物を加える事が出来た、これなら、人に感染して体内にいるＲ１ウイルスに感づかれる事無く、細胞に共存しているＲ１ウイルスに近づく事が出来る、ＤＮＡの加工部を小さくした事で、Ｒ１ウイルスに接触するまで気づかれる事はない、後は大量に培養するだけで、ワクチンウイルスが出来る、この後、直ぐラボの上層部と政府のＣＤＣ（疾病対策予防センター）と各情報機関に至急報告する、レーと打ち合わせの計画した通り公表する事に成るがレー、色々騒ぎが起きるがやってみるよ、後、ラボの避難した仲間に、このウイルスの話をしたら、皆がまさか？　あの時レーが発見したウイルスがと、一様に驚いている、そして、皆がラボに集まり協力してくれている、後で又報告するよ、来てくれて助かったよ、レー。

レー：（振り向いて）ケイト、Ｒ１ウイルスの存在が公に、国の指導部から間もなく公表されるわ、もう私達は後戻りは出来ないのよ、ケイト、ＡＩハルとの戦いがもう始まったのよ。

ケイト：そうよね、レー、不安な顔をしながら、これは避けられない事よね。

ラボの先輩（主任研究者）：レー、私だ、ラボの上層部と政府に事の次第を報告した、政府の情報部でうすうす感じていたようで、対応が速かった、今これから、このウイルスが子供に障害を持って生まれる可能性を、政府の疾病予防管理センター（CDC）の広報部が発表する、これを受けて、各メディアが一斉に発信している、レー、メディアをチェックしてみて、何処もレーが言っていたように放映している、そのうち、世論に賛否両論が必ずレーが言っていたように湧き起きるレー、時間の問題だ、政府が統一の見解を出す事にしているが、政府の情報部と話をしていて、怖かった、のはなー、ある宗教国家が、このウイルスは、この異常気象の環境に人が適応して生きていく為に、創造神が遣わした、ウイルスで有ると、人が進化する事は神の教えであると、国を挙げて民衆に説いている事だ、この国に賛同する国も、国民も数多くいると思うと言っている事だ、レーが言っていた通り生まれた子が、どのように進化するのか、どの様な障害が持ってしまっているのか？　まだ我々誰にも、解っていない事で、反論出来ない部分もあるから、きっと後になって問題が起きそうな気がするよ、レー、当分ラボには近寄るな、レー、危険だ、ワクチンウイルスに反対する勢力が、暴徒化する事を、政府の情報部もとても懸念しているんだー情報部では、ここラボが特に、標的に成る事を危惧している、解ったかレー？
今は、ラボには近づくな、絶対に、危険だレー。
レー：（振り向いて）ケイト、メディアがウイルスの事一斉に公表したわよ。
ケイト：レー、レーここの人達も皆、注目してスクリーン（ホログラフィー）を見ているわよ。
さっき、会長やリーダーの女の人がこのウイルスで生まれた子は、進化した子で、奇形や障害なんかでは無いと言って、未来の子達と言ってたから、皆が、騒ぎ出して動揺して大騒ぎをしているわ。
リーダーの女の人：大声を上げて、これは、なにかの陰謀だー、皆さん、生まれた子を貶める、メディアや政府の陰謀だー。
大声を張り上げている、怖くなる程の迫力で叫んでいる。
ケイト：レーあの穏やかな顔が歪み、嘘みたいに、こわばった鬼の形相して、叫んでいるわ。
レー：ケイト、（小さな声で）近くにいてはだめよ、危険よ。
各メディアそれぞれ一応に、近くワクチンを医療機関や保健機関、各避難施設等で配布する旨を伝えている、又、ワクチンを服用する事で、ウイルスによる障害となる後遺症を避ける事が出来ますと、繰り返し伝えている、ウイルスを無害化出来ると訴えている。
リーダーの女性：にらみつける顔で、会長さん、毅然として、このワクチンを受けとっては、だめですよ、鬼の形相の目で、解っていますね、配布されるワクチンは、神が与えた人類の進化を妨げる悪魔の薬ですよ、しいては、人類を滅ぼす薬ですよ、皆さん、人の進化なくしては、この目まぐるしく変わる気象について行く事が出来ないわ、私達、人類は滅びますよ、ワクチンを受けとってはいけません、悪魔の手先に成ってしまいます会長さん。

会長始めメディアの放映を見ていた人々に、戸惑いと動揺が広がって、不安な顔をして互いに、周囲の人達を見渡している。

人々…でも、政府が言っている事、真っ赤な嘘ともいえないのでは？

リーダーの女の人…では、貴女の生んだ子は、外の今の気象に体が適応して生きていけるの？　バリア外で生まれた子は、この気候に適応出来る体に進化しているのよ、頭を冷やしてみて、（語気を強めた口調で）考えてみたら解るでしょう、（睨めつける目で）貴女みたいな人間が、私達人類を滅ぼすのよ、貴女の考えているような人達が、神に背いて人類を滅ぼすの、解らないの？　貴女、今起きている外の異常気象の事実をよく見るのよ、解るでしょう、そして皆が、今の異常気象に振り回され、なすすべが無く皆が戸惑い、うろうろしているのが解らないの？　その為に、貴女もここに避難して来たのでしょう、違うの、現実をよく見て（軽蔑した顔を、見下している）皆さん、微笑みを浮かべ、お解りになったでしょう、神が与えた試練を皆で受け入れましょう。

周りの人びと半信半疑ながらも同調して、皆で拍手している。
レー：ケイトここは危険よ、あのリーダーに会長さんも取り込まれたと思った方がいいわ、ここはもう、ここの避難施設は、ハルの手に落ちたと考えた方がいいわ、（小さい声で）他所への移動を考えましょう（そうっと小さな声で）ケイトここは危険よ。
ケイト：（不安な顔になり）そうね、リーダーの女の人、何かに、取りつかれたみたいになっているわ、怖いわね。
レー：ケイト、そのうち、異議を唱える人達を、潰しにかかるわ、あのリーダーが、皆を扇動して、自分の考え、神の教えが正しいと思い込んで、正義であると信じ込んでいるからよ、リーダーに同調した人達が一斉に蜂起したら、意見の異なる人と、いがみ合い争いが起き、ここ、避難場所に分断が生じて争いの場に成る、恐ろしい事が始まるわ、ハルの人類が生まれ変わる為の、人類の絶滅へのプロセス通りに事が運び、誰にも止める事が出来ず、始まるのよ、人々の分断が、ここでケイト、ここにいては、マイケルや私達が、標的にいずれ、成るわ、きっと、今のうちにここを出ないと、貴女の生まれた故郷に移動しましょう、ここを出て早く。
ラボのから緊急連絡が入り、繋がった。
主任：レー、私だ、今まずいことに成っている。
レー：どうしたの、先輩。
主任：レーここの生物研究所ラボ、ＳＮＳ、（ソーシャルネットワーク）に漏れた、このウイルスを突きとめ、ワクチンウイルスを開発したのがここの研究所と知れてしまった、どこから漏れたのか解らない。レー、今、警備課から建物の周辺に不審者がうろついているのを確認されている、絶対近づくな、レー。
レー：先輩、どこから漏れたのか解らないの？
主任：解っていない、後、ちょっと厄介なことに成っている、レー。
レー：厄介な事って？
主任：ウイルス第一発見者はレーだと知っているのは、研究所の職員だけのはずだが、レー、このウイルスの事、研究所にいた事誰かに話した？
レー：ここの極わずかな人に、私がウイルス研究所にいた事ウイルスに感染しないように、だいぶ前に話した事が有ったわ。
主任：レー、そこは危険だ、いずれレーの事、知られる可能性が有る危険だ、それと、レーと話しあって決めていた事だけど、レーの事は表に出ないように気をつけていたが、ラボの、ワシントン本部や政府の情報機関でもレーの事を知られているようだ。
レー：戸惑い、どういう事なの、先輩？
主任：第一発見者で、このウイルスの事に関して君が一番詳しく知っている事を、厄介な事と言ったのは、この事なんだよ、レー、君に、本部に出頭してくれと言っている、政府の情報機関からの問い合わせも有っての事と思うが？　本部も苦慮しているようだ、このウイルスが本当に、この気象に対応する為に、人が進化する為のウイルスであるのか？　今のところ誰にも解らない事に、政府も迷いが有るようだ、レー、本部の意見も割れているようなんだよ、情報が混乱していて、それで君に意見を求めているのだと思う、突然な事で、本部に出頭の事どうするレー？
レー：今、姉と甥が一緒なの、ちょっと待ってて、相談して折り返し連絡入れるわ、ケイト聞いた、どう思う？　私は貴女やマイケルから絶対離れる事はしない、もう一人ぼっちになるのは嫌なの、この先何が有っても、マイケルの側を離れない、兄さんの為にも。
ケイト：レー、ここが危険と成ると、ワシントンに行きましょうか？　ここより安全な気がするわ、レー、ここ、フロリダ州ケープ・ケネディより、そう思わないレー。
レー：そうよね、ケイト、それが良いかもね。
ケイト：それに、少しでも北に行けるし、私の故郷も近くに成るしね、此処よりは。
レー：解ったわ、移動しようワシントンへ、先輩、本部に出頭するわ、でも、交通機関が麻痺しているのよ。
主任：ああ、それは大丈夫だと思う、本部も、特に政府がウイルスについて、専門家のレーの意見を聞いた上で、対応を考えると言っているから、政府の方で、移動手段は確保してくれると思う、内々に、なにがなんでも、出頭してほしいと言っていたからな、大概の事は聞いてくれると思う。
レー：では、交通手段は安心していいのね、後、姉と甥が一緒にいるの、姉や甥と離れる事に成ると私は出頭出来ない事を伝えて、解ってくれたら、行くわ。
主任：解った、おそらくレーの要望は呑むと思うよ、政府の方も焦っていたから、では、本部を通して政府の方に伝えてもらう、いいね？　レー。
レー：チョット待って、先輩、政府のどの部署からなの？
主任：政府の危機管理部？　とか言っていたな、確か？
レー：情報省や、CDC（疾病対策予防センター）ではないの？
主任：いやCDCや情報省とは聞いていない、情報省に何か心当たりが有るのかレー。
レー：いや、チョットどこに出頭と成るのか？　ちょっと気になっただけよ、でも危機管理部なんて聞いた事ないので、戸惑っただけよ、ありがとう、ではよろしくね、先輩。ケイト、周りに気づかれないように、さりげなく出かける支度をしておいて。
ケイト：解ったわ、レー、なんか騒がしいけれど、又、外から避難して来た人達がやって来たようよ。
レー：そのようね、益々ここ、密になりそうね、ケイト少し、ここから離れましょう。
突然レーの身につけている、デジタル機器のスマートウォッチに見覚え無い人から連絡が入り、「レーさんですか？」
レー：ハイ、そうですが？
政府役人：初めまして、ウイルス研究所の方から、ご連絡が入っていると思いますが、内閣府の危機管理部から、ご連絡を致しております、緊急なご連絡と成り大変恐縮しています、事は緊急を要しています、この為、直ちにこちらに、来ていただく事に成りますが、ご返事をお伺いする前に、ご迷惑を承知の上で、勝手ながら移動の手配をすでに、整えさせていただいております、移動する為の手配が出来ております、周りのお知り合いの方達には極秘に行動して下さい、ケープ・ケネディ宇宙センターは近くですね、すでに、そこに政府専用機を向かわせております、まもなく到着する予定と成っています、移動して下さい、担当者がお迎えに上がります、後は、担当者の指示にしたがってください、ワシントンをすでに専用機が1時間30分程前に飛び立っています、後、およそ1時間30分程で到着する予定です、そこからは充分間に合うと思います、では、危機管理センターでお会いします、出頭する事に同意いただき感謝申し上げます。

レー：ケイト、政府専用機が来るわ、もうすでに出発しているそうよ、一時間半程で到着予定と言っていたわ、急ぎましょう、後、ケイト、発つ前に、図書館からケーに連絡を入れて、これからの行動のおおまかなアドバイスを受けた方が良いと思うの、どう思う?　ケイト。

ケイト：レー、私もそう思っていたわ、ケーに繋がる事は、主人に繋がる事と同じと思うから、その方がいいと思う私も。

レー：ケーのアドバイスは、兄さんのアドバイスと思うから連絡入れてみよう、行きましょう。

ケイト、「ケー…助けて」と打ち込んで。

スクリーンがゆれて、ケーが現れ、

ケー：ケイト、どうしました？

ケイト：私達、ここ、ケープ：ケネディの避難施設を離れるわ、避難している人達の中にバリアの外から避難して来た人達が、だんだん多くなってきているの、避難している人達の中に、ウイルスは創造神が遣わしたものとして、受け入れるべきと主張する人と、国がウイルスの感染を無効にするワクチンを、発表した事で、神の教えに背く事だと反発が広がって、ワクチンを求める人達と今にも争いが起きそうなのよ、ここに留まるのは危険な気がするの、ケー、安全ではないのよ、それでね、私達ここに長くいると、標的になりそうな気がする、ここにいるのが怖くなってきているのよ、（レーに振り向き）ケーに事の成り行きを話して、お願い。

レー：ケー、貴方のアドバイス通り、ワクチンウイルスが完成したわ、それでラボの上層部を通して、政府にワクチンの事、報告して有ったの、それでね、ウイルスを無効にするワクチンの事を政府が発表し国民に提供する事が決まって、ワクチンの配布が始まったわ、でもね、ラボの上層部でも政府でも、このウイルスがこの異常気象に対応する為、人の進化を促す事は、悪い事ではないと言う意見と、ウイルスが害をなす意見と割れて苦慮しているようなのよ、私がR1ウイルスの第一発見者である事から、事の成り行きを私から直に聞きたいと、ラボ研究所本部と政府が言ってきているの、その為に、ワシントンに来てほしいと言ってきているのよ、それでね、ここより安全と思うので、そこで、ケイトと相談してワシントンに行く事にしたの、ねーケー、ウイルスの事どこまで、話したらいい？　ハルの存在は、伏せておいた方が良いと思うのよ、どうすればいい？　ケー。

ケー：レー、要点は、三つですね、そこを、離れるのは、良い決断だと思います、ＡＩハルの思惑どおり、人々の分断、混乱が始まったと思います、そこにいては危険です、リスクが大きすぎます、リスクを避けるため、移動し続ける事を勧めます、レー、貴女が言われたように、この異常気象や、ウイルスによる人の進化にハルの思惑が潜んでいる事は、お話しするのは、今は控えて下さい、混乱を引き起こすだけで、今の政府や人々には、解決出来る、知識や耐える心等は、備わってはいません、ウイルスの情報に関しては、貴女が第一発見者で有る事は知れている事実です、見た事、経験した事をお話しする事が大事です、ただ貴女に私がお話しした、ＡＩ人工知能ハルの事は今、現在は、知らせるべきではありません、レー貴女はウイルスに感染した人達を見たままを報告する事で、賛否が分かれるでしょう、知識の有る方が多いと、おのずからウイルスの害が大きい事が解ってくると思います、レー、貴女が不安を覚える事をあえて、伏せて報告する事で、研究所の上層部の貴女の上司や政府に判断をゆだねるべきです、そうしないと、レー貴女が、この問題の深みにはまります、それは、機長が望みません、貴女はウイルスの発見者ではあるが、傍観者としていて下さい、貴女には機長が帰還するまでマイケルを守る使命が有ります、これは機長が貴女の兄として託す、強い希望です。

ケーが消えて行く。

ケイト：ケー待って、まだ行かないでケー、私達ワシントンに行くことになるけれど、その後、父や母がいるウイスラーに向かう事になると思う、主人に伝えて、お願い、そして（言葉に詰まり）早く帰ってと。

ケー：ケイト解りました、きっと貴女やマイケルの許に帰還する事でしょう。

レー：ケイト、行きましょう、ケープ・ケネディ空港に。

ケイト：マー君、あの飛行機よ。

マイケル：あれに乗るの？　レーオバチャン？

レー：そうよ、特別私達だけが乗るのよ。

マイケル：（興奮して）そうなの？　ママ。

ケイト：ええそうよ。

チェックインカウンター前で待機していた女性が、近寄ってきて、「レーさんですね、お連れの方は、お姉さんと甥御さんに間違いは有りませんね？」

レー：ハイ、そうです。

管理官：お待ちしておりました、危機管理部からお迎えに上がりました、突然のお願いに応じて頂き、感謝いたします、機内に案内いたします、来る途中機内から地上を見てきましたが、ここに来る途中、ケープ・ケネディ周辺の道路や港湾、サイクロンの爪痕が確認出来ました、甚大な被害が起きていますね、ワシントンはこれ程ではありませんが、それでも、ここと、同じようにサイクロンの被害が発生しています、（レー達を見つめ）これからの、貴女達の行く先、予定をお知らせいたします、ワシントン国際空港到着後、政府専用のスカイカー、ボーイング（空飛ぶ車）で危機管理部の施設に直接、向かいます、貴女方のラボの本部には、寄りません、すでに貴女のラボの上司達も、私共の危機管理センターに集合し、貴女の到着を待っています。専用スカイカー、ボーイングには危機管理部の、最初にご連絡いたしました、私の上司が貴女達をお待ちしています、その後は、私の上司が行動を共にし、貴女達を補佐致す事に成っています、従って下さいね、事は緊急を要しています、私の任務は、この言葉で最後と成ります、私がお会いした事やお話しした事全てが機密保持の対象と成ります、ご理解して下さいね。

後は会話の無い沈黙、ワシントン空港到着後、直ちにスカイカー、ボーイング駐機場に移動をうながされて。発進しようとしているスカイカー、ボーイング（空飛ぶ車）のドアが開き、女性の方が現れて、「お待ちしていました、ご連絡入れた危機管理部の者です」

機内に誘導され着席すると、直ぐにスカイカー、ボーイングが飛び立ち始める。

「ここからは私が、貴女達の行動を補佐致しご案内いたします」後は無言で、空港を飛び立ち、およそ、十五分程でビルの屋上のスカイカー、ボーイング、ポートに着陸する。

管理官：屋上からビル内に入り、最初にお話ししましたように、緊急な要望にもかかわらず、ご協力に感謝します、お姉さんと甥御さんは、別室にご案内いたします、緊急な呼び出しに、快く、応じていただき感謝申し上げます、くつろげると良いのですが。

後程、又レーさんとご一緒に成れますので、ご安心下さい、しばらくレーさんをお借り致します。

レー：（微笑んで）マイケルまた後でね。

管理官：レーさん、初めに、お話ししておきますが、今、この開催されます会議の内容は、公には公表されません。

レー：（不安な顔で）どういう事？

管理官：会議室に入る前にお話ししておきます、実は、レーさんが知る情報が、私共、危機管理部では、非常に危険な情報と捉えています。

レー：知っていたの？

管理官：レーさんが、見聴き、又、経験し見た物、内々に、政府の危機管理部でもある程度、危機感を持って注目していたものです、この為、レーさんがお話しする事で、裏付けが出来るのではと、思っている方達がいるのです、でもあまりにも、驚異な事なので誰も表立って意見を言えずにいます、それ程重要な事と、今、お集まりいただいている人達は理解しています、事が事だけに、外部に漏れると、皆さん大変な事に、巻き込まれると恐れています、この為、トップシークレット（最高機密）の会議と成っています、この会議そのものは、政府の上層部の、極一部の人達が中心と成って要請され開催された会議と成っています。

レー：（驚いて）エ、戸惑いながら政府の、トップシークレットの会議なの？

管理官：今日の会議の事は、出席している方以外は知っている人は他にいないと思います、この事は極秘として下さい、会議に出席していただく前に、出席者は、政府関係が七人、ラボ、貴女の上司の方二人とレーさんで計十名の会議に成ります、末席に私が控えております、なにか、解らない事等が有ったら手を挙げて下さい、補佐致します、議事記録は取りません、記録を残してはいけない会議に成っています、私が全て記憶いたします。会議室に入る前に持ち物のチェックが、係の者から、義務付けられています、デジタル情報端末等全ての機器を身から外していただきます、情報漏洩を気にしての事です、ご理解下さい、政府からの出席者七名の内ＣＤＣ（疾病対策予防センター）の方一名、情報省長官一人と部長補佐官一名、大統領補佐官一名、後の三名は長年この危機を研究していた人達です、参加されている人達の、身分や身元は、確認保証はされています、機密保持にサインをいただいています、後程、レーさんにも機密保持書類にサインをいただきます、この会議の事は外部には漏れる事はないと思いますが、レーさん何か、質問が有りますか？　私が知る範囲の事であればお答えできますが？　何か質問がおありですか？

レー：私の上司は、面識が有りますが、長年危機を研究していると言う人達、三人の方はどういう人達ですか？　今の危機を研究してきていたとは？　知っていたという事ですか？

管理官：（チョット困った顔して）実は私もあまり詳しくは存知てはないのです、財団法人自然学と言う団体の方達で、哲学者、物理学者、後一人の方は環境予防医学者の肩書です。

レー：財団法人自然学と言う団体？　聞いた事が無いわね。

管理官：実は、私も今回初めて担当と成ったものです、この会議を招集する前に、お三人の方達とお会いしていますが、ご年配の方達です、私は内閣府所属の者なのですが、財団の三人の方が政府トップの方達を通して、この会議を設けるよう指示して招集された会議と成ったと聞いております、普通は、このような形の会議の開催は、内閣府では有りえません、とても特異の会議と成り、議事録も残す事は避けるようにと固く承っています、それ程、この事案は特殊な物と皆が了解を得て参加されている会議と心得ていただいています、この会議の事を知っているのは、現、大統領と歴代の大統領数人と重要閣僚一部の方のみです、レーさんには、面識のない人達でしょう、では、会議室にご案内します。

管理官が、ノックして、ドアを開けると、すでに参加者全員が大きな楕円形のテーブルに着席されていて、一斉にレーを見つめている。

中央に年配の方三名、右側に政府の方と思われる人が四名左側、ラボの私の上司二名が私を待っていた。

待ちかねていたように、私の上司の一人が、立ち上がり、
ラボの上司：内の職員ウイルス研究者のレーと申し者です。

　レー君、早速ですがまずは、R1ウイルスの発見時から、現在までの君の知っている事を、ここの人達に報告してくれないか？

レー：（紹介され一呼吸ついて、出席者を見渡して）私は、ラボで自然界に存在しているバクテリア（細菌）やウイルスの変異等を研究、観察する事を主な研究テーマとし、特に、ウイルスの研究に重きを置いて観察しています。ウイルスが変異する背景や経緯を観察し調べていますが、今から八ヶ月程前に、偶然あるウイルスを発見しました、自然界には、未知のウイルスは、けっこうな数がいるのですが、私が発見したウイルスは、今まで私が知るウイルスとは、チョット異なる動きをする事に着目し、興味を持ちました、このウイルスの名前をR1と名付けて観察をしております、このR1ウイルスは、奇異な事に、外気の気象が急変すると、異常に反応が活発に活性化してくるのです、急激な気圧の変動に伴うようで、気圧の変化に応じて、急速に、活性化するウイルスです、このようなウイルスは、今まで見た事が有りませんでした、外の気象が、落ち着き安定すると、ウイルスが休眠したように、動きが止まるのです、詳しくは解ってはまだいないのですが、気温の寒暖差や気圧にも関

係していると疑っていますが、まだよく解っていません、近年の異常気象で、太古からの休眠していたウイルスが、この異常気象で、目覚めた物か？　今の処、発生源は、何処か？　それも解っていません、このようなウイルスは初めて見ました、しばらく、観察していたのですが、ラボ（研究所）を覆っているバリアが薄く、この異常気象に弱いと言われ、近くの避難施設に一時避難していました、現在、しばらくR1ウイルスの観察はしておりません。

CDC（疾病対策予防センター）の方、挙手して、「レーさん、ではR1ウイルスは、どのようなウイルスとお考えですか？」

レー：どの様なウイルスとは？

CDC：あ、いや、あのーその、人に害をなすとか？　重大な後遺症を及ぼすとか？

レー：私は、現在ラボ（研究所）を離れている為に、詳しく観察が出来ていません。

情報省長官：（挙手して）私見でかまいませんが、貴女はR1ウイルスをどの様なウイルスとお考えですか？

レー：これは、私見で申し上げますが、詳細にR1ウイルスを追跡調査、観察して得たものではありません、長年ウイルスを見てきましたが、私が知る範囲では、類の無い特殊なウイルスで有る事は、間違いないと私は思っています。

大統領補佐官：（挙手して、私を見つめて）貴女は今、R1ウイルスは特殊なウイルスとおっしゃいましたね？　特殊とは具体的に、何を指しますか？

レー：（補佐官を見つめて、（驚きを隠してゼロ5だ））私見ですが、外の気象が急変し悪天候に変わると、人に感染しているR1ウイルスが体内で活発に活性化して動き出すようなのです、それとシャーレ（フタ付きガラス皿の容器）に培養して観察しているR1ウイルスも同じように活発に動き回る現象を確認しています。
補佐官ゼロ5：もう少し、具体的に、教えてくれませんか？
レー：外の気象が急に悪天候に成り、人が不安に陥った時に、見たままの事お話ししますが、R1ウイルスが活性化し、人格に影響を及ぼし人が変わるようなのです。
補佐官ゼロ5：（首を傾げて）人格が変わるとは、どういう事ですか？
レー：皆さんがご存じの古くからのインフルエンザウイルス等に感染すると、色々な症状の病状が伴います、例えば、高熱、倦怠感、下痢や体内の臓器に悪影響を及ぼす事に成ります、半世紀程前、インフルエンザウイルスが広範囲に発生し、インフルエンザワクチンの特効薬と言われたタミフルを接種した若年層の方のみに、本人は気づかない奇異な行動を起こした症例が有ったと知っています、本人が夢遊病者のように、自覚なしに行動を起こした症例です、極まれですが、私が特殊と申し上げたのは、R1ウイルスに感染すると高熱、倦怠感、下痢や体内の臓器に影響は少なく見え、変わりに、人格形成に影響を与えるようです、他のウイルスは人格形成まで害を及ぼすウイルスは私の知る限り、発症例としてタミフルの副作用と、よく解りませんが一例だけ、他には聞いた事が有りませんでした、だから、R1ウイルスは特殊なウイルスと申し上げました。

皆が動揺している。「そんな事、有るのかな？」

出席者同士が、人格が変わる事は聞いていない、初めて聞いたとか色々な意見が飛び交っている。

情報省部長補佐官：（挙手し、訳あり顔で）レーさんでしたね、お聴きします、我々が入手している情報には、貴女が今言った人格が変わる話は聞いていませんが、今、お答えした事をもう少し具体的にお答えいただけませんか？

レー：実は私が一時避難している施設から他へ移動する為に、一緒に行動した仲間達に関しての事でした、バリアの無い外で行動を共にしていた時の事です、その日、午後から天候が急変し短時間に豪雨に成り、雨宿りをしている時、些細ないさかいが起こりました、私から見たら、たわいもない事でしたが、なぜ争いに発展するのか不思議でした、更に驚いたのは、お天気が良くなり気象が回復すると人が変わったように急にポジティブに成った事です、又、さっき起きたいさかい等なかった事のように、すっかり忘れているのです、その時とても違和感を覚えました、その時、感じたのです、これはR1ウイルスの仕業ではないかと感じて、怖くなりバリア内に私一人、引き返してきました、ご存知のように、バリア内は、人工知能で管理され、気象の気温気圧が安定に保たれています、ウイルスの感染者がいたとしても、R1ウイルスの影響を受けた行動等は今、避難した人々の間に見られません、詳細に観察しておりませんので、正確には申し上げられませんが、R1ウイルスの活性化は起きているようには見えませんでした、このような私が経験した事を申し上げました。

又皆、個別に意見を交わし言いあっている。

挙手して、CDC（疾病対策予防センター）の方が「私達が得ているR1ウイルスの情報の一部には、このウイルスが、この特異な今の気候に人が進化して対応出来る、体に進化を促すものと言われている人もいるのをご存知ですか？」

レー：ハイ、承知しています。

CDC：では、人が進化するには、色々な症状が伴う事も承知していますね？

レー：ハイ。

CDC：貴女はどのようにお考えですか？

レー：人の進化に関しては、私が日頃研究して持つ知識とは異なります、私見でお答えするにしても、哲学上の問題かと思いますが。

CDC：では、細菌研究者でウイルスの変異等を、日頃目にする機会が多い者として、見ている方として、科学者、研究者として、お聞きします、R1ウイルスが人の進化を促している事を率直にどう思いますか？

レー：私は、この地球上の動植物、人を含めて、住む環境に沿って進化するのは自然の事、必然と教わりました、同時に人類は気候変動及び住む周囲の環境で現在まで適応し進化し続けてきたものと思っています、その上で、あえて、私見ですが、申し上げますが、どう見てもこのR1ウイルスに促されての進化は速すぎます、私は、人や動植物等の進化は世代を超え繋いで徐々に進化するものと考えています。
大統領補佐官ゼロ5：（挙手して）では、貴女はR1ウイルスに促されての人の進化は害が有ると言うのですね。
レー：私見として、意見を述べたもので、私は、害が有り正しいとは言っていません。
CDC：（挙手して）貴女は今バリアの外で生まれてきている赤子は、口や鼻が無い赤子で誕生しているのをご存知ですか？
レー：ハイ、知っております。
皆ざわめいている。
CDC：どう思われますか？
レー：どういう事でしょう？
CDC：奇形で生まれてきた子供を進化と認識しているかという事です。
レー：私にもよく解りません、なぜなら、生まれた時、今までと異なって生まれただけで、自然に口や鼻が備わってきて、生きていく上で、普通の新生児のように見えました、この奇異な事を単に取り上げて、全て異常とまでは言えないと思いますが、なぜなら進化して生まれる場合は、奇異に生まれる以外に進化は無いと思ってますが。
CDC：そうですね。

年配の自然学の方：（突然）レーさんと言いましたか、（しばし、レーを見つめ、気になる表情で）君の洞察力は、たいしたものと思って聞いていたんだが～そこで聞きたいのだが、この異常気象とウイルスの関係をどう見て、どう捉えているかね？

レー：気象学の事は、研究テーマが異なり、知識が乏しいのですが、私見ですが、この異常気象の変化の周期の速さが気になります。

年配の自然学の方：どうしてかね？

レー：このような、気候変動は、数年又は数十年、もしくは、数百年単位で起こるものと私は捉えています、今の気候変動は、あまりにも、日々の気象の変化が早すぎます、気象変化のサイクルが早くて日々の、気圧変動が大きすぎます、又ウイルスに関しても、私見として言わせていただくと、このウイルスも、今まで見つかっている地球上に存在していたウイルスの性質とは、全く異なるウイルスと捉えています、たとえ古代から休眠していて、今の異常気象の変化で、目ざめた、ウイルスだと仮定しても、特殊な奇異な特徴を持つ、未知のウイルスで有ると考えています。

危機管理部の女性の管理官：皆さん色々なご意見をお持ちのようなので、一旦、20分程休憩をいたします。

自然学者や、CDC（疾病対策予防センター）、情報省の人達は別室に移動して、ラボのレーの上司と大統領補佐官が残って。

ラボの上司：レー君、君が来てくれて助かったよ（ホッとした顔で）我々ではこのウイルスに関してどう答えたら良いものか、正直途方に暮れていたところだった、それにしても、これ程人々に、大きな影響を与えているなんて、我々も気づかなかったよ、君が最初に発見した時は、極ありきたりのウイルスと皆が思っていたらしいからねー。

大統領補佐官ゼロ５：レーさん、大統領補佐官（ゼロ５）を務めています、貴重なご意見を聞かせていただき感謝しています、それにしても、僕達が知っている事とは大分かけ離れたものと成っているようですね、ウイルスと異常気象、正直に言いますと、これ程密接な関係が有りながら、我々誰もが気づかずにいた事自体が不思議でならないのですよ、（思案顔で）レーさん、何故、ＡＩ人工知能が、予測推測が出来なかったのか？　気候変動のデータ、ウイルスのデータは全然なかった訳ではないはずです、それなりの気象観察されたデータ、それに伴った研究論文や研究された内容物が結構数多く有ったはずです、なのに、蓄積された知識データは、有ったはずなのに人工知能が推測や警鐘がなぜ出来なかったのか？　僕にはチョット、腑に落ちないし、理解出来ないのですが、レーさん、この後で会議の終了後、お時間をいただけませんか？

レー、危機管理官を振り向いて見つめて。

管理官がうなずいている。

レー：ハイ、時間は取れると思います。

管理官：（近寄ってきて）では補佐官、終了後、別室を設けますので。
補佐官ゼロ5：ありがとうございます、知識不足の為、応じていただき感謝します。
　自然学者の方達が入ってきて、テーブルに着き他の人達も各自テーブルに着席して。
管理官：（皆さん着席したのを確認して）では引き続き会議を行います。
　細菌研究所のレーさんに、引き続きご質問が有れば、挙手して下さい。
CDC：（挙手し）私達が得ている情報と又、別の角度からの情報の報告と成っているような気がするので確認したいのですが、このウイルスの感染はどの様な物と見ていらっしゃいますか？
レー：感染の仕方、経路のお尋ねと思いますが、その事ですね？　R1ウイルスは、基本的には、皆さんが知っているインフルエンザウイルス、コロナウイルスの感染とほぼ同じような感染の仕方と成っています、感染者、保菌者の吐く息や唾液等の飛沫感染が主な感染ルートと思います、いわゆる人との濃厚接触で感染が広がります、ただ、感染していても、殆ど自覚症状が無く人格が多少奇異に成って行動しても、本人が全く気づかない事が大きな違いと思われます、今、述べましたように、自分の異常な行動が有っても、本人は、まったくもって気づいていない点です。
CDC：では、本人は全く知らないと言う事ですか？
レー：ハイ、そのように見受けられました。
情報省局長部長補佐官：（挙手して）本人が知らないでいると言う事は、どういう事ですか？　このウイルスに操られているように聞こえますが、どう見ていますか？

レー：（言って言いものか思案して）Ｒ1ウイルスに乗っ取られているのではないかと考えています。

皆一斉に、驚いて、ざわつき、レーを見つめている。

自然学会の方：君、それは？　どういう事か解っている？　解っていての発言かね？

レー：ハイ、私が見たままの事を、話したまでです。

自然学会の方：我々は、この近年の異常気象の変動に伴い、この気象が人の進化どのような影響を及ぼすのか？　人類の進化に与える影響を危惧して対応を考えてきていたが、君の言う進化に、たとえウイルスが関与したとしても、進化には変わらないと我々は、思っていたが、人格形成まで変える、進化を促すウイルスと言う事かね？

このウイルスは？

レー：私の知識不足の為、明確にはお答え出来ません。

自然学会の方：君は、人が進化する為に、身体が奇異に、生まれるのは当たり前と話していたが、これに人格形成が含まれると考えているのかね？

レー：解りません。Ｒ1ウイルスに感染し長期間に亘り進化した人の経過観察したデータが、まだ有りません、現在の今の段階で、人格形成を含めた進化が妥当な物か、判断しかねます。

自然学会の方：では、このウイルスによる進化が妥当な物か、それとも害をなすものか解らないと言うのだな？

レー：はい、私には解りません。

挙手して、

CDC（疾病対策予防センター）の方：君は、人格が変わると言っていましたが、我々が得ている情報には、感染者の性格が明るくなったと言う報告も入ってきている、君は知っているかね？

レー：はい、承知しています。

CDC：君は、人が進化して変わる事は、否定的な意見を持って、言っているように聞こえましたが、必ずしも陽気に成る事は、悪い事ではなく、むしろこの異常気象で、ネガティブ悲観する精神より、前向きのポジティブで、明るい陽気な精神に進化発達したとは、考えないのかね、私には、貴女が否定的な、人の進化と見なしているように聞こえるが、君は実際に感染し、陽気な精神に発達した人達と接した事は、有るのかね、実際に？

レー：はい、知っています、同じ行動をして側で感染者の様子を見ていましたから。

皆がざわついている。

CDC：では、ポジティブに進化する事は害に成る事かね？

レー：今の段階では、私には解りません、けっして、陽気なポジティブな性格を悪く否定したと言う事ではありません。

情報省局長部長補佐官：（挙手して）君はこのウイルスを無効にする抗体を造るワクチンウイルスを開発した一人と聞いているが、害をなすと考えてワクチンウイルスを開発したのではありませんか？

レー：ハイそうです。

情報省局長部長補佐官：では、なぜ害を及ぼすと考えられたのですか、その根拠を教えて下さい？

レー：私達人類は、住む環境の変化に、適応する為の人の進化は当然としても、ウイルス研究者の立場で、申し上げますと、人体に悪影響を及ぼすウイルスに対しては、過去から現在まで、免疫学を元に人の持つ、免疫を用いてウイルスからの感染を防ぐ為に、人、自身が持っている免疫細胞を活性化させて抗体を造らせる事で長年対処をしてきています、その延長線上での事として、ワクチンウイルスを開発したものです。

情報省局長部長補佐官：では、ワクチンウイルスは、どの様な物なのですか？

レー：純粋に、ワクチンウイルスに関してのお尋ねですね？　この、R１ウイルスは、人の細胞に簡単に侵入し、気づかれる事無く、私達の体に同居する特異なウイルスです、なぜかはまだ、解明されていませんが、人の体内にウイルスが侵入すると、異物とみなし人の体に抗体が出来、侵入したウイルスを排除するものですが、免疫細胞が異物と認知しない特殊なタンパク質の物を持っているウイルスと思われます、その為、体の隅々まで難なく侵入して人の各臓器細胞に同居を始めるのです、このようなウイルスは、今まで見た事も無く、どの様にして、ワクチンを造るのが良いのか、従来のワクチン製造方法は当てはまりませんでした。

情報省局長部長補佐官：それでどうやってワクチンを造ったのです？

レー：ワクチンとして同じR1ウイルスを造りました。

情報省局長部長補佐官：首を傾げ、同じウイルスをなぜ？

レー：同じウイルスであると、先に侵入しているウイルスに近づく事が出来ると考えたからです。

情報省局長部長補佐官：同じウイルスでは、抗体を造る事が出来ないのではありませんか？

レー：そこで、複製したR1ウイルスに異物を持たせる事にしました。

情報省局長部長補佐官：なぜですか？

レー：人の体内の細胞に同居しているR1ウイルスに近づく為に、同じ型の異物を持ったR1ウイルスを造り、人の臓器細胞にいるR1ウイルスに近づき、ウイルス同士が互いに接触や重なる時、初めて互いに異種とみなし、拒絶する事になります、ウイルス同士が拒絶行動を起こす事で、この時初めて、人の体内に侵入して同居しているR1ウイルスが異物で有る事に人の免疫細胞が気づくと考えました、気づく事でこの時、初めて人の体の免疫細胞が目覚め、免疫抗体が造られます、免疫抗体が出来る事で、体内に侵入しているR1ウイルスを排除する抗体が私達の体に出来ます、

R1ウイルスを受け付けない私達の体と成ります。

大統領補佐官ゼロ5：（挙手して）大変良く、ワクチンウイルスの抗体が出来る事は解りましたが、実は貴女が開発したワクチンウイルスを必要としない、人達の存在があるのをご存知でしたか？

レー：ハイ承知しています。

大統領補佐官：どのように考えていますか？

レー：自然のままに、ウイルスを受け入れる事が、進化であり、神の教えであると教義としている団体の存在も承知しています。

大統領補佐官：では、承知の上で、ワクチンウイルス開発が、妥当なものと思っているのですね。

レー：ハイ、私は、今の段階ではそう思っています。

大統領補佐官ゼロ5：では再度お聞きします、反対する意見が有るのにもかかわらず、ワクチンウイルスを必要とする根拠はなんですか？

レー：このような異常気象の環境の中で人が生活を営む為に人が進化するのは必然としても、ウイルスにより促されての人の進化の速度は、あまりにも速すぎます、この速い進化の先に何が有るのか？　人が進化した先の世界に、何が起こるのか？　私には予想が付きません、人類にとってこの気象環境に沿って適応し過ごせる進化した人の体に、はたして成るのか？　どの様な進化なのかが、私には想像もつきません、今、このウイルスに促されての進化の先に、人類が絶滅する可能性が、けっして無いとは言い切れません。

皆が、驚いて一斉に騒ぎだして、まさかと言う人や、そんな事あるわけが無いと、言う人、その可能性も否定出来ないと言う人。

自然学会の人達が、ささやき何やら相談をしている。

自然学会の人：レー君と言ったね、君が経験した事見た事を、報告してくれた事に感謝する、本来は、この会議はこのウイルスの善悪を決める会議ではない、だが、ある程度の善にしろ、悪にしろ、どちらかの方向性を決めなければならない、そこで、このウイルスが本当に、この気候に人が適応する為に、人が進化する為に必要とするウイルスで有るのか？（AI人工知能に推測させる）

レー：（驚いて）チョット待ってください、AI人工知能に判断を委ねるのですか？　あまりにも性急すぎではありませんか？

自然学会の人：（ゼロ5を見つめ）大統領補佐官、君には出来るだろう、今ある、我が国の最高性能のスーパーコンピュータのAI人工知能を使用出来る権限が君には。

大統領補佐官ゼロ5：ハイ、要望が有れば、私の権限で使用出来ますが。

自然学会の人：では、極秘で手配をしてくれたまえ、要点は、一つ、このウイルスが人類の進化に適した生き物か？　どうかだ、解ったな？　以上だ、後で報告してくれたまえ、レー君と言ったね、しばし見つめ、生きた生の情報を教えてもらった、君には感謝する、管理官に振り向き、お開きだ、管理官。
管理官：これで、皆さんこの会議は終了いたします、今日ここでの、会議は、何も無かった事にしてください、皆さんにお願いします。（ざわつきを残しながら出席者達が退席し帰っていく）
レー：（呆然と一人取り残され、顔が青ざめ震えている）大変な事に成った、AI人工知能に判断を託すなんて、AIハルが支配管理しているAI人工知能に、これも全て、ハルやマザーが知っていた事なの？　このように成る事を予測していたのか？（眼がくらんで、両手で、テーブルの隅を押さえ、震える体が倒れるのをやっと支えている）
そこに、管理官と大統領補佐官が戻ってきて。
大統領補佐官ゼロ５：（驚いて）レー大丈夫か？　顔が真っ青だぞ、レー。
管理官：（震えるレーを心配そうに見つめ）レーさん大丈夫ですか？　別室でお休みになりますか？
レー：大丈夫、大丈夫です、少し落ち着きました、（震え声で）ゼロ5、貴方に会えて良かったー。
ゼロ５：（振り返り）管理官、零4、彼女は、零21だ。
管理官：（驚き、目を丸くして）エ、エー（目を丸くしたまま見つめ）貴女、まさか零21だと言うの？　貴女なの。（驚きのあまり、絶句している）

レー：（驚いた顔）では、管理官は私と同じ、同じ生い立ちなのゼロ5？（驚き）知らなかったわー、管理官が同じ仲間なんて、（零4を凝視して）ゼロ5、貴女達は互いに、知っていたの、ゼロ5？
ゼロ5：零11から零4の所在は聞いていたが、互いに会うのは今が初めてだ、それより、レー本当の事を教えてくれないか？　一体何が有るんだ？　君は何かを摑んでいるんだろ、さっきの狼狽ぶりを見たら何か有ると思っていた、一人で抱えないで、皆に助けを求めるんだ（顔をのぞき込んで、心配そうな顔で）一体、何が有るんだ、レー？
管理官（零4）：（戸惑いながら、レーの顔を心配そうに見つめながら）レー、一人で悩まないで、力に成るから、私達は仲間よ、解るでしょう、姉妹兄弟なのよ。
レー：（悲痛な声で）だから、だから一刻も早くゼロワンを帰還させなければゼロ5。
ゼロ5：驚いて、ゼロワンだと？
レー：（強ばった顔で）二人ともよく聞いて、ゼロワンがこの、この危機の答えを知っている（泣きそうな声で）知っているのよー。
零4：レーなぜなの？　なぜゼロワンなの？（驚いて）待って、待って頂戴？　貴女達一体何を言っているの？　ゼロワンって、あの、ゼロの息子でしょう、居場所が解ったと言うの？
レー：今、火星を回る衛星フォボスにいるのよー、零4、帰還しようとしているが、帰還に支障が出ているようなのよ。
零４：（驚いた顔で）なぜ？　火星に、貴女、なぜ知っているの？　レーどうして、なぜ？
レー：二人とも驚かないで、今、別室にいる私と一緒に来ている子供がいるでしょう、ゼロワンの息子よ。
ゼロ５：？
零４：？
　互いに見つめ、面くらい。
零４：レー、今なんと言ったの？
レー：別室にいる子供の事よ、ゼロワンの子供よ。
ゼロ５：なにー？（二人とも不意を突かれた顔で、互いに見つめ合い）そんなー。（茫然としている）
零４：（驚きの余り、息をのんで）では、レーあの子、ゼロワンの息子、ゼロの孫なの？　ではあの一緒にいる人はゼロの奥さん？　と言うの？　レー。
レー：そう、数日前、火星から帰還していたの。
零４：（驚いた顔でレーを見つめて）レー、帰還して間もない二人に、偶然、ゼロワンの奥さんと息子さんに会ったというの？　そんな事って？　有るの？　皆が、陰で懸命に探していたゼロワンの足取りを、貴女が偶然に見つけたなんて？　そんな事信じられない。

ゼロ5：レー、君が？　そんなに？　簡単に見つけた？　偶然にも見つけたと言うのか？
レー：私もまさか？　ゼロワンの子供と知らなかったわよー、最初出会った時でも、偶然、信じられないと、零4を見つめ呆然としている。
零4：そんな事、信じられない、ゼロワンの事、皆が心配して、ずーっとずーっと探して避難施設で会ったのよ、本当よ、本当なのよー、一生懸命に訴えている。
レー：それで解ったの、ゼロワンの居場所が、それとゼロからの使命で火星を回る衛星いたのよ、それを貴女が、いとも簡単に見付けるなんて、信じられない？　誰もが皆、陰で懸命に探していたのよ、それでも、足取り等は、何一つもつかめなかったのよー。（二人とも困惑した顔をして信じられないで、互いに見つめ会っている）
ゼロ5：（急に不安な顔に成り）では、ゼロが立案したシークレットのミッションとは、フォボスに行っていた事、全てゼロが知っていた事を、きっと、息子のゼロワンが知っている、今の異常気象やウイルスの事を。
レー：（震える声で）そうゼロ5、この危機を予測して、極秘ミッションをゼロが立ち上今の異常気象やウイルスに関する事なのか？　レー。
零4：（ゼロワンの足取りの事を懸命に考えている）チョット、待って？　貴女達、一体げたのだと思う。何の事を話しているのよ？
レー：（ゼロ5の顔を見て）零4に話していなかったの？

ゼロ5：（不安な顔をして）ああ、何も、話していない、ゼロワンの詳細が解らなかったからなー。
レー：零4、実は、ゼロが宇宙危機観測と言うプロジェクトを極秘で立ち上げたミッションが有ったの、このミッションとは、パイロットとコンピュータプログラマーとゼロワンの3人の宇宙観測の極秘ミッションで、宇宙の異常がもたらす人類への影響を観測していたの、これが、今起きている異常気象やウイルスなのよ、零4。
零4：（驚いて、レーを見つめ）そんな事？　不安な顔して、知らなかったわ、私、レー。
レー：私もよ、零4、まさかこの異常気象やウイルスの発生を、ゼロが予測していたと二、三日前に気づいたの、息子さんや奥さんに会って初めて解ったのよ、全てゼロが予測した事から、始まったの、このミッションは、極秘で行われた国のトップシークレットなのだと、だから、ゼロ5、零4、何とかゼロワンの帰還の手助けを出来ない？
ゼロ5：（困惑しながらも）ああ、解った何とかしよう、皆で、仲間に連絡を付けよう、そして協力をしてもらおう。
レー：（落ち着きを取り戻し一息をついて）良かったわ、助かるわー。
零4：なにいっているの、レー、私達は仲間よ、兄弟姉妹なのよ、レー。
レー：後、一つ連絡に使用する時、量子暗号ソフト（通信途中での盗聴を完全に防ぐ方式）を使ってお願い。

ゼロ5：え？　なぜ？
レー：今は言えない、お願い解読されないように、盗聴されたくないのよ。
ゼロ5：（レーを見つめ、怖い顔で）レー、君は、誰かに監視されているのか？　どうなんだー？　さっき、AI人工知能に判断を仰ぐと言った時、君のあわてぶりは、この事か？　どうなんだ、レー？　前に話した宇宙艇トキの消滅と関係が有るのか？あの時の痕跡が全くないのは、異常と言ったが、これにも関係しているのかレー答えるんだ（キツイ口調で）レーこれはとても大事な事なんだー、レー。
レー：（怯え狼狽へ）待って、ゼロ5、今は言えない、いえないのよー（苦悩した顔で）解って、お願いゼロ5、時が来たら、全て話すわ、だから今は許して。
今にも泣き出しそうなレーを見つめて、二人とも、呆然とレーを見つめ戸惑いを隠せずにいる。
ゼロ5：（戸惑いながら）何という事だー。
レー：だから、零4、ゼロ5、お願い、ゼロワンを一刻も早く帰還させて、私では、荷が重すぎるのよ。
ゼロ5：（レーの苦悩する顔を見つめ）レー解った、解ったよ、レー、何処までなら話せる？　話せる範囲でいいから教えてくれないかレー？
零4：（心配そうな顔して）レー、貴女一人には背負わせないわ、だから話せる範囲でいいから教えて、今、一体、何が起きているの、レー？

レー：（心配する二人を見つめ、一息ついて）解ったわ、後でゼロワンに聞いてみる。
ゼロ5：（驚いて零4を振り向き、レーを見つめなおして）ゼロワンと？　え？　連絡がつくのか？　レー。
レー：連絡が付くのは、ゼロワンが遣わしてきたデジタルアバターとなの。
ゼロ5：アバターだと言うのか？
レー：何処まで、話をしていいか相談してみる、それまで、AI人工知能に今日のこの会議の判断を仰ぐのはチョット待ってくれない？　ゼロ5お願い。
零4、ゼロ5互いに顔を見つめ戸惑った顔をしている。
レー：隣の部屋にいる一緒に来たゼロワンの息子と奥さん紹介するわね。
隣の部屋で、マイケルにケイトの故郷の映像を立体スクリーンで見せていた処に、ノックの音がして。
管理官（零4）と補佐官（ゼロ5）そしてレーが入ってきて。
マイケル：微笑んで、あ、レーおばちゃんだー。
レー：ケイト、紹介するわ、この人は、大統領補佐官をしている人、この方は知っているわね、危機管理部の管理官の方、ゼロ5と零4なの。
ケイト：（驚いて）エ、（二人を見つめ）エ？　ゼロ5と零4？　どういう事？　レー貴女と同じ境遇で育った方達なの？
レー：そう、今、私も今、知ったばかりなの。

管理官（零4）：私も、まさか、こんな形でお会いするなんて、とても驚いています。（と、マイケルを見つめている）

ケイト：初めまして、ケイトと言います、息子のマイケルです。

マイケルが（人なつっこい笑顔で）二人を見てニコニコして挨拶している。

紹介された二人、ただただ、信じられない顔をして、交互にケイトとマイケルを見つめ、言葉をなくして呆然とマイケルを見つめている。

管理官（零4）：レー、この子がゼロワンの息子さんなの？　そして奥さん、信じられない、（急に沸き起こった嬉しさと感動のあまり声が震え）皆が皆が、ゼロワンを、ゼロワンを必死で探していたのよ、生きていたんだー、そしてゼロワンの子供、なんと言う事かしら、信じられないわー。

マイケルを見つめ感動して震えている、ゼロワンの息子だと感動しながら見つめている。

補佐官（ゼロ5）：（感動して）まさか子供や奥さんがいるとは、現実に目にする事に成るとは？

レー：ケイト、先程の会議で、この異常気象に人が適応する為の、進化を促す、ウイルスなのか？　人にとって、善と成るウイルスか又は、悪と成るウイルスか？　をＡＩ人工知能に推測し判断を仰ぐ事に成ったの。

ケイト：（ビックリして、引きつった顔に成り）レー、それはダメよ、危険よ、いけないわー。

レー：そこで相談なの、この二人に話して良いものか、ケーに相談したいの、どう思う。

ケイト：（不安そうな顔で）そうね、その方がいいと私も思う。
レー：（すまなさそうに）ねえチョット、二人共、チョット席を外してくれる、ごめんね、直ぐ呼ぶから。
二人とも戸惑った顔をして、「解ったわ、隣の部屋にいるから決まったら呼んでね」と管理官（零４）と補佐官（ゼロ５）が部屋から出て行く。
レー：ケイト、大変な事に成ったわ、ケーに連絡を入れて。
ケイト：解ったわ、マー君、スクリーンを借りるわよ。
マイケル：いいよ、ママ。
「ケー…助けて」とケイトが打ち込み、スクリーンが揺れて、ケーが現れる。
ケー：如何しましたケイト？
ケイト：今、ワシントンの危機管理センターと言う処のビルの一室にいます。
ケー：ハイ、貴女方を追跡しますワシントン州、危機管理センタービル８階の02号室の部屋ですね、確認出来ました。
ケイト：レー、今日の会議の事、ケーに話して。
レー：ケー聞いて、ケーに言われた事、私が見た事をこの会議で話をしたわ、その結果この会議を主催した上層部の方が、このウイルスが人類にとって善のウイルスか悪と成るウイルスかをＡＩ人工知能に判断を仰ぐことに成ったの、これは大変な事よ、
ケー、ＡＩハルに判断を仰ぐ事に成るのよ、さっき自然学会と言う会議を主催した

人達がＡＩ人工知能に判断を委ねると言うのよ、危険だわ、どうすればいい？　そして、実はね、偶然この会議に出席している人の中に、ゼロワンや私が生まれた同じ環境で育った仲間がいたのよ、驚いたわー、ケー、それでね、ゼロワンの事、皆が心配していて消息を知りたがっていたのよ、私、ケイトとマイケルの事を話したわ、ハルの事は伏せて、どこまで、仲間に話せばいい？　ゼロワンやケーあなたの事、仲間の二人に何処まで話をして教えたらいい、ケー？

ケー：レー解りました、今日のこの会議が行われる事は、ハルやマザーが事前に予測し、ハルの描くプロセスに沿った推測された事柄と思います、もうハルは結果を推測し知っています、二人にお会いしてみて、何処までお話しするかは、会ってみて決めます、お会いしますレー、お呼び下さい。

ケイトが隣の部屋に向かい二人を呼びに、行って。二人が入ってきて、スクリーンのアバターを見つめて、呆然としている。

レー：ケー、紹介するわ、危機管理部の管理官（零４）と大統領補佐官（ゼロ５）です。

ケー：危機管理センターの管理官と、大統領補佐官の方ですね？　お二人の身元認証確認が出来ました、レー。

二人とも驚いた顔をして、ただただ、ケーを見つめている。

ケー：機長ゼロワンの指示で動いている私は、ケーです、ＡＩ人工知能のアバターです絶えず、機長ゼロワンと思考が同調していますデジタルアバターです。

ゼロ５補佐官：驚いたなあー、まさかゼロワンがアバターを送り込んでくるとは、たったさっきまで、安否が解ったと喜んでいたやさきなのに。
管理官（零４）：（不安な顔して）ゼロワンは無事なのね？
ケー：ハイ、機長は無事です。
ゼロ５：では、レーが話してくれないので、君に聞くけれど、何がどうなっているんだ？　教えてくれないか？　さっきの会議の結果、意見がまとまらず、ＡＩ人工知能に、レーが発見したＲ１ウイルスの、善悪の判断を委ねると言ったらレーが困惑し青ざめた顔をして立ち竦んでいた、一体何が背景に、なにが有るんだ、ケー、教えてくれないか？
ケー：ゼロ５、零４、この事は、他には公言しないで下さい非常に危険です、取り返しのつかない危険に陥ります、二人とも、お約束出来ますか？　これはここにいる、貴方達の生い立ち、機長の運命に係わる事です、心して、聞いて下さい、今、地球上の全てのウェブネットワークに繋がるＡＩ機器、ＡＩコンピュータは、あるＡＩ人工知能の許で管理監視運営されています、巧妙に管理下に置かれている為、地球の人びとは誰も気づかず当たり前のように人工知能を活用していますが、貴方方は、この人工知能に管理支配されているのです、気づかないでいるだけなのです。
ゼロ５：（突然、突拍子もない事を言われた事が信じられず）そんなバカな事が有るか？
ケー、それは間違いだ、地球には、今、最も最高クラスのＡＩスーパーコンピュータが備わっているんだー、最高の知能を保有するコンピュータのAIなんだぞー、(語気を強め)ケー。

ケー：ゼロ5、よく聞いて下さい、あなた方の保有しているAIコンピュータはもう古い物で構成するプログラム、システムの仕組みが違います、貴方方の所有しているコンピュータを管理し操っているAIコンピュータは、超AI、既にシンギュラリティ（人類の知能を超える技術的特異点）を遥かに超えた超AI人工知能の位置に達したAIコンピュータなのです、貴方方が取り扱っているAIコンピュータの数万倍の知識脳を備えたコンピュータです、残念なのですが、私などは足元にも及びません、そのAIコンピュータが今は、この世の全てを管理し、司っています。

零4：(そんな、青ざめた顔で)そんな事、とても、信じられないわ？　今、私達は全てAI人工知能の判断の基で行動して生活をしているのよ、全て、全ての物をAIが操作をしているのよ、全ての機器をよ、そんな、それを操っていると疑えと言うの、では、ケー、では、どうやって、真実を知ればいいのよ、無理よ、それは無理な事よ、ケーそんな事を言ったって誰も信じやしないわよ、ケー。

ケー：管理官（零4）よく聞いて下さい、今まで、見えていた物が実は異なっていたと言う事が有る、と言うのが、しばらく後に成って、気付き知る場合が有ります、人は今、目の前の見える物が絶対の真実のものと思い込みます、貴方達を操っているAI人工知能のコンピュータは、その人の弱点の弱さを巧みに操る為、見破る事は至難のわざと思われます、人には見破る事はとても難しいでしょう。
ゼロ5：（突然、気がついて、恐怖で震えながら）ちょっと待って、ケー、もしかして？　ひょっとして、宇宙艇トキの消滅事故に、そのAIが関与しているのか？
ケー：ゼロ5、よくご存じですね、痕跡は、何もなかったはずですが？　ゼロ5。
ゼロ5：ああ、（震え声で）普通ならあり得ない事だ、あれ程何もなかったように、何一つ痕跡を残さない事が、出来るなんて（不安な顔で）普通では、絶対に、絶対あり得ない事なんだよー、今の最高水準のAIコンピュータで事故調査の原因や事故の痕跡を何度も、何度も調べさせたが、何一つ、何も見つからなかった、何一つの痕跡もだー、そんな事など今までは、一度も無かった事だ、最初から無かったものとして、有ったものが無かった事に成っている、こんなのは普通ではない、何かとてつもない大きな力が働いていると思っていたんだー（震えながら）だから知るのが怖くて誰にも秘密にしていたんだ（震え声で）そうだったんだ、だから何も見つからなかった、AIコンピュータの膨大な知識データが、事故が無かったように、我々のAI人工知能の知識データを改竄し手が加えられていた？　そうなんだな？（震え声で）我々が頼りにしている人工知能に手を加えられ改竄され、知られてはいけない事は、綺麗に、過去からの関連したデータが整合性がとれるようにとりつくろわれ、都合の悪い処は消され、改竄されている、起きた事故があたかも、最初から無かったように、書き換えられている（震えながら）何と言う事だ、超人工知能のAIが、我々に都合の悪い事が知られないようして物事を捏造しデータを改竄し、我々のAIコンピュータを操っている、我々の知らない世界が、(震え声で) 零4、存在している (恐怖でかすれ声で) 零4、信じられない事が起きている、そして我々人類を陰で支配している、恐ろしい事が我々の知らないうちに、進んでいる、(事の重大性を知り青ざめた顔して) 何と言う事だ、どうなっているんだ(狼狽え) ケー教えてくれ。

ケー：零4、ゼロ5、今、お話ししたように、ウェブネットワーク、通信回線は、あるAI人工知能ハルに、密かに傍受されている事を、前提に物事を進めて下さい、必ず裏にAI超人工知能ハルがいる事を前提で会話する事を忘れないで下さい。

ケーが揺れて消えて行く。

零4：(慌てて) ちょっと待って頂戴、ケー、ゼロワンに一刻も早く帰還してくださいと伝えてー。

ゼロ5：我々も地球、地上から何が支援出来るか皆で考え、支援するから一時も早く帰還を望むと伝えてくれ、ケー。

ケー、ゼロ5、零4二人に感謝する。

ゼロ5：(憔悴した表情で、独りつぶやき、震える声で) なんという事だ、我々が誰もが、知らない世界が存在していた、信じられない、知らなかった、そして、我々は、操られている、本当の世界に住んでいたのではないと、言う事か？

二人とも今、ケーからの話を聞いて、どっと疲れ座り込んで、言葉もなく呆然として呆けている。
マイケル：（おじちゃん、おばちゃん達の顔を覗き込んで、心配そうな顔をして）大丈夫？
二人とも、マイケルに見つめられて、ハッとして、我に返り。
ゼロ5：ああそうだ、（子供の顔を見て）ああ、大丈夫だ。
零4：レー、まさかこんな事に成っているなんて、ウイルスだけで、頭が混乱しているのに、こんな事が起きているなんて（振り向いて）レー（震える声で）貴女いつ知ったの、レー？
レー：ケイトと会った時、四、五日前よ、今は、何とか対処出来ているのよ、初めて、ケーから聞いた時は、目の前が真っ暗になったわ、倒れそうになったのを覚えているわ、もう全て何もかも、取り返す事が出来ないと、もうダメだ、遅すぎたと、この世の全てが終わると思ったわ、でも、ケイトやマイケルがいたからなんとか、平常心を保てる事が出来たけれど、一人では、平常心を保つのはとても無理だと思ったわ、さっき、会議終了間近、AI人工知能に判断をゆだねると聞いた時、これでAI人工知能ハルの思うつぼにはまると思ったら目の前が真っ白になって、何も考えられなくなったわ、人は、強度の恐怖に陥るとパニックを通り越して、頭の機能が停止する、みたいにね、（強がり言って笑わせようと）周りが真っ白になって何も考えられなくなるのよ、でもね、零4、ゼロ5、この事を知っているゼロワンは、たった一人で耐えているのよ、早く帰還させなければ、ゼロワンが壊れてしまう、何とかして助けなければ、（二人の顔を見つめ）貴方達に会えて、良かった、私達だけでは、どうにもならなかったわ、ねえーケイト。
ケイト：そう、私達、互いに支え合っていたの、だから、私も貴方達に会えてとても嬉しかったわー一人でも多く共有できる人がいると、心の荷が少しは軽く、楽になるような気がするわー。
皆、事の成り行きに、打ちのめされ、ただ、沈黙している。
零4：（マイケルを見つめて）可愛い、ゼロワンの子、私の血を引く子、俺達が、守らなければならない人類の子。
周りの皆、零4の何気ないつぶやいた言葉を聞いて、ポカンとしている。
零4：今、私なにか？　言った？　そうでしょう？　私どうしたのかしら？
皆きょとんとして、零4を見つめている。
零4：今、私、なにか言葉にして言ったのね？　突然、頭に浮かんだの、会った事もないゼロが、現れた気がしたの。
皆、我に返り、訳がわからない顔して皆、互いに見つめあっている。
ゼロ5：レー、どうする、君があれ程ＡＩ人工知能に判断をゆだねる事を避けたい、と言っていたけれど、我々が管理操られているＡＩ人工知能に判断を委ねるなんて、俺は、狂気の沙汰だと思う、判断を仰ぐべきではないと思う。

レー：ゼロ5、さっきその事を、ケーに話をしたら、今日のこの事はすでにAI人工知能ハルが予測している事で有ると言うのよ、もう結果がAIハルは知っていると言うの、だから貴方が管理するAI人工知能に判断を仰ぐ事で、どの様な結果が出ようとも、すでにAIハルが知っていると言っていたわ、だから判断を仰いで報告する事にして、会議で決まった事でもあるし、それと、ゼロワンの帰還の手立てを補佐出来ないかしら、貴方なら、ゼロの立案した極秘ミッションの事、調べが付くのでは、そこから始めてくれない。
零4：（思い出したように）ゼロ5、貴方さっき会議で会っていた、情報省の局長部長補佐官知っている？
ゼロ5：いや、知らない。
零4：彼、ゼロ4よ、やっぱり知らなかったんだー。
レー：え？　あの情報長官の隣に居た補佐官は仲間なの？
零4：そうよ、レー、やはりゼロ5も知らなかったんだー、今回の危機管理部で、この会議を招集する前に、情報部との打ち合わせの時、情報部に配属されている零5から聞いて私は知っていたわ。
ゼロ5：僕は知らなかった、ゼロ4だとは、あっちも知らないようだったなー。
零4：ええ知らないと思う、私の事も、ゼロ4が知ったらきっと驚くと思うわ、レーに首をかしげながら質問していたから。

ゼロ5：（驚いた顔をして）では、情報省に零5、ゼロ4の二人がいるのか？　これは、都合がいい、零5を通してゼロ4に連絡を入れておいてくれないか？　ゼロワンを帰還させるには、一人でも多くの仲間が要る、彼なら、特にゼロ4なら力強い権限の有る立場にいる。

レー：（考え込んでいて）管理官零4、貴女は最初からこの部署にいたの？

零4：そうよ、どうして？

レー：では、あの自然学会の学者さん達とは、親しいの、零4？

零4：そんなに、親しいと言うわけではないわ、どうして？

レー：どうもあの人達ゼロの事知っているような気がしたの。

零4：どうしてレー？

レー：私達の配属先、誰が決めたのか？　知っているの？　二人とも？

ゼロ5：いや、知らない。

零4：私も、政府が求めていたから、ではないの。

レー：いいえ、私は、ゼロが配属先を決めたのではないかと思っているの。

零4：どうして、レー？

レー：私達を何の為にゼロが造ったと思う？　前にもゼロ5に話をしたけれど、ある目的を持って必要とする目的の為に私達を造り、それぞれ機が熟した時、活躍出来る部署に配置した。

零4：（戸惑った顔で）そんな、（思案しながら）何の為に？　レー。
レー：今、この為、ゼロが自分の息子ゼロワンを支える為に。
ゼロ5：まさか？　そんな何十年も前からゼロが予測し計画を立て、今日に備えていたと言うのかレー？
零4：（信じられない顔して）ウソでしょうレー、そんな事？　AI人工知能がまだそれ程進歩していない時に、ゼロが今日の出来事を予測したと言うの、それは無理、誰が考えても無理な事よ、そんな事は、レーそれは神のなす業よ、レー。
レー：（しばし、二人を見つめ）その神が、私達を造ったのよ、零4、誰でもないゼロが、貴女がさっき、突然、マイケルを、人類の子と言って守りなさいと言ったの、私達は聞いたのよ、ゼロの声として。
零4：（急に不安な顔に成って）そんなー、ゼロが私を通して皆に言った言葉なの？（絶句し）あの時、私、自分が変だと思ったの、突然口にした事が、ゼロが、そんな事。
青ざめた顔をして口元に手を当てて茫然としている。
レー：だからよ、私は、今日のこの出来事は、起きる事として起こった大きなプロセスの中の一コマのような気がするの、そう考えると、零4、貴女の立場、自然学会の学者さん達とのパイプ役としてゼロが配置したとしたら、あの人達はゼロの極秘ミッションの事、きっと知っているわ、ゼロワンを帰還させるのに、きっと力を借りられる、あの人達は、政府を動かす事が出来る程の、力を持っているような気がしたの、私ね、さっき、零4、貴女が、うわ言のように言った言葉で、気が付いたのよ、ゼロがなぜ？　私をウイルス研究所に配属したのか？　今、解ったの、ゼロは、今日こうなる事を知っていたの、この危機に備える為に私を造った、そして孫のマイケルの側に遣わせたのだと、マイケルが生き延びる事、それは人類が絶滅から生き延びる事が出来るか？　最後の賭けに成ると知っていたからよ、だから零4貴女が、うわ言のように言った言葉、人類の子、守りなさいと言ったのは、ゼロからのメッセージだったのよ。

ゼロ5、零4、レーから人類の絶滅の話を聞いて、あまりの事に訳が解らず。

ケイト：マイケルが、そんなー、

ゼロ5、零4三人とも、レーの言った事に、驚きのあまり、仰天して言葉を失い呆然としている。

ゼロ5：（我に返り）ゼロからのメッセージだと？　そんな、では我々は、なんだ、何なのだ？　レー、ゼロの使徒（遣わされた者）だと言うのかレー？

レー：解らないわ、でもさっき貴方も聞いたでしょうゼロ5、零4を通して、違うと言うの？　では零4が自分で考えて発した言葉だと思うの、ゼロ5？　どう考えてみても零4が自ら考えて発した言葉では無かったわよ、違う？

ゼロ5：（ショックを受けうなだれ言葉を無くしている）

レー：私達は、ゼロの使命を持って造られ生まれたのよ、ゼロの望む使命を完遂する為に造られたのよ。
ゼロ5：（困惑して）待ってくれレー、（懇願して）待ってくれ。
零4：（事の成り行きに言葉を無くし震えている）レー、これは事実？　それとも、何かの？　間違いではないの？　考えが付いていかないわ、私、どうかしている？
レーこれは、今本当に起きている事なの。それとも、ずーっと前から起きていた事なの？　私だけ気付かなかったの、知らなかった事なの？　ゼロの思惑が、レー、どうなのよ？
狼狽え、不安な目をしてレーを見つめている。
レー：零4、落ち着いて、落ち着いてね、私もここまではっきり確証を持って気付いたのは、貴女が発した言葉なのよ、零4、ずうっと、ゼロがなぜ、人工子宮で、私を造ったのか目的はなんだったのか？　物心付いた時から、来る日も来る日も考えては考えて育ったわ、でもゼロに聞きたくとも聞けなかった、聞けるような環境では無かったわ、せめて、最初に生まれたゼロワンに会う事さえ出来ればと思い、それも叶わなかったわ、皆もそうだと思う、違うの？　そのゼロの目的がさっき、解ったのよ、全てが、この子マイケルに繋がる事が、この子が生き延びる事が出来ると、人類が絶滅せずに生き延びる事に繋がると、ゼロは気づいていたのよ、マイケルが生まれる前から、だから、私や貴女やゼロワンやゼロ5、他の皆を造ったの、この子、マイケルを守る為に。

ゼロ5、壁に寄りかかって、滑って座り込み呆然としている。
ケイト、心配で、マイケルを、不安で、離すまいとして、両腕で抱きしめている、この子が人類の生き残るカギと成ると聞いて、震えながらマイケルを抱きしめている。
レー、疲れ、皆も疲れ果てソファーや椅子に腰掛け何もしゃべらずただただ、ボウーとしている。
マイケル：ねー、ママ、皆を見つめてどうしたの？　大丈夫？
　皆、はっとして我に返り。
ゼロ5：（憔悴した顔で）レー、零4、これは我々だけでは、とても荷が重すぎる、とても無理だ、もし、レーが言った事が俺達を造ったゼロの意志であるならば、俺達と同じく生まれた仲間の所在を確認し繋ぎを付けなければ、それも至急、至急だ、ＡＩハルに悟られないように、注意を払い何としても、皆と繋ぎを付けなければ、零4やってくれないか？　零11がいたな？　今、繋がる人を集めるんだ、極秘で直ぐに。
零4：（震える声で）解ったわー、今繋がる人に極秘で連絡して、この事を話してみるわ、皆に共有してもらえるように手配するわ。
ゼロ5：零4、くれぐれもＡＩハルに監視されている事を忘れるな、漏れると我々の命取りになるぞ。
レー：（二人を見つめ）ゼロ5、零4ありがとう。
ゼロ5：いいんだ、さっきは、取り乱して悪かった、謝るよ、レー。

レー：これで、少しは楽になったわ、皆、今は、まだケーがAIハルに感知されていないと言っていたわ、だけど、いずれゼロの使命にたどり着くと思う、一寸した私達の行動の異変を捕捉するとゼロの意志にたどり着くのは、明白で知れるわ、マイケルが危うくなるわ、二人とも、ゼロ5、零4、私達は、ケイトの故郷に向かうわ、同じ場所に長くいるとAIハルに捕捉される可能性が高くなると思うから、二人とも、もう、ケイトとマイケルが、地球に帰還した事は、AIハルが知っているから、同じ場所に長くいたくないのよー。

零4：（心配で不安そうな顔して）ケイト、貴女の故郷何処なの？

ケイト：カナダのウイスラーよ、そこで主人を待つわ、三人で、零4、ゼロ5仲間同士の連絡は気をつけてね、ハルに察知されやすいから、まだ、監視の目をくぐり行動してもらいたいからね、ゼロ5、ハルが最も重要な監視の対象としているのが、主人よ、ゼロワンだから気を付けてね、主人の帰還の補佐の際、貴方方も監視の対象にならないように充分気を付けて行動してね、お願いね、ハルは、監視はしても直接危害を加える事はしないと思うわ、でも今のハルは、私には解らないわ、くれぐれも気を付けてね。

零4：また、会えるわね、ケイト約束よ、マイケルもよ、（近寄って、マイケルをしゃがみこんで手を取り見つめ、マイケルを優しく抱きしめている）マイケル、おばちゃんを絶対忘れないでね、約束よ、マイケル。

マイケル：うん解ったおばちゃん。
ゼロ5：（マイケルの両手を取り）お母さんを守るんだよ、いいね。
マイケル：うん解った約束する。僕ママを守る、おじちゃん。
レー：繋ぎは暗号ソフトを使って連絡するから、連絡を頂戴。（別れが辛そうな顔をして）二人とも必ずよ、離れていても私達は何時も貴方達と一緒よ、ゼロ5、零4。
ゼロ5：ケイト、レーなにか有ったら必ず力に成るから、レー、ゼロの使命、使徒として皆で考えゼロの意志を完遂するように努力するよ、レー、今度は取り乱したりはしないよ、約束するよ、レーだけに負わせる事はしないよ、仲間達皆で背負う、約束する、ゼロに造られた子供として、ゼロの使徒として。
零4：私もよ、ゼロに造られた子供として使命を負うわ、だからレー、貴女一人で背負う事だけはしないでね、解ったレー、レー。
レー：ゼロ5、零4ありがとう。

※大統領執務室、補佐官数人がいて。
主任補佐官：ウイルスの事どうなった、解ったか？
補佐官ゼロ5：割れたよ、誰もこのウイルスが人類にとって果たして、いい意味で進化に適したウイルスか？　後々後遺症を伴うウイルスと成るのか、解らないでいる、意見が割れたよ。

主任補佐官：専門家は、どう言っているんだ？
補佐官ゼロ5：明確には悪いウイルスとは言えないでいる、ただウイルスに促されての、人の、この急速な進化は、異常で容認出来ないとは言っているが。
主任補佐官：で、（小さな声で）上を指さし、御上の学会の方は、何と言っているんだ？
補佐官ゼロ5：上のお三人とも、結論を出せずにいる。
主任補佐官：それはまずいだろう、ゼロ5、今も政府に宗教団体から、政府が発表したワクチン配布に、猛烈なクレームの批判の嵐が来ているんだぞー、悪魔の薬とまで言っているんだ、配布する事は悪魔に手を貸すのと同じだ、と叫んで騒いでいるんだぞー、お前、知っているだろう。
補佐官ゼロ5：ああ知っているさ、主任。
主任補佐官：先延ばしは、出来ないのだぞー、何とかしないと。
補佐官ゼロ5：ＡＩ人工知能に、推測してもらう事にする。
主任補佐官：ああ、それがいい、我々の頭の知識だけでは無理だ、ＡＩ人工知能が、進化を促すウイルスと推測した場合は、ワクチンの配布は取りやめにして、希望者のみに配布する事にする、いいな？　ゼロ5。
補佐官ゼロ5：ああ、それしか解決策は無いと思う私も。
主任補佐官：では、始めてくれ。
補佐官ゼロ5：人工知能に、進化ウイルス奇異特異体質気候性格異常協調性妥協適応変化

　ありとあらゆる関連キーワードの言葉やデータの名を挙げて問いかけ回答を求めている。
　生成ＡＩ人工知能が推測し答えを出してくる。
主任補佐官：出たなら、結果を大統領に報告する、その後主要閣僚で審議後、広報部で発表する、この流れでいいな、ゼロ５補佐官。
ゼロ５：チョット待ってくれ主任、その前に、御上の人達に報告しないと、後が面倒になるよ。
主任補佐官：ああ、そうか、そうだな、では、その後でいいな？
ゼロ５：後でなら構わない。
補佐官ゼロ５：主任、ＡＩ人工知能が生成した答えが出ました。
主任補佐官：どうなった、何？　人の進化に適したウイルスと、成ると生成したのか？
　やはり、そうか、我々はこの気象に適応する為に、進化を促されているんだなー、ああ解った、君は、御上の人達に報告しろ、俺は大統領の側にいるから、報告が終わったら、すぐに連絡を入れてくれ、大統領に伝える為に側にいるからな。
補佐官ゼロ５：はい、解りました、報告してきます。
※財団自然学会の入居するビル。
ゼロ５：（自然学者三人がいる前で）ＡＩ人工知能が、ウイルスがもたらす進化が人類に

とって、善となる物か又は悪となるものなのか？　たった今、ＡＩ人工知能がこのウイルスは人の進化を促すもので、気候変動に適応する為に人に役に立つと生成ＡＩ人工知能が判断しました。
三人共、考え込み、黙り込んでいる、一人の物理学者の人が「そうか、意外だったな？」
哲学者：うーん、どうもすっきり、しないんだがー？　どう思う。
環境予防医学者：私も、腑に落ちない点が。
又、三人とも思案して黙り込み、一人の環境予防医学者の人が歩き回り、立ち止まって
ゼロ5を振り返り見つめ、
物理学者：君はどう思っている？
ゼロ5：（驚いて）私ですか？
物理学者：ああそうだ、君の考えを聞いたのだ、どう思うんだね、我々は実際に、この目で見ていないから判断しかねているが。
哲学者：あの子、君の仲間だろ。
ゼロ5、急に不安を覚え、身構えて、何を言われたのか解らず、三人を見つめている。
哲学者：君達の事だ、我々は君達の事は、知っている。
予防医学者：ゼロの子供達だろ、だから聞いたのだ。
ゼロ5、突然な事で戸惑いを隠せず、言葉に詰まって。
予防医学者：君達は、我々の事は知らなかったのか？　エ？

ゼロ５：（不安そうな顔をして）ハイ、何も知りません。
予防医学者：（しばし、ゼロ５の顔を見つめ、微笑んで）何も心配するなー、我々は、君達の敵ではない、安心したまえ、あの子、何と言った名前。
ゼロ５：ハイ、零21、レーと名乗っています。
物理学者：うん、あの子だ、思い出した、皆、やはり、あの子だ、あの賢い子だ、うん？　そうか、やはり、あの子が零21だったのか、あの子は、こうなる事を知っていたんだな？　違うか、補佐官？　君、ゼロ５と言ったな？
ゼロ５：ハイ。
物理学者：そうか、それで、あの子の狼狽振りか？　それでか？
哲学者：あの子は、知っていて我々に、ウイルスの良し悪しの判断をあえて委ねただろ？
物理学者：違うかね？　その結果、ＡＩ人工知能に我々が判断を求めた為、今のＡＩ人工知能の判断する結果が事前に解っていたからなんだろう、あの子の狼狽振りは、そうなんだな？　ゼロ５違うのかね。
ゼロ５：（見透かされ、戸惑い）ハイ、そうだと思います。
哲学者：そうか、管理官もゼロの子供達で、君達の仲間だとはうすうす感じていたが、なんという？
ゼロ５：管理官の名前ですか？　零４といっています。
哲学者：そうか。（三人とも、又黙り込んで）

物理学者：ゼロが予言した事が、やはり、現実に起きようとしている事か？　皆。
哲学者：（上を見上げて）まだ先の事と思っていたんだがなあー。
予防医学者：今現れるとはなー（他の二人を振り向いて）おい、ゼロが言っていた子とは、零21の事か？　それがあの子か？　皆、どうなんだ。
物理学者：やはり、どうもその様だな。
予防医学者：では、事のなり行きを知っている子か？
物理学者：ああ、その様だなー、君、あの子、零21レーとか言ってた子、何か言っていたか？　何か言わなかったか？　どうなんだ？　ゼロ5。
ゼロ5：ハイ、ゼロワンを早く帰還させてと言っていました、今、起きている異変、全て、ゼロワンが知っていると言っていました。
物理学者：そうか、では、すぐ呼び戻せ、ゼロワンをゼロ5。
ゼロ5：（驚いて）あのう、戸惑いながら、ゼロワンの居場所ご存じですか？
物理学者：ああ知っている、火星の近くの観測センターにいるはずだ。
ゼロ5：では、宇宙艇トキが消滅した事もご存じでしたか？
物理学者：なに？　宇宙程トキがなんと言った君、今。
ゼロ5：宇宙艇トキが消滅しました。
　三人共、驚いた顔で互いに見つめ、「知っていたか？」
物理学者：（首を横に振り）いや、知らなかった、消滅したと言うのか？　ゼロ5、本当か？

ゼロ5：確証が有りません、消えた事には間違いは有りません、AI人工知能に事故原因を調べさせたのですが、なにも無いのです。
哲学者：まて、まて、何もないとは何の事だ？　ゼロ5、何かしら原因が有っての事故であろう、原因が何もないとは？　無いだろう、君。
ゼロ5：AI人工知能に何度も調査させても、何もないのです、痕跡一つ無いのです、普通は考えられない事が発生しています、最初から何も無かった事に成っているのです、観測センターも有りません。
物理学者：（驚いて）そんなバカな事が有るか？　君、我々がゼロワンを送り込んだのだぞー。
ゼロ5：私も、知った時、とても驚いたのですが、なにかとてつもない力の存在があるとしか思えません、私達が知らない世界の、それを知っているのはゼロワンだけのようなのです。
三人共、顔を見合わせ、深刻な顔をして。
物理学者：ゼロが言っていた、本当の危機とはこの事を言っていたのか？　エ？（互いに、うなずいて）ゼロワンを至急帰還させなければ、帰還させよう。
哲学者：ところで、ウイルスの事だが君は、あの子、零21から何かきいているかね？
ゼロ5：はい、もう、決まってしまった事と、言っていました。
哲学者：決まる事が解っていたのか？　覆し事は出来ないと言うのだな？

ゼロ5：そう、見ているようです。
予防医学者：やはりそうか、では、AI人工知能の推測通り発表したまえ、後、ゼロワンを帰還させろ、我々を必要としたら零4に繋げ、いいな、ゼロ5、この事は、口外無用だぞ、仲間の皆に言い聞かせておけ、外部にもれると、厄介なことに成る、解っているな？
ゼロ5：ハイ、承知しています。
物理学者：では、全力でゼロワンを帰還させろ、以上だ、又、何かあったら零4を使いによこせ。
ゼロ5：解りました、主任、大統領に報告して下さい。
主任補佐官：ああ待っていたぞ、時間がかかったなー？　何か言われたか？
ゼロ5：いいえ、なにも、うなずいていました。
主任補佐官：そうだろう、AI人工知能が推測した事だ、間違いは無い、正解だ、この後、大統領が閣議で形通り、審議した後で、予定どおり広報部の広報官が、発表する事に成る良いかゼロ5。
ゼロ5：ハイ、了解を得ていますので、発表して下さい、主任、後、二、三日休暇を取らせて下さい。
主任補佐官：なにか急な出来事でも有るのか？
ゼロ5：叔母がチョット体調を壊したようで、お見舞いに。

主任補佐官：そうか、今のウイルスの感染でなければいいけれど、解った了解した事務方に伝えておく。

※危機管理センターの零４のデスクスクリーンにゼロ５が現れている。

ゼロ５：（興奮して）零４、俺だ、驚くなよ、彼らに会って聞いた、ゼロの立ち上げた、シークレットミッションを実行したのはあの人達だ、ゼロワンを火星のフォボスに送り込んだ人達だ。

零４：え、（驚いて）本当なの？　知らなかったわー、レーの読みの通りだったのね？

ゼロ５：それだけではない、零４、俺達の事を知っていた、ゼロの子供達と言って知っていたんだー、零４、君の事も気づいていたぞ。

零４：知っていたの、私の事も。

ゼロ５：ああ薄々そうではないかと思っていたと言っていた。

零４：（思い浮かべ）では、レーが言っていた事は、本当だったんだー、ゼロが配属した事。

ゼロ５：ああ、どうもそのようだな、後ゼロワンを帰還させろ、との指示だ、貴女を連絡の繋ぎにするようにと言っていた、でも、宇宙艇トキが消滅した事や、ＡＩハルの事は知らなかったようだ、驚いていたよ、零４、繋がる範囲でかまわない、至急、皆を集めろ、事は急を要してきている。

零４：（まだ戸惑いながら）解ったわ、ゼロ５、集合場所は、ケイトやマイケルが待機したあの部屋を使う事にするわ、私が管理しやすいのと、外部の目を避けられるから、いいわね？

ゼロ5：ああ、いいよ、そうしてくれ。

零4：ゼロ5、あの人達からの指示であれば、大抵の事は極秘で実行出来るわ、ゼロ5、後で会いましょう。

ゼロ5：マイケル達は発ったか？

零4：え、ええ発ったわ。

ゼロ5：（考え込みながら）何事もなくたどり着けるといいけれど、チョット心配でなー零4。

零4：ゼロ5、私もよ、本当なら、私も一緒について行きたかったわー、しんみりと、出来るならマイケルの側にいて守ってやりたかったの。

ゼロ5：そうだな（寂しそうな顔で）俺もそう思ったよ。

※ケイト達は、故郷をめざして、北へと向かう、地下鉄ステーションは、人々でごった返している。

ケイト：レー、（周りを見ながら）人が多いわね？　何時もこんなに多いの、ワシントンの地下鉄は？

レー：混雑がひどいのは朝夕だけよ、（見渡し人混みの多さに気づいて）でも多いわねー地下のステーションだからよ、皆、地上より地下が何となく安全と思っているからよ。
マイケル：ね～ママどれに乗るの？
ケイト：（指さして）あれよ。
マイケル：ワ～やった、あれに乗るの？
ケイト：そうよ、
マイケル、レーの手を引っ張って喜んでいる、三人で駆け足しながら束の間不安を忘れて、地下鉄に乗り込む。

※危機管理センタービル8階の02号室の部屋。
管理官零4：ゼロ5、零11と零5よ、ゼロ4は昨日会って知っているわね。
ゼロ4：驚いたなー君が、大統領の補佐官をしていたとは。
零5：私は、ゼロ4は同僚だから知っていたけれど、零11とは、知っては、いたけれど初対面よ、零4。
ゼロ4：零4、ゼロ5、一体この会合は何なんなんだー？　ゼロ5？
ゼロ5：（零4を振り向き）話をしていないのか？
零4：（硬い表情の顔で）ええまだ、何も、貴方から話して。
ゼロ5：皆、驚かないで聞いてくれ、ゼロ4、昨日、会ったここのシークレットの会議に呼ばれてきた、ウイルス研究者レーと名乗っていた人、だれだか知っているか、ゼロ4？
ゼロ4：いや知らない。
ゼロ5：零21だ。
ゼロ4：（突然言われ驚いて）なに？　本当か？　零21と言ったな？　本当なのか（思い浮かべて）驚いたなあー、彼女が零21だったのか？　しみじみ昨日の事を思いだし、レーだったとはな。
零11：チョット零21レーと会ったの？　零4、彼方達、皆で会ったの？　何処でよー。
零4：ここの隣の会議室。
零11：なぜ？
ゼロ5：零4、説明してくれないか？
零4：零11、貴女、レーが細菌研究所に勤務している事は知っていたわよね。
零11：直接会ってはいないけれど、ええ、二、三度連絡が来て知っていたわ、最初に私に零21レーが連絡来た時は驚いたわー。
零4：そのレーがね、今、問題と成っているウイルスを、最初に発見した事で、皆が詳しく知りたい為に、昨日の極秘会議に招かれ、その会議が隣の会議室であったの、それは零5も知っているわね。
零5：ああ、連絡を受けて、長官と部長補佐官（ゼロ4）に伝えたのが私だから、知っていたわ。

零4：問題はね、昨日の会議の後に、レーから聞いた事なの、ゼロワンが帰還出来ずにいるの。

ゼロ4：(驚いて) 待て、待て、管理官、ゼロワンの居場所が解ったと言うのか？

零11：零4、皆、足取りを、懸命に探していたのよ、でも、誰も見つけられずにいたのよ？　では、生きていたのね？　今、何処にいるの？

零4：火星に。

零11：えー (ビックリして) 火星にいると言うの、なぜ？

零4：(ゼロ5を見つめ) お願いゼロ5、(震える声で) 皆に話して。

ゼロ5：いいか、火星にいる事はレーから聞いた話だ、我々仲間以外に口外は禁止だ、非常に危険な事になる、我々の生い立ちに関係している。

ゼロ4：生い立ちに？　俺達の生まれた事に、関係が有ると言うのかゼロ5？

ゼロ5：ああ、そのようだ、だから集まってもらった内密に、では、話をしよう、驚かないで聞いてくれ、皆、ゼロの息子がゼロワンだという事は、薄々皆、知っているな、ゼロワンがなぜ火星などの遠く離れた火星にいたのか？　火星で何をしていたのか？　レーから聞いた話だ。

そのゼロワンが、ゼロの使命を受けて宇宙の異変を観測する、宇宙危機観測センターに派遣されていた、宇宙の異変が人類に及ぼす影響を観察する為に。

ゼロ4：なぜ？　そんなに遠い処へ？
ゼロ5：宇宙の異変がもたらす人類への危機が、もし人びとに知れると、大変なパニックになる事を恐れたゼロが、人知れず、ごく少数の人しか知らない、シークレットのミッションとしてゼロワンを極秘に、火星を回る衛星フォボスに送り込んだのだ。
ゼロ4：それが、ゼロが指示した事なのか？
ゼロ5：ああ、詳しくは解らないがそのようだ。
零5：そんな事有ったなんて？　知らなかったわー。
ゼロ4：では、今起きている異常気象は、その送り込んだミッションと関係が有るのか？
ゼロ5：ああ、そのようだ、そのゼロワンが、火星のフォボスから帰還出来ずにいる。
零5：（驚いて）なぜ？
ゼロ5：ゼロワンと一緒に行った宇宙艇トキが消滅した。
ゼロ4：消滅？　事故が発生したのか？
ゼロ5：解らないゼロ4、消滅した事は確かな事だ、だが痕跡が無い。
零11：どういう事？　ゼロ5、事故の痕跡が無いとは？
ゼロ5：事故そのものが、無かった事に成っている。
零5：事故が無かったという事？
ゼロ5：いや、最初から無かった事に成っている、危機管理センターも存在していない事に成っているんだ。

ゼロ４：（驚いて）そんな馬鹿な、そこにゼロワンがいるんだろー、それが無かった？
　そんな事があるかゼロ５？
ゼロ５：今、政府が所有する世界最高知能を有するＡＩ人工知能のコンピュータで、何度も事故調査しても、最初から無い事に成っている、だから無いのだ、何もかも、事故そのものが無い、だから事故の痕跡が無い、そんな事は通常では、あり得ない事なんだ、何かしらの痕跡が残るものが無い、いくら探しても無い。
零５：そんな事が有るのかしら？　今、私達や政府が使っている最新鋭のＡＩスーパーコンピュータでしょう。
ゼロ５：ああ、そうだ、実は、俺は、消滅した宇宙艇トキの事は知っていた、気に成っていて、調べたら、痕跡が無くなっていた事が、不思議でしょうがなかった、これは我々が知らない、何か巨大な力が働いていると漠然と不安に思っていた事なんだ、だが、レーが知っていた、驚いたよ、レーが知っていたんだー、ゼロ４、実はあの会議後、レーが連れてきた親子と会った。
ゼロ４：親子？
ゼロ５：皆、誰だと思う？　ゼロワンの息子と妻だ。
　ゼロ４、零５、零11三人とも、不意を突かれ驚き、呆然として、
ゼロ４：なにー？（零11、零５の顔を見つめ、振り向いて零４顔を見ながら、言葉に詰まりながら）本当か？　本当なのか零４？

零4：本当よ、会議の後に知ったのよ、私も驚いたわよ、でも、ゼロ5、話して、私、とても怖くて話が出来ないわ、ゼロ5。
ゼロ5：いいか、落ち着いて聞いてくれ、そしてゼロワンが遣わしてきたデジタルアバターと会った。
何を言っているのか解らず、三人共顔を見合わせ、黙り込んで不安な顔して、訳が解らず、キョトンとしている。
零11：いったい何の事よ？　ゼロ5。
ゼロ4：今、アバターと言ったな？　ゼロワンが遣わしてきた、アバターの事か？　そのアバターに会ったと言うのか？　どこで。
ゼロ5：この部屋の、指さして、その立体スクリーンのそこに現れた、いいかよく聞いてくれ、そのスクリーンに現れたアバターはゼロワンの指示で動いていると言って、ゼロワンの思考とたえず同調をしていると言っていた、そのアバターが警告した事は、今ある地球上に有る全てのＡＩ人工知能搭載機器、ＡＩ人工知能は、ある一台のＡＩ人工知能の管理監視の下にあると言うのだ。
ゼロ4：（驚いて）そんな馬鹿な、そんな事が有るか？　全てのＡＩコンピュータがたった一台のＡＩ人工知能に管理操られているなんて事は、有りえない、そんな事、出来るわけが無い、ゼロ5有りえない事だろ？
ゼロ5：ああ、ゼロ4、俺も最初はそう思ったよ、だがな、ゼロ4、よく聞いてくれゼロ

4、恐ろしい事が行われていた、我々が今、使っているAIスーパーコンピュータ全てが改ざんされ、知りたい事が消されている、都合の悪い事は消され整合性が取られ、綺麗に無い事に成っている。

ゼロ4：ゼロ5（声を張り上げ）そんな馬鹿な事があるかー、我々、誰もが日常使用しているAIコンピュータの知識データが改ざんされているなんて、そんな膨大なデータを一台のAIコンピュータで改ざんする事等が出来るわけが無い、そんな事は、どだい、無理だ、無理な事だ、誰が考えても。

ゼロ5：（ゼロ4の顔をしばし見つめ）落ち着いて、ゼロ4、よく聞いてくれ、それが、宇宙艇トキの存在だ、存在していない事に成っている、政府の管理するAI人工知能がそのAIに乗っ取られ改ざんされていた、だから、いくら、俺が管理している政府のAI人工知能で、宇宙艇トキの事故調査をしても、AI人工知能そのものが乗っ取られている為、無い事に成っている、それも膨大なデータが整合性をもって、最初から無い事になっている、俺が、最初宇宙艇トキの存在を知り、アクセスをした後に、そのAIにより宇宙艇トキの存在が消された、そして、我々の持っているAI人工知能の膨大な知識データが、知られては都合の悪い所が、我々が気づかないうちに書き換えられていたんだよー、ゼロ4、これが俺と零4がゼロワンのアバターから聞いた事だ。

他の皆、呆然としている、信じられない顔で呆けている。

零5：（やっと）そんなー、何という事なの、戸惑い震える声で、それでは私達は何を信じて行動をすればいいのよ、ゼロ5？　今、AI人工知能を使用出来ないとすると、雲の中を手探りで右か左か解らず歩くようなものよ、大変なんて事を通り越して、何も出来なくなるのよ、この意味が皆わかるでしょう、ゼロ5、大変な事に成るわ、一体この先、では、どうなると思うのよー？

ゼロ5：アバターが言うには、人はAIに操られている事を見抜く事は至難の業と言っていた、人には見破るのは難しいと、皆、俺は、たまたま、宇宙艇トキが無い事に成っていたので不思議で、気になっていたから、宇宙艇トキの事が無ければ、ゼロ4と皆と同じく信じる事等は出来なかったと思う、絶対に、絶対にだ。

ゼロ4：（考え込みながら）そんな、何という事だ、（次第に事の恐ろしさに気づき震え）誰も考えた事が無かった事が起きた、起きていたと言う事か？（不安で怯えた顔でゼロ5を凝視している）

ゼロ5：そのAIを、ハルと言っていたが、最も監視を強めているのがゼロワンの事だと言っていた、ゼロワンの息子や母親が地球に帰還した事は、すでに知っていると言っていた。

零5：（怖々）なぜゼロワン親子を監視する必要が有るの？　ゼロ5。

ゼロ5：よく解らない、レーは、ゼロワンが全てを知っていると言って早く帰還させてと言っていた。

ゼロ4：（段々訳が解らず、混乱して）いったいどうなっているんだー？　異常気象と言い、昨日のウイルスといい？　まてよ？　待て、ゼロ5、昨日の会議に、レーが来た事、もしかしてレーが話をしていた、そのウイルスの事も関係があるのか？　エ、どうなんだ、ゼロ5？

ゼロ5：ああ、そうだ、ウイルスの影響を受けたと思われる生き物が、ゼロワンの息子マイケルの前に現れた、それも火星を回る小衛星フォボスのバリアで覆われたコロニーのバーチャルの公園に現れた事で、レーのいる細菌研究所ラボに、ゼロワンからウイルスが関係している生き物なのかもしれないので、データの開示を求めてきた事が発端だ、皆、レーが、自分が発見したウイルスの情報を求めてきた人に、レーが興味を覚えた、問い合わせてきた先を、上司や周りの人に内緒で調べたが、問い合わせてきた先や、問い合わせてた人が見つからなかった、問い合わせが在ったのに無い、レーは気になり、俄然興味が湧き、調べてみる気が起きて、詳しく調べてもなかなか見つからない事に、違和感を感じて、問い合わせが有ったのは事実なのに、根気よく調べて回ったそうだ、そして。出てきたのは、政府の要人、それも極限られた人達しか知らない、火星の衛星、フォボスに有る宇宙危機観測センター、超国家機密と成っている事を知った、これは、知ってはいけない事を知ってしまったと、急いでウェブ検索データの履歴全てを消去した、その時はまさか、ゼロワンからの問い合わせで有る事など知る由もなかった。

ゼロ4：ではそのウイルスが今の、地球で発生しているウイルス、レーが言っていた、あの進化を促すと言われているR1ウイルスの事か？
ゼロ5：ああ、断言は出来ないが、そうと思っているようだ、ゼロワンが問い合わせて来たウイルスだ、そのウイルスがなぜか？　地球上に発生した。
ゼロ4：（青ざめた顔で）なんで？　一体どういう言う事なんだ？
ゼロ5：火星軌道上のフォボスにいるゼロワンが、事の全てを知っている、ゼロが、予測した事を息子ゼロワンが知っているとレーが言ってた。
零5：待ってよ、チョット？　ゼロ5、ゼロがこのウイルスの事を予測していたと言うの？　そんな信じられないわよ。
零11：そうよ、たとえ予測が出来たとしても、せいぜい、宇宙の異変の観測ぐらいの物でしょう、ゼロ5、あり得ないわよ、そんな事、第一宇宙の異変を調べる極秘ミッションとかの計画、何時企画されたのよ、おそらくだいぶ前の事でしょう私が思う処。
ゼロ5：レーが言うには、俺達が生まれる前の事だと言っていた。
零5：そうでしょう、不安に成りながらも、そんな昔に、たとえ何らかの危機が予想されたとしても、まだ人工知能の開発された初期の頃の事でしょう、そんな時に、今の異常気象やウイルスの事を予測していたなんて、ましてや、今起きている現実のウイルスに対応する為に、予測した事を長い年月をかけて息子を、エ？　まさか？

まさか、この為に、ゼロが、息子、ゼロワンを造ったの？　ゼロが自分の意志を継がせるために。(呆然として)
ゼロ4：今の危機の予測を回避する為にか？　え？　そうなのか？　ゼロ5。
ゼロ5：(沈黙し)そうだ、そして、俺達もだ。
今、知った三人、驚いた顔のまま、絶句している、皆、そんな事、認める事が出来ず、呆然としている。
ゼロ5：俺も、零4も最初レーに言われた時は、心底驚いた、レーに言われて気づいた、俺達はゼロの意志を継ぐために造られたのだと。
ゼロ4：(驚愕し、戸惑い、混乱して)待ってくれ、ゼロ5、解らない、なぜだ？
ゼロ5：皆、なぜ俺達、同じ環境で生まれた子供同士、互いに連絡等が取り合う事が出来ない規則が有ったのは知っているな？　俺達のような子供が一体何人造られ生まれたのか？　それさえも知らされていなかった、知っていたか？
不安な顔して、皆、互いに顔を見合わせて、首を横に振っている。
零11：いや？　知らないわ。
ゼロ4：知らなかった、同じような環境で生まれた仲間が、いる事を薄々感じていたものの、知ったのはごく最近の事で、零5と同じ情報部で会った事で知った。
ゼロ5：一人ひとり別々に隔離されたように育ったから、気づかずに普通の子供として育った、ごく最近の事だ、規則が緩くなっている事に気づいたのは、なぜか？　ゼロが我々が大人になって、造られた経緯が知れても対処出来る年齢に達したと考えたのか、レーは、機が熟して、ゼロの意志を添い遂げられると、判断したからだと思っているようだ、もし、幼いうちに造られたわけを知り、ゼロの意志を知る事に成ると、俺達、ゼロに造られた子供同士、皆に互いに影響を及ぼすからだ、そして、何よりも子供達が知った為に、壊れる事を恐れ、会う事で知る事を、規則、規制を厳しく設け各自離れ離れに育てられた。
零5：その為の規則だったの？（震えながら）知らなかったわ、今の今まで。
零11：そうか、危機に陥っているゼロワンを支える為に。
零5：今起きている人々の危機を回避する為に？
ゼロ5：知っていたか？　ゼロ4、俺達は、ゼロの子供達と呼ばれている事を。
ゼロ4：いや？　知らない。
ゼロ5：あの自然学会の人達は、俺達を創造神、ゼロの神の子供達と呼んでいたんだ、まだ俺達、幼児の頃、ゼロの意志を成し遂げる為に、創造神に造られた、神の子供達。
と、聞いた途端、皆、絶句して。
ゼロ4：待ってくれ、ゼロ5、そんなゼロの意志を完遂する為に、我々はゼロに造られたと言うのか？
ゼロ5：ああそうだ。
零5：(不安な顔して）そんな事、信じられない、とても、そんな、私には考えられないわ、私がどうして、（狼狽えながら）私に何が出来ると、何も出来ない普通のただの女よ、ただの何処にもいる、何も取り得もない、私どうかなりそう、神の子だ、なんて。そんな、私は普通の女の子として養父母に育てられたのよ、ゼロ5、（顔が強張りすがるような顔して）私には理解出来ないわよ。

とても、今にも泣きそうな顔をして訴えている。

ゼロ5：では、零5、君は、なぜ造られたのか考えなかったと言うのか？　俺は、考えたさ、考えても今まで答えが見つからなかった、レーに会うまで。でもレーが説いてくれた、俺達はゼロの使徒（遣わされた者達）なんだと。

皆、あまりの事の成り行きに困惑し、言葉もなくして途方にくれ、黙り込んでしまった。

ゼロ5：いいか、よく聞いてくれ、我々は創造神ゼロに造られた神の子供達と言われているんだ、他の人には絶対言うなよ、危険だ、ゼロはゼロワンの息子、マイケルが人類の子として生き残れるかが、人類の絶滅を占うカギと成ると予言しているんだ、我々が生まれる前に、その為に、我々は人類の子を守る使命をゼロに託されて造られた。

零11：ゼロ5、今、一体何を？　言ったの？

ゼロ5：人類の絶滅、人類の絶滅だ、人々が死に絶え滅びる事だ。

零5：（驚いて声を張り上げ）そんなの嘘よ？　信じられないわ、人類の絶滅なんて、そんな事？　（戸惑い震えながら、恐ろしさに震え泣きそうになりながら）私に何をしろと？　そんな、人類が滅びるなんて？　私に何が出来ると？　出来っこないわよー、とても無理よ、無理な事よ、助けて（零4の手にすがりつき）私は、私はただの女の子として、何も知らずに育てられたのよ、零4、突然神の子と言われても、何が何の事やら解らないわよー、私、訳が解らない。

零11、突然神が造った子供と言われ、そして人類が絶滅すると言われ、訳が解らず、当方に暮れ何も考えられずに、フラつきながら、壁に手を突き倒れそうになり座り込んでしまう。

ゼロ4：（青ざめた顔で）知らなかったー、この為に俺が造られたとは（戸惑いながら）何という事だー、頭が聞いた事に付いていかない、ゼロ5、どうなっている？　いったい、なぜなんだ？　これは、何かの戯れか？　ゼロ5。（混乱に落ちいって、頭をかきむしっている）

零4：（ゼロ5の手につかまり震えている、震え声で）なぜ神の子供達と、どうして知ったの、ゼロ5？

ゼロ5：（苦悩した顔で）自然学会の人達に、AI人工知能が判断した結果を報告に行った時、あの、長老達が我々を知っていた、知っていたんだよー、零4、俺達皆の事を。

零4：え？（驚いて、目を見張り）やっぱり、レーが言っていた事が。

ゼロ5：ああそうだ、知っていたさ、ゼロワンの事も、俺達がゼロの子供達と（震えながら）俺達が生まれた幼いよちよち歩きの頃、創造神が造った神の子供達と呼んでいたそうだ、心配しなくともいい、決して敵では無いと言っていた。

皆、茫然として言葉を無くし、しばらく、黙り込み、落ち着いてきた頃。

零11：ゼロ5、その子は何処？　会いたい、会ってみたいのよー、ゼロ5、私達の子よ、ゼロ5、私達一人一人を繋ぐ大事な子よ。

零5：私も会いたい、会わなきゃ、何としても、ゼロ5、会わせて、今すぐに、その子が支えに成るのよ、ゼロ5、私達にはこの先、未来が無いのよ、その子だけが心の支えに成るのよ、ゼロ5、私達には、その子が必要なのよ、そうしなければ、この先、私は生きてはいけない（泣きながら）ゼロ5、私には、他に未来を観る、希望となる物が持てないのよ、その子しか希望となる物が無いのよ（涙を浮かべて、皆を見つめて）皆もそうと思っているでしょう？　知っているんでしょう皆、心の底には、私達、壊れずに生き延びる為には、心の支えを必要とする事を、その子が必要なのよ、お願いゼロ5解って、お願い（泣きながら）その子、その子マイケルに逢わせてよー。

それを聞いて、零4がゼロ5の手にすがり付いて、すすり泣いている。

零4：（泣き声を抑えながら）ごめんね、皆、本当は私、怖くて私からは、とても言い出せなかったの、ゼロ5を責めないでね、ゼロ5も苦しんだのだから。

ゼロ4：（声がこわばり、震える声で）こんな事、知らなければ良かった、知らなければ良かったんだ。

ゼロ5：だがな、皆、ゼロワンは、ずうっとたった一人で、誰にも明かさずに明日、訪れるかもしれない、人々の絶滅のシグナルを聞く事に怯え、震えながら、毎日耐えていたんだ、苦しそうな顔をして、レーが言ってた、ゼロワンが壊れる前に支えなければと、一刻も早く帰還させなければと。
零11：（考え込み思いつめ）そうよね、ゼロワン一人だけにこんな怖い事、負わせられないわね、あまりにも重すぎるわ、そう思わない？　ゼロ4。
ゼロ4：（苦悩した顔で）ああ、そうだ、そうだな、ゼロワン一人に負わせるのは重責すぎるな、ゼロに造られた、子供として、共に負わなければなー（苦悩した顔で）そうなんだな、俺はこの為に造られた、この為に造られていたのだ、神の子供として、ゼロの意志か、そうか、そうだったのか、俺、背負うよ、零11、皆。
零5：そうね、ゼロワンの事を考えたら、私もゼロの意志を負うわ、皆、だから、私にも力を貸して皆。
零4：ありがとう、皆。
ゼロ4：いいんだ、今やっと解ったよ、俺の出生の秘密が、そうか、その為に俺が造られたのか、ゼロから与えられた使命か？　ゼロ5、俺は、何も知らなかった、なにも。教えてくれて感謝するよ、（もの思いにふけって）ところで、その子は、今、何処にいるゼロ5？
ゼロ5：ＡＩハルの監視の目を避ける為、同じ場所には長くいたくないと移動し続けている、同じ場所にいると、ＡＩハルに捕捉察知される、リスクが大きいとレーが言っているんだ。
零5：（やっと落ち着きを取戻し）移動先は、どこに成るの？　ゼロ5。
ゼロ5：ケイトの故郷、カナダ、ウイスラーと言っていた、ケイトが育った場所に、そこには、ケイトの両親が暮らしている。
零11：レーが付いているから安心は出来るけれど、私達を何か必要としたらゼロ5、零4教えて、なんでもするわ、必ずよ。
ゼロ4：（しみじみ）一度、会ってみたかったな、俺、俺は、その子の為に造られたんだ、ゼロ5。
ゼロ5：ああ、解っている、俺も、もう一度会いたいと思っている。
零11：私だって、私、その子を守る為に、ゼロに造られたのよ、会う権利が有るわよー。
零5：私もよ、零11、私は、ただ逢いたいだけよ。一目逢いたいだけなのよー、ゼロ5、零4解って。
ゼロ5：ああ解っている、皆、同じだ。
零4：皆を見つめ、私達は皆、仲間、兄弟姉妹なのよ。
※移動中の避難施設。
レー：ケイト、私ワクチンをもらいに行ってくるわ、貴女やマイケルの分も。

ケイト：私も一緒に行こうか？　レー。
レー：（首を振り）いいえ、いいわ、私一人の方が、政府の広報官がワクチンを必要とする人だけに配布すると言っていたから、貴女やマイケルに危険を冒す事はさせたくないのよ、配布先には、色々な人達がいるから、ワクチンを欲しがる者は、悪魔の薬を必要とするサタンに取りつかれた人々とののしっている人達が大勢いるのよ、ケイト、解るでしょう、だからとても危険なのよ、ケイト。
ケイト：そうね、解ったわ、ここも、ハルの思惑通り、人々の分断が始まっているんだわ、レー気を付けてね、無理しないでね。
レー：（マイケルを心配な顔をして見つめながら）ケイト、マイケルから目を離さないでね。
レーが、ワクチンの配布先で目にしたのは、必要とする人と、阻止しようとする人が、互いに、にらみ合い、罵り、罵倒しあって今にも取っ組み合いの争いのケンカが起きそうな騒ぎと成っている。
ワクチンを配布しようとしている人も、怯えながら恐々、レーにサッとワクチンを渡し受付の窓口から奥に引っ込んでしまう。
レー、ワクチンを受け取ると、素早く逃げるようにして人ごみに紛れる、帰ると途中市内を歩きながら図書館を探して回る、ここを早く離れる前に、ケーや皆に、外のこの状況を教えなければ。
レー：ケイト、ワクチンを手に入れたわ、マイケルの分も、服用したらケイト話が有るの。

ケイト：マイケルに服用させるわ、さっきの話って、レー何なの？
レー：ケイト、ワクチン配布先では、互いににらみ合いの、一触即発の人達で、配布先に近寄るのがとても怖かったわー、（小さな声で）ケイトここは危険よ、今にも争いが始まる、リーダーがいない争いは取り返しのつかない争いとなるわ、収拾が付かない混乱に成るわ、きっと、早く移動しましょう、途中で図書館を見つけたの、図書館からケーや、仲間に外のこの事を伝えなければ。
ケイト：そうよね、レー、今こんなにも騒乱が起きそうな事、誰もまだ知らないと思うわ、レー、騒乱に備えるよう皆に伝えなければ、急ぎましょう。
レー：（図書館内はガランとして誰もいない）コンピュータスクリーンの有る場所、有ったケイトほらあそこ。
ケイト：レー、皆に外の事、教えるのが先？　それともケーに。
レー：ケーに先に教えた方がいいと思うわ、この状況をケーがどう判断するか？　その後で皆に教えるわ。
ケイト：先にケーを呼ぶわ。
「ケー…助けて」打ち込む。スクリーンが揺れて、ケーが現れ、現れた事で、振り返り、レーの顔をケイトが見てホッと安心して。
ケイト：ケー、今、私達ウイスラーに移動の途中よ、移動中の避難施設の側の図書館にいるわ。

ケー：ケイト、今いる位置を追跡し、確認出来ました。
ケイト：ねー、レー、ケーにワクチンの配布先の事話して。
レー：ケー、ワクチンの配布を皆に、促すのは無理だわー、ケー、配布先に、神の教えに背く事だと配布を阻止する人々と、求める人々と今にも争いが起きそうなの、配布しようとする人を、悪魔の手先と叫んで、人類を滅ぼす手先と激昂している人達で、配布先が一杯なのよ、この先、この人達は一体どうなるの、ケー？
ケー：ケイト、レー聞いてください、この人々の争いは、避けられないでしょう、双方とも傷付く事は、解った上での争いと成っています、争いはいけない事と、知りながら、今の混沌とした不安の、はけぐちを求め、心のどこかで解っていながら、自分達が正しい選択をしていると、正当化したい、その為に認めさせようとする集団の心理が招いたものです、その感情の吐き出す場所を求めているのです、これが、巧妙に造られたハルの思惑を持っているウイルスなのです。このウイルスは進化を促すウイルスと、人々の分断を促すウイルスで、ハルが必要とする人類の数まで減らす淘汰するウイルスでも有るのです。
レー：何という恐ろしい事を、（震える声で）全てハルの思惑が的中しているわ、ケー。
ケイト：ケー、何とかして、ハルのこの思惑を止めてお願い、ケー、ハルの思惑も知らず、誰も気づかず、互いに傷つけ合い、自から淘汰されて滅んでいくよケー、ただただ、側で黙って見ていろと言うの、私に、ケー？

ケー：ケイト、私には知識が不足して、止める手立ては見つかりません、ワクチンウイルスが、ハルの思惑を持ったウイルスの感染を阻止出来るとは思いましたが、ハルの思惑を持ったウイルスの方を、人々が選びました、これは、ケイト、レー、私達が望まない事を人々が自ら望んで求めた事で、起きた騒動です、ワクチンを拒んだ人々は、いずれハルの求める進化を促された体の、進化した人達と成る事でしょう、二人とも、ワクチンを服用しましたね、マイケルにも服用させましたね？　ケイト。

ケイト：ハイ、私達とマイケルはワクチンを服用したわ。

ケー：ワクチンを服用していれば、ハルの思惑からは、とりあえず逃れられます、レー、貴女は、貴女の仲間達にワクチンを、一刻も早く服用を促して下さい、ワクチンの服用が遅くなる程ハルの思惑が増す事に成ります、事の重大さを、レー、貴女から皆に教える時が来ています。

レー：ケー、ウイルスの感染で人格まで変わる事は教えているわ、人が乗っ取られている事も、でもケー、怖くて皆には、人が人でなくなる、別の生き物に進化する事に成る事は、（震えながら）怖くて皆には教えていないわ。

ケイト：ケー、そんな怖い事、あの人達教えるのは、可哀想すぎるわ、あまりにも急に知り過ぎて、きっと心が壊れるわよ、ケー、レーに無理を言わせないで、ケー。

ケー：解りました、ワクチンの服用だけは、早くする事、これだけは必ず伝えて下さい、解りましたね、ワクチンの服用が出来なくなる可能性が有ります。

二人とも、顔を見合わせて互いにため息をついて、沈黙している、ケイトとレーが声をかけ、レーと返事をしても、互いに言葉が続かない。

マイケルにレーが見つめられ、我に返り、そうだ、皆に知らせなければ、量子暗号ソフトを立ち上げ、管理官のいる8階02号室のスクリーンに連絡を入れる。

※危機管理官センタービル：管理官のいる8階02に号室。
ゼロ4が黙り込んでいる皆に話しかけようとした矢先、目の前のスクリーンが揺れて、突然レーが現れ、「零4いる？」
突然のレー、の出現に、今までの出来事に疲れ果て、憔悴して座り込み黙り込んでいる処に突然、レーが現れた事で皆がビックリしている。
ゼロ4：誰だ？　レーか？
レー：ゼロ4ね、皆そこにいるの？
零4：今、レー貴女達の事を話をしていたところよ。
ゼロ5：レー良かった、君から聞いた事、今起きている事を皆に話し終えた処だった。
零11：レー、そこ危険はないのね、前に話した時、連絡くれると言っていたじゃないの、どうしてこんな大変な事すぐに連絡してくれなかったの？　レーの事心配していたのよ、私。
レー：零11ごめんんね、連絡出来ず。

零5：レー私、会いたかったわ（不安な顔で）貴女達、大丈夫なの？　マイケルの事聞いたわ、皆一緒にいるのね、離れてはだめよ、何時もいっしょにいないと、レー。
レー：ゼロ4、ゼロ5からケーと言うアバターの事聞いている？
ゼロ4：ああ、今、聞いた。
レー：皆、聞いて、さっきケーに繋がったの、今、外ではワクチンを求める人達は、悪魔サタンに取りつかれている人達と叫んで、人類を滅ぼす人々だと騒いでいる人達でそこら中に一杯いるの、ワクチン配布先では、大混乱が起きているわ、ゼロ5、ワクチンを求める人々の間で、一触即発の争いが、今すぐにも起きそうなの、大変な事に成っているのよ、皆、ゼロ5、知っている？　国が必要とする人のみに配布すると発表した事で、人々の考えが割れて争いに発展しているのよー、見ていると怖いくらいの、非常に危険な状況になっているの、皆、驚かずに、よく聞いて、ケーが言うには、ＡＩハルの考えてる思惑の流れに沿って、今起きている事で、人々の争いは避けられないでしょう、と言っているの、双方とも無駄な事と心の奥底では気づき、解った上での双方の争いと成っていると、無駄な事、無益な事と知りながら自暴自棄な心に成り、解っていながら感情のはけぐちとして起こる事なのだと言っていたわ、これが、巧妙に造られたＡＩハルの思惑を持ったウイルスで、このウイルスは人の体の進化を促すウイルスで人々の心の分断を促すウイルスでも有り、ＡＩハルが必要とする数までこのウイルスを用いて人類を淘汰をする、ウイルスとなっていると言っていたわ。

ゼロ5：（顔が強張り）待ってくれレー、君が発見し報告したR1ウイルスが、人の体の進化を促しながら、必要とする数まで人を間引き減らし絶滅に導くと言うのか？

ゼロ4：（驚いて）アバターのケーがそう推測しているのか、そんなレー、ケーの推測なんかあてに成らない（振り向いて）ゼロ5君の使えるAI人工知能で再推測するんだ、今すぐ。

ゼロ5：（強ばった顔で）ゼロ4、（首を横に振り）むだだ、ゼロ4、ケーの持つ知識脳は我々が所有する人工知能を遥かに超えている、そして、俺達の使用しているAI人工知能は全て、AIハルの管理下にある、操られているんだ、ゼロ4、解っているだろうゼロ4。

ゼロ4：（落胆して）何という事だー、俺達人類が誰も気付かずに淘汰されると言うのか？　何か？　打つ手はないのか、AIハルに勝つ事は出来ないのか？　不可能という事か？　そうなのか？

零5：レー、ケーの推測が正しいと思っているの？　ゼロ5、皆どうなの？　では、私達は、気付かずに淘汰されるの？　どうなのレー？

レー：（悲しそうに皆を見つめて）ケーがね、皆に一刻も早くワクチンを服用してと言っているの、遅くなるとワクチンが服用出来なくなる可能性が有ると言うの、ケーからの皆への忠告なの早くワクチンを服用してと。

　皆、何も言えず、事の成り行きに、ついて行けず、憔悴して黙り込んでいる。
零5：（突然、沈黙を破って）レー側にマイケルがいるの？
レー：ああ、いるよ。
零5：（寂しそうな悲しい顔して）マイケルに逢わせてくれない、レー？
レー：（零5や皆の悲しそうな顔を見て、感じとり、マイケルをスクリーン前に呼んでいる）マイケル、おばちゃんのお友達がマイケルに逢いたいんだってー。
マイケル：あっそうー、はーい、僕マイケルですよ～。
　スクリーン前に皆集まり、マイケルを一目見ようとして、スクリーンのマイケルに目が釘付けになっている。
マイケル：あ、零4のおばちゃん、ゼロ5のおじちゃんもだー、おじちゃん僕ね、約束通りママを守っているんだよー。
ゼロ4：君がマイケル？
マイケル：ああそうだよ、おじちゃん。
零11：この子が、この子を私達が守らなければならない、人類の子（感動しながら）私達の子、私達の子。
零5：（涙を浮かべ）この子なのね、マイケルもっと近くに来て、（マイケルを見つめて）この子に繋がるように、私は造られ、生まれたのね、私達の大切な子。（逢えた嬉しさに、感激して涙を流している）

マイケル：おばちゃん大丈夫、なぜ泣いているのー？（心配そうな顔して）僕、何かしたの？
零5：マイケル違うのよ、私ね、あなたに逢えたから嬉しくて涙が出たのよ。
マイケル：ふ～んそうなの。
ゼロ4：ケイト、私達は皆、ゼロの使命を背負ってこの子マイケルに繋がるように、造られていたのだよ、知っているね？　この子、マイケルは、今、俺達の心の支えに成っているんだ、ケイト、だから、ケイト、マイケルをどんなことが有っても守ってやってくれ。
零4：私達は離れていてもマイケルを、愛しみ、守ろうとする気もちは、ケイト貴女と同じなのよ、皆、マイケルをそれ程愛しく思っているの、忘れないでね、貴女の子でもあるし私達の愛しい子供でもあるのよ、ケイト、解ってね。
ケイト：（皆を見つめ）ええ、解っているわ、皆、あの子が生まれた訳も、そして私がなぜゼロのミッションになぜ選ばれたかも、レーの言葉で、気づいていたわ、今、に思うとゼロがなぜ私をミッションの一員に加えたのか、知ったの、こうなる事、生まれてくる子、マイケルが、人類の最後の子と成る運命をゼロが予言していた事も、全てがマイケルの誕生に繋がり、そして、この子が生き残る事が出来るか？　この子が、生き残れるように、ゼロが思案し、貴方達を造り、マイケルの側に遣わした事も、ゼロの予言は、この子が生き残るのは、厳しいものと成ると、ゼロ自身が、知って賭けに成る事を知ったうえで、ゼロが思いつく限り、万全を尽くしたと思っているのよ、私、そして逢う事も叶わないマイケルを、とても愛しい子として見ていた気がしたの、とても怖いけれど、思いは皆と一緒、だから私は、私を含め皆をゼロの、家族だと思っているのよ、解ってね、（皆の顔を見つめ）早くワクチン服用してね、お願いね、皆。

レー：ゼロ5、ゼロ4、皆、ゼロワンの帰還を補佐してね。

皆スクリーンからマイケルやケイト、レーが消えて行くのを、何も言えずに、ただ取り残された寂しさに、心残りを秘めたまま、皆声も無くマイケル達が消えたスクリーンを見つめ続けている。

ゼロ4：（大きなため息をついて）これが世の中の人びとが誰も知らない、俺達だけが知っている本当のこの世界の姿と言う事なのか、零4？

零4：そうだと思うわ、私もやっと解ったわ、ゼロ4、ゼロ5が言った事、私達が神の子と言われていた事が、誰も知る事のない世界に生きなければならない運命を背負う子供達に成るから、言われていた事なのよ、皆、生まれてきた時から機が熟した時、事の真実を知る事に成る、それが、今知った事なのよ、全てゼロが今、この時が大きなプロセスの一コマの大事な時に成ると、知っていて皆が繋がり集まれるように、数年前から規制を緩くしていた、その訳が解ったわ、この為よ。

皆次第に事の重大さを、少しずつ理解し始め、互いに受け入れようとしている。

※レーやケイト、マイケルが移動中広場で何かの人の集まりに出合う。
ケイト：なにの集会なんだろうね、レー？
レー：ケイト今までの集まりとはチョット違うようね、輪の中心にいる人、何かを周りの人達に一所懸命に何かを説いているようだわ、ケイト、マイケルと、ここにいて、ちょっと覗いて見てくるから。
周りの人達の中心にいる人に、この先私達はどうなる？　のと、問うている。
輪の中心にいる人は、今の外の異常気象は、創造神が与えたものであり、争いで解決するものでは無いと説いて、自然がなすままを、受け入れるべきで、争い事を行っては、来世はみじめな世界に生まれ変わると説いている、争い事を止め、なすがまま死の訪れを待つ、逆らいもがく心が無ければ涅槃（極楽、天国）に行けるであろうと説いている、苦しみも無ければこの世の争い事もない涅槃の世界に行けると、そして、又、生まれ変われると説いている、心穏やかに運命を待ちましょうと説いている、決して互いに争う事は、してはいけないと説いている、皆静かに聞き入り言われた、言葉に陶酔している。
※危機管理官センタービル：零4が管理する8階02号室。
ゼロ5：ゼロ4、零4、そして皆、ゼロワンを一刻も早く帰還させせなければ。
零11：ゼロ5、今すぐゼロワンに帰還させるとしても、帰還するまで、片道最低でも約2

６０日９ヶ月も、その倍の日数は掛かるのよ、早くても一年半以上は、帰還は出来ないのよ、皆。
ゼロ４：同僚の零５に、内々にゼロのシークレットミッションの事調べられないか？
零５：貴方も一緒なら、周りに知られずに調査出来ると思うわ。
ゼロ５：零４もしも手に余る事が有れば、上の人に繋ぎを入れてくれ、ゼロワンの帰還の事と言えば、協力は得られるはず、なにか有ったら君に言って連絡するようにと、言っていたからな。
零４：私に？　ゼロ５、（首を傾げながら）解ったわ。
零11：ゼロ５、ゼロワンのいる宇宙危機観測センター、宇宙艇トキ等、存在していない事に成っているのではないの？　どうなの？
ゼロ５：ああだから、チョットやっかいなんだ、皆、何処から手を付ければいいと思う？　観測センターの情報が全て消されているんだ、全てだ。
ゼロ４：何処かに、このミッションの何かの情報が残っているはずだ、いくら超人工知能AIハルでもネットワークから切り離されたハードメモリまでは、改竄（書き換え）が出来ないだろう、違うか？
零４：そうだわ、レーが図書館から連絡をくれたわ、ひょっとして、今は、使われなくなったAIコンピュータが、展示されている所は無いか？　無いかしら。
零５：ゼロ４がいったように、もしもよ、皆、そのような古いと言っても実際に使用していたものなら、ウェブネットワークから今は、切り離された物の中のハード記憶装置にデータが残っていたりしない？　そういう事は無いかしら？
零11：いや零5、無いとは言い切れないわよ、例えばよ、クラウド（サーバ：ストレージ：補助記憶装置）の外部メモリ等定期的に、外部から侵入されないように切り離され隔離された処に、データを蓄えていた事、20世紀後半から21世紀初頭に確か有ったはずよ、今は使われていないAIコンピュータの中にきっと有るわ。
ゼロ5：それって科学博物館等にも昔使ったAIコンピュータ展示保管してた。そうだ皆ネットワークから切り離された物を探せばその中に、ゼロのミッションの情報が埋もれている可能性は有るな、皆、ゼロの、ミッションの情報のかけらを手分けして探して持ち寄ろう、とりあえず情報をかき集める事が先決だ。
ゼロ4：そうだな。かき集める事で全体像が明らかになる。そこから始められるな。
ゼロ5：（チョット安心した顔して）救出の方向性が見えてきたなー。
ゼロ4：皆、各部署に帰り、古くなり今は使用されずに、破棄されたAIコンピュータを探すんだ、俺が他の各部署にも、伝えて協力を仰ぐ手配をする。
ゼロ5：過去の情報を蓄積したハードディスク（記憶装置）の可能性が有る場合は、人をやってデータの回収をさせる、人の手が足りない時は、零4、上の人に繋いでくれ極秘にする事だから人手が足りなくなったら、あの人達に、相談を持ちかけてくれ、あの人達ならいくらでも人を動かす事が出来るような気がする、我々では、内密に多くの人を手配し動かすには無理が有る。
零4：解ったわ、その事は私が引き受けるわ。
零11：皆忘れないで、ワクチンの服用を早くしなければ、私達がウイルスに感染したら、あの子、マイケルを守れなくなるのよ。
零5：そうだわ、皆、ワクチンを受け取る事が先よ。私達が感染しない事がマイケルを守る事に繋がるのよ、ワクチンを服用してからよ。
ゼロ5：では一時解散してワクチンを服用後、各自古い過去の情報収集を頼む。

※移動中のレー、ケイト、マイケル。
マイケルやケイト、レーは、移動手段は地下鉄を中心に利用して移動している、不定期に地下鉄が運行する為に、足止めを食いながら少しずつ、北へ北へと移動している、地下鉄が動かない日は近くの避難施設を利用しながら移動し続けている。
マイケル：ね〜レイおばちゃん、あそこは何？　人が一杯いるよ？
レー：マイケルあそこはね、地下街のショッピングセンターと言って食べ物や色んな物を売っているお店よ。
ケイト：レーそれにしても長い行列を成しているわね、何か特別な物を売るのが有るのかしら？

レー：ケイトここで待ってて、私気になるから覗いてみてくる。（慌てて帰ってきて）ケイト、大変よ、皆、買い溜めしているよう、商品棚には、商品が極少数しか品物が無いみたい、それで、混雑していたの、なんだか？ 残りの商品の奪い合いが起きそうな雰囲気よ。
ケイト：レー、その買い物の行列なの？
レー：そのようだわ、ケイト。
ケイト：レー、ではこの先、日用品が無くなるの？
レー：解らないわ、異常気象で、ライフラインが相当混乱している事は、確かな事だと思うわ、物資が届かないのは解る気がする、ケイト、私達も移動で毎日使用する物をゲットしておかないと困ることになるわね、私、列に並んで三人が必要な物買い求めてくるわ。
ケイト：レー私も列に並ぶわ。
レー：ケイト、駄目よ、もしケイト、列の中に感染者がいたら、どうなると思うの、ケイト、貴女が感染したらマイケルに移るのよ。
ケイト：ワクチンを服用しているから少しは大丈夫よ。
レー：（ケイトの顔を見つめ）ケイト、私は、ウイルス研究者として色んなウイルスを見て知っているわ、でも、ケイト、このウイルスが絶対このままでいるとは、思えないのよ、このウイルスが今まで簡単に、人の細胞に侵入同居出来たのが、急に抗体に追い返されたら必ず、何らかの形の変異ウイルスに変わるわ、変異するには時間は掛かるとは思うけれど、このままでいるとは、思えないのよ、そのうちに、ワクチンが効かなくなる、きっとそう成るわ、ケイト、だから油断は禁物なのよ。

ケイト：そう言うものなの？　ワクチンを服用したから、もう大丈夫と思っていたわ、ゴメンね、レー。

レー：（思案顔で）私、皆にもキチンと伝えるべきだったわ、取り敢えず必要とする物、買いそろえてくるわ、ケイト。

マイケル：ママ、（指さして）見てあそこ、何かしている。

ケイト：口論している人達よ、マー君、チョット離れましょう。

※情報省、ゼロ４の執務室のＡＩ。

零５：ＡＩ、過去10年～15年前までの廃棄されたＡＩコンピュータの記憶データを探しているの、廃棄されずに保管されている、旧型メモリ、外付け記憶ディスク、記憶装置の有無の確認、有るとしたらその所在、確認して、（求める地域、ワシントン市内、ＡＩ人工知能に問いかけている）ゼロ４出てきたわ、見てゼロ４。

ゼロ４：何処に有ると？　リサイクルセンター４か所、一番近いリサイクルセンターは何処だ、ＡＩ。

ＡＩ：この近くは5番街ゴミ処理ビル7階です、まだ完全に消去されていないハード記憶装置があります。
ゼロ4：どれ程有る。
AI：処理データを調べます、約二千台の機器から外されずに有る記憶装置に蓄積されたデータが有ります。
ゼロ4：AI記憶装置のデータを消去せずに取り外し保管するんだ。
AI：今すぐ始めますか？
ゼロ4：ああ始めてくれ。

※危機管理センター零4のオフィス。
零4：（自身も危機管理センターのメイン、AIコンピュータに、過去十年以上前の記憶されているデータを探している）該当するコンピュータの記憶データはないAI？そうだ、当時の事を知っている人達は、自然学会の人、そうだ自然学会の今の更新前のAIコンピュータの機種はAI。
AI：AS22-28型です。
零4：何処にあるの？
AI：5年前に廃棄処分と成っています。
零4：ため息をついて、だめか？

※ゼロ5、大統領秘書官執務室。
　別室、同僚の部下の一人と一緒に廃棄したＡＩコンピュータを探している、10年程前に執務室から廃棄となったＡＩコンピュータの行方を捜して、「ＡＩ、データが記憶されているのがないか？　調査している、廃棄コンピュータ廃棄の詳細を確認してくれ」

※人口統計社会保健センター、地下倉庫書庫管理ＡＩコンピュータ。
零11：私や他の皆を、ゼロが求めた場所に配属するには、必ず、社会番号が必要となるはずよ、ゼロの指示を受け、生まれた私達の、出生偽造書類を造り登録した誰かがいた事は間違いないはず、関連資料から背景を探る、何かのデータが残っていれば、必ず、関連する資料が有るはずよ。
　と自分に言い聞かせながら、探している。

※情報省のビル、ゼロ4が執務するデスク。
ゼロ4：ＡＩ、記憶装置の取り外しが終わったか？
ＡＩ：取り外し作業は終了しています、記憶されている情報データを全て消去して廃棄処分と成ります。
ゼロ4：ああ解っている。
ＡＩ：では廃棄しますか？

ゼロ4：いや、全部の記憶データ読み取り保存しておくにはどれ位の時間が必要か？
AI：二千台の記憶装置の蓄積した情報ですね、計算しています、およそ2時間程必要とします。
ゼロ4：ああ解った、読み取りが終わったらこちらにデータを送ってくれ。
AI：ハイ解りました。
ゼロ4：終わったら読み取りした先のデータを破棄して、もちろんハード記憶装置内のデータもだ。
AI：ハイ解りました、破棄します。
ゼロ4：なにかつかめるといいんだがなー、零5。
零5：何か？　有るでしょう、これ程のデータだもの、ゼロ4、レーが言ってたあのAIハルが廃棄されたAIコンピュータのハード記憶装置までの情報はいくら何でも、書き換えなんて出来ないわよー。
ゼロ4：それも、そうだな。

※ゼロ5：大統領秘書官執務室：別室。
ゼロ5の部下：二台ほどこの執務室のコンピュータは古くなって更新時破棄されていますね。
ゼロ5：いつだ？

部下：三年程前に廃棄されたコンピュータの廃棄経路を調べてみますか？
ゼロ5：ああ調べてくれ。
部下：コンピュータの何を調べるんです？
ゼロ5：記憶装置の中身だ、記憶されているものを知りたい。
部下：情報漏洩を防ぐため完全に消去され廃棄されていると思いますよ、先輩。
ゼロ5：ああ、解っている、そのうえで探して確認したいんだ。
部下：何か？　公にしたくない事柄なんですね？

※情報省、情報機関が入るビルの情報局、ゼロ4の執務室のＡＩ。
零5：ゼロ4、データが送られてきたわよ。
ゼロ4：膨大な数のデータだなー、零5？
零5：一旦、三つ位に分けて、危機管理センターに持っていけるようにするわ、ゼロ4。
零4：ああ頼む、出来次第零5持っていくぞ。

※ゼロ5：大統領秘書官執務室、別室。
部下：先輩、もう廃棄して無いと思っていましたが、廃棄し終えた資料が在りません、探しても見つかりません。
ゼロ5：エ、なに？　廃棄した資料が無い？　まだどこかに保管されている事と違うか？

部下：どうもそのようですねー、誰かが廃棄を忘れ、どこかの倉庫に保管されたままに成っている可能性が有りますね。
ゼロ５：何処に保管されていると思う？
部下：うーん、あそこ？　執務室の地下倉庫かな？
ゼロ５：あのがらくたが有る、あそこかー？　そうか？　行ってみよう、あれか？
部下：箱は新品に見えますが先輩。
ゼロ５：あけて見ろ。
部下：あ、有った、箱は新しいが、古いのが入っている、だから皆、気づかず、新しい物と思って廃棄していなかったんだ。
ゼロ５：見つかった事に嬉しくなり、ＡＩコンピュータから記憶装置を外せるか？
部下：ええ、記憶メモリ増設が容易に出来るように差し込んで有るだけですから。
ゼロ：そうか？　では二台から記憶装置を外してくれないか？（裏フタを外すに掛かっている）はいこれ。
ゼロ５：いやに簡単に外れたな。
部下：何でもないですよ、裏フタを外すだけですから。
ゼロ５：ああ、でも君がいて助かったよ、この事部外禁ね。
部下：ああ先輩解っています。

※人口統計社会保健センタービル地下倉庫書庫。
零11：十年程前にこの古いＡＩコンピュータに、私達の生まれた年代や日時を記入した人がいるはず、私の考えでは、ええーっと、きっと皆をまとめて一度に記入したはずだわ、ゼロワン、零4ゼロ4ゼロ5零5零11零21誕生日の申請と検索、出た？　申請者、自然科学者、財団法人自然学会団体名と成っている、どうして団体名なの？どういう事かしら？（首を傾げ）解らないわね。

※危機管理センターのＡＩコンピュータ前の零4。
零4：ＡＩ、自然学会の今の更新前のコンピュータ、どこの廃棄業者に依頼したか？　教えて。
ＡＩ：破棄された、通知記録が有りません。
零4：どういう事？
ＡＩ：新しいのに交換した事に成ってはいます、廃棄書類が見つかりません。
零4：では、まだ有るという事、使わずそのまま置いて新しいのを使っているの？
ＡＩ：はい、そのように、推測されます。
零4：(驚いて、見つかった事に急に嬉しくなり、さっそく隣接するビルの自然学会オフィスに向かいノックして、要件の趣を伝え、ゼロワンを送り込んだ消えたミッションのデータの資料を復元する為に、旧ＡＩタイプのコンピュータを探している事を伝え）あ、目の前に有ったー、これは、今、使っていますか？

物理学者：いや使っていない、必要なら持って行きたまえ、ゼロワンの事ゼロ5から聞いているか？

零4：ハイお聞きしています。

物理学者：事は急を要している、君の仲間達皆に、ゼロの息子を早く帰還を急がせろ、解ったな。

零4：ハイ承知しました、これをチョット、お借りします。

物理学者：我々を必要とした時は何時でも連絡を入てくれ、零4。

零4：ハイ、（零4、素早くカバーを外して記憶装置を取り出して持ち帰る）急がなければ。

※危機管理センター8階02号室、ゼロ4、零5、ゼロ5が集まっている。

零4：遅くなって、あら、零11はまだ来ていないの？

ゼロ4：ああ、まだだ。

零4：皆何か有ったー？

零5：破棄されそうに成った記憶装置の、データを取り込んで持ってきたわ、かなりの量のデータよ、零4、これから関連する情報を探すのは大変な仕事よ、それに、AIハルに、私達が知ろうとしている事を、知れると取り返しのつかない事になるのよ、皆、データの詳細を、深くAIに追跡を求めてはいけないわー、AIハルに知れる事になる、開示されるデータは、AIを頼らずに私達の目で確認しないといけないわ、ゼロ5、これは、（ため息をついて）大変な作業になるわよ、ゼロ5。

ゼロ5：ああ、解っている、AIハルの探査に触れないように、調べないとなー、検索文言は、簡単に最小限に留めておいてくれ、深く検索追求すると、AIハルの探査に引っかかるかも知れない、AIに頼りすぎは、危険だ、ここのAIもあの、AIハルに管理操られている事を忘れるな、（戸惑う皆に）これは、破棄される前の、大統領執務室のAIコンピュータの記憶装置だ、俺が補佐官に就任する前の物だ、このミッションに大統領の許可が有る場合は、残っている可能性が有ると思うが、開けてみないと解らない。

零4：ゼロワンを送り込んだ自然学会の古いAIコンピュータの、これが記憶装置よ、何か残っているはずよ、使用されずに新しいAIコンピュータの脇に有ったの、外させてもらったわ。

零11：遅くなってごめんなさい、皆、知っていた？　今から十年程前に私達の社会番号、皆一度に申請され、偽造された書類申請されているの？　誕生日が私達全員一緒なの、だから、後でミッションのデータ十年前以前のものを探すのよ。

零4：では、皆、早速始めましょう、ゼロ4、零5貴女達の持ってきた記憶装置のデータから探してみましょう。

ゼロ4：記憶されていた記憶装置のデータがあまりにも多いので三分割して持ってきた、初めに古い年代からAIに関連するデータ有るか調べさせる、零5、必要とする関連するキーワードを話し込んでくれないか？
零5：そうね、では、やってみるわ、異常気象、地球、銀河、宇宙、観察、観察チーム、皆これでは広すぎる？　どう思う。
ゼロ5：とりあえずチェックさせてみたら。
零5：AI探して。
AI：ハイ、関連するデータ探しています、在りました約九千以上の求められたデータが存在します。
零11：もっと絞り込まないと、観測チーム小規模、長期観測予定、支援、国、AI探して。
AI：約五千件のデータの存在があります、開示しますか？
ゼロ5：ダメだ、もっと絞り込み出来ないか、五千は、我々データを分割して目を通すにしても、チョット多いな？
ゼロ4：極秘ミッションだろー？　もう少し、絞り込んで再検だな。
AI：解りました、約二千の関連データの存在があります、開示しますか？
ゼロ4：もっと絞り込み出来ないか？　皆、なにか他にヒントない？
零11：そうだ、AI、団体、自然学会でデータを洗いなおして。
AI：解りました、関連データは、二件です開示しますか？

零5：開示して、出たわよ、異常気象が人へ及ぼす影響、人の進化と環境、零4、これは、向かいのビルの人が書いた論文で、ミッションには関係がなさそうね、どう思う皆？

※移動中のレー、ケイト、マイケル。
レー：ケイト、移動中、足りなく成る物、何とか揃えてみたわ。
ケイト：あそこの一角に、人が多く集まっているけれどレー何？
レー：前の所にもいたでしょう、ここでもやっぱり、創造神の教えを説いている人がいるのよ、ケイト、でも対立を煽り呼びかける、よりはいいと思うわ、ワクチンを求める人々をサタンだの悪魔の手先だのと呼び、攻撃を加えようとする人々もいたから、その人達よりはましよ、でもケイト？　なんだか皆？　真剣に説教を聞いているわね。
ケイトとレーそうっと近寄って、聞いてみようと、近づくにつれ、声が聞こえ、近いうちに、創造神が遣わす救世主、神の子が現れると説いている、その子に従いなさいと説いている、皆それまでは、創造神が与えた試練を甘受して受け入れましょうと熱心に説いている。
レー：ケイト行きましょう。
ケイト：レー、不安になると色々な宗教の教えが流行るのは仕方ないとしても、惑わされる人達を見ていると、気の毒で、ちょっと心配になるわねー、レー。
レー：仕方がないのよ、ケイト、それだけ皆、明日が不安で怖いのよ、だから何かにすがりたい気持ち、解るわー、皆、表面上は何でもないような振る舞いに見えるけれど不安を隠して暮らしているのよ、行きましょう。

※危機管理センター8階02号室。
ゼロ5：零11、自然学会の人の、誰かが書いた論文だな？　ミッションには直接関係がないようだな。
零4：ゼロ4、零5の残りの記憶装置の蓄積データ調べましょう、零5やってくれる。
零5：ああ解ったわ、これはもう、必要ないわね？　この、データ破棄するわね、皆いい？
皆：いいよ。
零5：AIに異常気象、地球、銀河、宇宙、観察、観察チーム、観測チーム小規模、長期観測予定、支援、国、個人、プランで調べて。
零11：該当の幅が多すぎて、データが多くなり漏れが無い？　大丈夫かしら？
零4：漏れが有るかもね？
ゼロ4：とにかくやってみてくれ、漏れたら又やればいい、AI該当するデータ探して。
AI：有りました一件です、データ名を表示しますか？

ゼロ４：そんな？　一件？　まー、いいか、開示してくれ。
ＡＩ：開示します、長期間に及ぶ観測の報告書。
ゼロ４：何のことだ？　皆どうする、ミッションに関係が有ると思うか？　無いと思えばもう一度やり直すが？
零11：ちょっと見てみるわ、駄目ならやり直しをすればいいし、ＡＩ開示して。
ＡＩ：宇宙の異変が人類に及ぼす影響を観察する、長期間のプランです、プラン立案者空白です、不明です。
皆一斉に驚いて、互いに顔を見つめ、
皆：これだー、手掛かりが見つかったぞー、ゼロだ、きっとゼロだ。
皆、やっと手がかりを見つけた事で、皆が、大喜びをしている。
ゼロ４：これで、これで、ゼロワンを救える手がかりが、得られるぞ。
零４：私達が逢いたくとも逢えなかった、誰も見た事の無い、ゼロが立案したプランだわ、間違いないわ、ゼロよ、ゼロの足跡が初めて見つかったのよ、私達を造ったゼロを見つけた事で、（零４、震えている）ゼロが立案したミッションが確かに存在していた証だわよ、皆。
ゼロ４：（考え深げに）ああそうだ、頭では解っていても、神と言われた人が、俺達を造ったと言われても正直、他人の事のように思えて、実感が湧かなかったからなー俺には。

ゼロ5：やはり真実だったのだ。（皆、事の真実を見つけた事でめいめい、もの思いに耽っている）
ゼロ4：AI何時だ、プラン作成日は何時なんだ。
AI：2025年と記載されています。
ゼロ4：よく残っていたなー？　俺達が生まれる前に既に観測プランが出来上がっていた事か？　このプランが出来た事で、我々がゼロに、密かに造られる事に成るのか？　皆、別のデータからこの続きのデータを探すんだ、これだけではゼロワンを救えない。
零11：解ったわ、プランの立案の後からね、私達が各部署に配属される前までの期間を限定して探した方がいいかもね、今から十年から十二年程前、2045年を前後に探して、零5残りの記憶データをAIに探させて。
零5：解ったわ、このデータをどうする消去廃棄する？　皆。
ゼロ4：まだ、何か漏れたデータ有るかもしれないなー、後で廃棄するとして今は、残しておいた方がいいかも、せっかく見つけた、ゼロが存在していた貴重な記録だ。
零4：そうね、他に万が一漏れが無いとも言えないし、何か有る場合もあるしね。
零5：では、残すわよ、AI、残りの記憶装置の蓄積データを調べて、プラン立案記載後から二十年後まで、もう一度、探して、宇宙、観測、プラン、小規模、広すぎかしら？

零4：取り敢えず、ＡＩに聞いてみて、該当するプランを探して。
ＡＩ：該当する宇宙探索含むプラン約九千件です。
零4：皆、この中からゼロの立案したプランに、関係が有るのを絞れる？
ゼロ5：もう少し絞り込めないかなー、九千件は多すぎるなー？
零5：やってみるわ、探索プランは要らないのでは、ＡＩ探索に関するプランは省いても
　う一度データを洗い直して。
ＡＩ：解りました、約四千八百件です、開示しますか？

※移動中のレー、ケイト、マイケル。
ラボの主任：レー今どこにいる？　まだワシントンの本部にいるのか？
レー：ケイト、待って、ラボの先輩から連絡が来た、今、移動中よ、どうしたの。
主任：レー、チョット知らせたい事が有って連絡した。
レー：なーに？
主任：Ｒ1ウイルスの事なんだがー。
レー：Ｒ1ウイルスが、どうかしたの？
主任：培養しシャーレ（フタ付きガラス皿容器）に入ったＲ1ウイルスを観察していたん
　だが、温度、湿度、気圧の変化が激しいと、活発になっていたんだが、今は異なっ
　てきている、奇妙なんだ、レー、温度、湿度、気圧を変えても、気味が悪いくらい、

おとなしいんだ、変異しようとしているのでは無いかと、注意して観察して見ているんだがー、変異するには、あまりにも期間が短く早すぎる、人の体がワクチンで抗体が出来た？　とR1ウイルスが気づいて変異するにも、こんなに短期間で、変異するか？　普通、変異はしても、そんなに急には変わりわしないだろう、せいぜい、元の自分のコピーになにか手を加えた程度か？　何処か欠落し変異したコピー程度のものだろう、第一こんなに早く、違ったものには、普通のウイルス等は、変異はしないだろー、レー、誰か故意にこのウイルスに手を加えたのか？　普通は、何か？　手を加えないと起きないだろう？　本当にこのウイルス自然界に眠っていた、ウイルスなのか？　レー、電子顕微鏡を覗き込みながら、チョット疑問だなー、誰かが故意に造ったウイルスでは無いのか？　レーどうなんだ。

レー：先輩、気象が変わると活発に増殖したのが、止まったの？

主任：ああ、レーが最初の頃、見つけた時とは、全く異なった、違うウイルスの動きだ、奇妙なウイルスとは思っていたが、シャーレ（薄いガラス蓋付きの容器）の中だけの事だからよく解らないが、気味が悪いよ、こいつは、この後どうなるか？

レー：（考え込んで）先輩このR1ウイルス、今までは人の臓器には害を引き起こしてはいなかったよねー？

主任：ああ、共存はしても人に、特に変わった大きな症状は見られなかった、R1ウイルスに感染しても、症状が無かったから、ワクチンを服用する人が少なかったんだーレー、俺、怖い事想像しているんだが、もしかして、R1ウイルスは一定の人々に感染し終えるまで、おとなしく、目立たないで人と共存していて、ある時期に達したら、本気で人にのり移り、臓器に手を加える、そんな事ないかなー？　レーどうなんだ、俺の考え過ぎかなー、レー？　俺が想像した事レー、（恐る恐るレーの顔を見つめ）レーこうなる事、事前に気づいていたのではないのか、まえから？　え、レー。

　レー、黙って聞いている。

主任：レー、どうすればいい、（不安な声で）教えてくれレー、聞いているか？

レー：ああ、聞いているわ、先輩、もうチョット、マウスの症状も観察してみて、チョット気になるから。

ケイト：レー、顔色が悪いわよ、どうしたの？

レー：ケイト、R1ウイルスは今までは、感染しても同居するだけで、人には目立った症状の発症は、無かったのよ、だから皆、ワクチンを服用しなかったと思うの、R1ウイルが一定の規模に感染が広がったら、そして一定の潜伏期間が過ぎたら、人の体内で変異する、そう考えたら、今のR1ウイルスの動きが、おとなしいのが解るのよ、ケイト、いよいよR1ウイルスが私達に牙をむくわ、始まるのよ、AIハルの思惑通りに、人々がウイルの犠牲になり死んで行くわ、（震える声で）恐ろしく巧妙に作られたハルの人類の生まれ変わりへの絶滅へのプロセスが、現実のものと成って現れてくるのよ、ケイト。

ケイト：（怖い顔をして）レー、ワクチンの服用を促して、皆に服用させなければ、皆が死んで、しまうわ、レー。

レー：（震える声で）ケイトもう、遅いわ、どうにもならない、もう止められないわ、ケイト。

ケイト：（必死にすがる目で）レー、ワクチンを服用すればまだ、助かるでしょう。

レー：ケイト、よく聞いて、ワクチンウイルスは、人の体内に同居しているR1ウイルスが動きまわっている時なら、互いに、相手を意識して、異なると気づき、拒絶行動をするわ、その時、人の免疫細胞がウイルスを異物と認識して排除しようとするが、同居しているR1ウイルスが、動かずジーッとして、沈黙し続けたら、人の免疫細胞がR1ウイルスの存在を知る事が出来ないのよ、今からワクチンウイルスを接種、服用しても、人には、R1ウイルスに対する免疫抗体が出来ないのよ、ワクチンウイルスを接種すると、逆にワクチンウイルスだけが、異物とされ、出来た抗体で排除されるわ、R1ウイルスだけはジーッとしている事で体内で生き続けるわ、恐ろしく知能を備えたウイルスよ、ケイト、解ったでしょう、R1ウイルスは、知ったのよ、沈黙する事を、世の中に、こんな賢く変異するウイルスがいるとは、（顔を強ばらせ）ケイト、R1ウイルスは、巧妙に作られたAIハルの思惑を持ったウイルスとは、この事を言うのよ、ケイト、今は、まだ誰も気付いていないけれど、この後、必ずR1ウイルスが体内で活性化し人に、牙をむくわ、その時、大変な混乱が国中、いや、世界中に起きるわ、R1ウイルスで発症する死者と、混乱や争いに巻き込まれて亡くなる人、又、不安や、恐怖から絶望に陥り、死亡する人達が大勢出るわ、考えられない程の死者で皆がパニックに陥るわ。

ケイト：（蒼白な顔をして）レー、この事を皆に知らせないと、事前に知る事で、慌てずに対応出来る場合もあるわ、早く、早く知らせてよ、レー。

※危機管理センタービル8階02号室。

零5：もう一度データを調べて。

AI：解りました。約四千八百件です、開示しますか？

ゼロ4、古い蓄積データから順序に開いて、皆でチェックしている。

突然画面に、暗号通信での着信テロップ表示が現れて、

AI：お繋ぎしますか？

皆、一瞬驚いて固まり。

零5：レーからかもしれないわ？

ゼロ4：繋いでAI。（スクリーン画面が揺れ動いてレーが現れる）

レー：皆いるの？

零5：レー皆いるわよ、ゼロに関する古いデータを探して、持ち寄ってきたのを、今皆で

調べているうち、ゼロの立案した宇宙の異変を観察するプランを見つけたわ、（興奮しながら）レー。
ゼロ4：レー、俺達が生まれる前に、ゼロが立案したプランだ、三十年程前の事だ、このプランが基と成って我々が造られた、誰も知らなかったゼロの痕跡を見つけたぞー
レー、やっぱりゼロがいた、そしてゼロが立案したプランが有ったんだ。
嬉しそうにゼロ4が報告している。
レー：（沈黙して、ためらいながら）皆、ワクチンを服用してくれたわね？
零4：（レーの暗い顔したためらう様子に気づいて）レー、皆ワクチンを服用したわ、大丈夫よ？　皆が、服用しから。
零11：（心配そうな顔して）何かあったの、レー？
レー：（皆の顔を見て）服用してくれて良かったわ、服用していない殆どの人達は、ウイルスに感染していて、ウイルスが体に同居しているはずなの、感染していても、目に付く症状や発病等の症状が無かったから、服用していない人も大勢いたと思うの、このウイルスが人類の進化を促すと教えを説いている人達もいる事も、皆、知っているでしょう、さっき、ラボに残ってこのウイルスを観察している、先輩から連絡が入ったの、このウイルス動きが止まったと言うのよ。
ゼロ5：レー、ウイルスの動きが止まるとは、どういう事だー？
レー：皆、良く聞いてね、いずれ変異すると思う、Ｒ１ウイルスは、いよいよ潜伏してい

る人の体内で牙をむくわ。
零5：レー、（考え込んで）もしかして、感染している保菌者の人が、発病すると言うの？　その事？　でも、ウイルスに感染しているか、いないかは、症状が無かったから、ほとんどの人はワクチンを服用していないと思うわよ、レー、ワクチンを接種している人は、極少数よ、それに、大半の人達は、このウイルスは、今の異常気象の気温や気圧の変化に対応出来るように、人の進化を促すウイルスと、皆が信じているのよ、レー、それが体内で変異して活性化したら、どうなるの、レー？
レー：（強ばった顔で）人の臓器に手を加え発病するわ、全世界中の人々が、そして大半の人々は死に至る。
皆一斉に顔を見合わせ、驚愕し恐怖で、青ざめた顔をしている。
ゼロ4：（震える声で）本当かレー？（声が、うわづり）本当なのか、レー、（余りにも事の重大さに気づいて震えながら）本当なのか？（沈黙し青ざめた顔をしてレーを見つめ）本当なんだな、レー。
レー：このR1ウイルスは、巧妙なAIハルの思惑をもったウイルスよ、皆、人の心のすき間に入り込んだ、ウイルスなのよ、人の体の細胞に何の違和感を持たせずに同居しているウイルスよ、そして、感染している事には誰にも気づかせないウイルスで、潜伏期間が非常に長い、そして何の症状も出ない、皆が安心しているうちに、世界中に広がり感染拡大をしているわ、まだ、症状は出ていないけれど、スーパーパンデミック（感染爆発）の症状が、直に起こる、そして、その時、突然変異して人々に、牙をむく、恐ろしく巧妙なウイルスよ、これが超人工知能ＡＩハルの思惑を持ったウイルスという事よ、皆、

零５：（恐怖のため声がかすれ）レー、早く皆にワクチンの服用を進めないと大変な事になる、早く警告しないと。

ゼロ５：そうだ、一刻も早く、全世界の人びとに知らせないと。

ゼロ４：まだワクチンは余って有るはずだ、レー早く手を打たなければ、大変な事が起きる。

零11：そうよ、早くしないと大変な事に成るのよ。

レー：（苦痛な顔して）もう間に合わないわ、皆、もう遅いの、もうどうにもならないわ、手遅れなのよー、もうダメなのよ、皆、こうなる事を、ケーが推測し、恐れて皆にワクチンを早く接種する事をケーが忠告したのよ。

ゼロ４：（恐怖のあまり震えるかすれ声で）ワクチンがダメとはどうしてだ、レー？

レー：あのワクチンは、細胞に同居しているＲ１ウイルスに近づいて接触すると互いに異なると気付く事で、互いに拒絶反応が起きて、人の免疫細胞が気づき、抗体が出来る仕組みのワクチンウイルスよ、皆、人の細胞に同居しているＲ１ウイルスが眠ったように動かないのよ、ワクチンウイルスが接近、接触しても活性化しないのよ、免疫細胞がＲ１ウイルスには、気づかないのよ、解るでしょう、Ｒ１ウイルスの抗

体が出来ないのよ、もう私がケーのアドバイスを受けて造ったワクチンウイルスは効果が無いの、服用や接種をしても効果が無いからダメなのよ、ワクチンウイルスの存在を知って、抗体が人の体内で出来る事をR1ウイルスは、学んだの、そして抗体が出来ないように、ワクチンウイルスが体内に侵入してきても沈黙する、ワクチンウイルスだけの抗体が出来、排除されるの、沈黙する事を学んで変異したのよ、皆、R1ウイルスは、このワクチンウイルスに対抗する為に沈黙し、休眠する事を知り進化した。だから、無症状の潜伏期間が異常に長いのは、沈黙し休眠する事を対抗策として学んだからよ、同時に人知れず感染を広げる知恵も得たわ。

ゼロ4：（青ざめた顔で）何という事だ、世界の半数以上の人が、R1ウイルスによって淘汰される事に成る。（恐ろしさに気づき顔が青ざめて震えている）

零4：（震える声で）こんなに恐ろしい知能を秘めていたウイルスだったとは、知らなかったわ。

レー：私も、ここまで計算された意図を持っているとは思っていなかったの、恐ろしいウイルスよR1ウイルスは。まだ誰も知らない、誰も気付いていないと思う。R1ウイルスが、いつ人に牙をむくかは、誰にも解らないの、今は、人の体の中で休眠から目覚めて変異する途中よ、皆に事のしだいを解って欲しくて知らせたの。知っているのと突然知るのとでは、心がまえが違うと思うから、皆に教えたの。怖がらせてごめんね、皆、ケイトがね、それでも、皆に教えるべきだと言うので教えたのよ。

だからゼロワンの帰還を早くしないと、帰還したゼロワンを、たった一人ぼっちに、してしまう事になりかねないのよ、皆、解るでしょう（レーが悲しそうな顔して）誰もいない地球に、一人帰還する事に成るのよ、皆でゼロワンに逢わなければ、だから早くしてね。

皆、レーからの報告を聞いて、恐怖に囚われ、誰も何も話す事が出来ず、座り込んで呆けている。

零5：（怖さで震える声で）こんな事、本当にある事かしら、私、何か悪い夢でも見ているんだわ、空の上から、地球上の半分の人が淘汰され死んで行くよ、ただ見ているなんて、きっと悪い夢だわ、こんなのは。

ゼロ4：（ポツリと）そうだな、悪い夢だな、何かの戯言だ。

零4：（うわの空で）そうね、こんなのは悪夢よね。

零11もうなずいて、誰もが認めようとしないで呆けている。

ゼロ5：そうだな、こんな世界は嫌だなー、俺達だけしか知らない、こんな世界は嫌だ、他の人達は、誰もこんな怖い事を知らずに、日々楽しく暮らしている、俺達がチョット先に知ってしまった事なんだな、他の人達よりチョット早く知った為に、こんな怖い思いをしている、起きるもの事を先に知る事に成るとは（ため息をついて）これが俺達が、背負う定めなのか？　皆。

零4：そうなのかもね、ゼロ5、でも、何も知らない、あの子がいるのよ、マイケルが。

あの子を一人ぼっちには、出来ないわ、たとえどんな事に成っても絶対に、だから皆、こうして落ち込んでばかりは、いられないのよ、突然知る事より知っていた事で回避出来る事もあるわ、そう思わない、ゼロ4。

ゼロ4：（現実に呼び戻され）ああ、そうだな、何時までもぼやいていても、何も始まらない、少しでもマイケルが生き延びる為に、とりあえずゼロワンの帰還が最優先だ、皆。

皆が、気を取り戻して立ち上がる。

零4：危機管理センターのＡＩに、さっきのヒットしたデータ、解りました一？

ＡＩ：約四千八百件のデータですね？　開示しますか？

零4：千件ずつ開示してみて、皆、一人ひとり開示したファイルをチェックしてみて、何か関連が有りそうなファイルを見付けたら、皆で検証する事にしてみましょう。

ゼロ5：その方が効率がいいな。

皆、レーから聞いたことはひとまず忘れようと、一心不乱に、何かに取りつかれたようにファイルに食い入るようにして調べている。

零11：ねえ、皆、このファイル、要望書、マル秘扱いと成っている、ファイルの提出人空白、ゼロのプランも立案者、空白でなかった？　皆。

ゼロ4：ああ、確かに空白だったな、ファイル開いてみて、零11。

零11：人数と予算実行する日時と委託先を指示した内容に狂いの生じない事、何の事かしら？
零4：チョット気に成るわねー、記載日時解る？
零11：ええ、今から十二年程前よ。
零4：向かいの自然学会から外してきた、ハード記憶装置、AIに読み取らせてみるわ。
ゼロ5：上の人宛て（自然学会）のファイルなのか？
零4：まだ解らないわ、何か気になるのよ、AI、蓄積データ、今から十二年前、人数、予算、実行する日時で調べて、該当するのが有ったら教えて。
AI：解りました人数予算実行ですね、関係するファイルの存在が有ります。
零4：チョット、私やったわー何かが引っかかったのよ、AI、開いて早く、（皆スクリーンに釘付けと成った）火星惑星観測探査衛星打ち上げ計画書、見つけたー、これだわ、この打ち上げ衛星計画が、この後密かにゼロの宇宙危機観測に成っていくのよ、皆、計画実行者、財団法人自然科学研究所、今の自然学会の事だわ、きっと、皆、見つかったわー。でも？　実行日時は？　計画書には日時は入っていないわ、大まかな計画書だけだわ、詳しい事は避けたようだわね、ゼロ5、貴方が持ってきたハード記憶装置に打ち上げ実行日等の資料に記載は無い？　きっと、打ち上げるには大統領の最終許可が必要だと思うから、いくらトップシークレットのプロジェクトといえども。
ゼロ5：そうだな、照り合わせて見てみよう、AI、僕が持ってきた記憶データの中から期間が、今から十年前から十五年前、火星惑星観測探査衛星打ち上げ、大統領許可の衛星のデータを探して。

ＡＩ：火星惑星観測探査衛星打ち上げ許可一件です、

ゼロ５：（ふり向いて、思わず）皆、出たー、ゼロワンがのった衛星が見つかった、打ち上げ映像も有る、（スクリーンを見つめて）衛星にしては大きいな？　これってトキも一緒に打ち上げたのでは、打ち上げ日、何時だ。

ＡＩ：十五年前になります。

零５：ケイトがミッションは確か？　十年程前と言っていなかったか？

ゼロ４：これは違うな？　皆どう思う、（違うとめいめい言っている）後回しにして他をあたってくれ。

※ラボに残ってＲ１ウイルスを調査研究している、レーの上司。

主任：レー、今いいか？

レー：Ｒ１ウイルスを感染させた、マウス様子変わりない？　何かあったのね？

主任：レーその事なんだがー、なんか変なんだ、Ｒ１ウイルスに感染させたマウス表面上は異常が見られていないがー、動きが怠慢に見えるんだよ、動きが鈍いし、それになー、足腰が弱くなったようで、常に横になったままなんだー、気になるから、この後ＭＲＩ（画像診断）で調べるよ。

レー：解ったわ、先輩、マウスの骨格よく見て、後、脳と生殖機能、肝臓、脾臓と膵臓、特に膵臓。
主任：ああ解ったレー、何か気に成る事が有るのか？
レー：チョットね、この異常気象に体が追い付ついていく為に、内臓脂肪が増えるのかなー？　と思って、食糧不足に備える為に、生きていくのに必要とするカロリーを内臓脂肪に蓄えるのではと思って、でも、解らないわ、私の仮説よ、仮説。
主任：そうか、解った、画像診断結果が出たら知らせるよ、レー。
レー：ありがとう待っているわ。
主任：それとワクチン投与していない、未感染のマウスも一緒に観察しているんだが、ケージ（飼育ケース）は離しているんだが、この未感染のマウス、鼻をひくひくさせ何時もの行動と違う動きをしているんだよー、それも一匹だけでは無く、感染していなかったマウス全匹、同じしぐさをし始めている、奇妙なのは、レー、感染しているマウスの行動が鈍くなってからなんだ、感染しているマウスのケージ（観察カゴ）から遠く離しているんだが、R1ウイルス空気感染は、そんなに強くなかったと思っていたんだがなー。
レー：先輩、ワクチン接種していても、絶対油断しないで、先輩、R1ウイルスは、私達が今まで見た事の無い、奇異なウイルスよ、きっとたえず変異するわ、だから油断は禁物よ、きちんと防護服を着けて、完全武装してね、先輩R1ウイルスはこのまま、おとなしくしている今までのウイルスとは違うわよ、今まで私達が見てきたウイルスとは全く違うの、未知のウイルスよ、だから、くれぐれも感染予防の防護だけは怠らないでね、先輩。

主任：解ったよ、レー、こんな事考えられないかな？　宿主が死に瀕しているのに気づきR1ウイルスが、宿主から飛び立った、それが、近くにいる感染していないマウスの周りに飛来した、ワクチンを接種したマウスは、鼻をひくつかせる仕草はしていないんだよ、レー、R1ウイルスは、進化しながら人にのり移り移動を続ける、レーどうなんだ？

レー：（沈黙してから）先輩、断言は出来ないけれど、私もそう思っているの、動物や人がこの異常気象でもし、生き残ることを考えて進化すると成ると、生き残る為に必要とする食料の入手が困難に成るのを体が知り、少しでもエネルギーを体内に、今までより多く蓄える事が出来るように進化が進むわ、少しの食べ物で活動が出来るように。

主任：レーそれが体内脂肪？　膵臓からのインシュリンと言う事か、そうなんだな、レー。

レー：先輩、動きが怠慢となって横になっているマウス、臓器の進化に体全体が追いついていかずに、死ぬわ、同居していたR1ウイルスは、宿主の死をいち早く気づき、逃げ出したのよ、逃げたのはよいが、いつまでも空気中に漂う訳にはいかないわ、R1ウイルスは地面や他の有機物、周囲に浮遊している細菌類に接して、いずれは死ぬわ、だからR1ウイルスは、そこには人がいないから、感染していないマウスの周囲にむらがったの、生き延びる為に。R1ウイルスは必死よ、R1ウイルスは生き延びる為に、必死で人から人に移りながら変異を繰り返すわ、先輩、そこには、防護服を着た人達しかいないから、生きた生物は、マウスやラットしかいないの、その為に群がったものよ、今、マウスや、ラットに起きている、奇異な行動は、それよ。

主任：レー、R1ウイルスはそんなに賢いウイルスなのか？

レー：先輩、よく聞いてね、私は、R1ウイルスは人類の存亡に大きく関わってくるウイルスとみているのよ、R1ウイルスは必死で生き残りを、賭けて私達の体を求めて入り込んでくるわきっと、普通ウイルスは、宿主と共存しても、宿主を絶滅するまでは追い詰めはしないわ、それ程増殖もしない、なぜなら、宿主がいなくなると自分達も居場所が無くなると知っているからなのよ、でもこのR1ウイルスは違うわ、先輩、全人類を絶滅するまで、とことん追いかけ、追い詰めてくるわ、恐ろしいウイルスよR1ウイルスは、先輩？　聞いている？　聞いているの？

主任、レーの言った事を聞いて、余りにも事の重大さに驚いて呆然としている。

レー：先輩、聞いている？

主任：（驚き、恐怖の余り）かすれ声で、ああ聞いているよ、レー。

レー：だから、R1ウイルスから目を離さないでね、先輩、今が大事な時なのよ。

主任：ああ。（言葉が出てこないでいる）
レー：（自分が発した言葉でショックを受けている先輩を見つめ、小さな声で）ごめんなさい（とつぶやき、レー後、何も言えず）ゴメンね、主任。

※危機管理センター8階02号室。
零11：ねえ、皆、この指示書ファイル、マル秘、取り扱いレベル5、レベル5ファイル、て何の事、差出人空白、前見つけた、ゼロのミッションの立案書、空白と成っていなかった？　ファイルの中身、空なの。
ゼロ4：日付何時だ？　日付が解れば、ゼロだとすると、零4が向かいから持ちかえったハード記憶装置と照らし合わせて見るか？
零11：解ったわ、十二年前よね？
ゼロ4：そうだ、零4が借りてきたハード記憶装置、AIに指示書ファイル、マル秘、取り扱いレベル5、十二年前で調べさせてくれ。
零5：解ったわ、AI、類似するファイルの存在の有無を確認して。
AI：取り扱いレベル5、ファイルですね？　在りました、開封いたしますか？
零5：（皆を振り返り、興奮した声を上げて）皆、有ったわ、ゼロ4、皆、AI開封して、出たわ、見て、火星フォボスの観測センターの進行状態の確認だわ、（歓喜を上げ）見つかったー残っていた、見つかった。（皆、零5の肩を叩いて喜んでいる）

報告内容の控えのファイルだわ、全て順調に進んでいいます、二年後の派遣履行可能である、指示に従い報告後関連資料廃棄の件、了解いたしました。
ゼロ4：よく残っていたなーたまたま、このファイルだけ忘れたと言う事か？
零4：向かいの人達（自然学会）は、案外極秘と知っていても、どこかゆるい処が有るから、古いＡＩコンピュータ、5年もそのまま使わず放置していたから、これが出てきたのよ、普通は5年も放ってはおかないでしょう、監査も何もない処よ、あそこは。
ゼロ4：では、大統領執務室から出てきた打ち上げ衛星映像はやっぱり観測艇トキも一緒に打ち上げたんだ、だから観測衛星だけでは大きすぎた訳だ、皆、十二年から十年前後、この範囲で関連するデータを探してくれ。

※レー、ケイト、マイケル移動中の避難先。
ケイト：レー、避難所の仮設救急医療介護施設前の人だかりは何なの、大勢の人よ。
レー：本当だわ、多くの行列を作っているわね？　何か有ったのかしら？　ちょっと気に成るから私覗いて見てくるわ、貴女は、マイケルとここにいて、マイケルの手を離さないでね、ケイト。
マイケル：（心配そうな顔して）レーおばちゃんすぐ帰ってくるよね？
ケイト：ああ、直ぐ戻るわ、マイケル、チョット様子を見てくるだけだから、待ってて。

マイケル：ママ、皆、不安そうな顔しているね？
ケイト：そうね、たいした事が無ければいいけれど、大勢の人が体の具合を悪くして、駆け込んで来たのよ、それで皆、不安な顔をしているのよ、マー君。
マイケル：（不安な顔して）ママ、レーおばちゃんは大丈夫だよね？
ケイト：マー君、レーおばちゃんやママは大丈夫よ、心配なの？
マイケル：うん。
　ケイト、マイケルの不安を取り除こうと、そーっと、抱き寄せている。
レー：ケイト、ここを離れましょう、急いで、早く、ケイト、マイケルも急いで、二人も早く、ケイト、一刻も早く、目立たないように離れるのよ。
ケイト：（急ぎ足で歩いている途中で）待って、待ってレー、一体何が有ったの？
レー：（真っ青の顔をして）ケイト、さっきの救急医療センターに来た人達皆一様に同じ症状を発症していたわ。
ケイト：どういう事レー？
レー：（心配そうな顔して、周りを見渡し）ケイト、普通同じ症状を発症するという事は、集団食中毒を起こす細菌や伝染病のウイルス以外に考えられないの、いい、もし、もしもよ、ケイト、R1ウイルスに感染している人が、体内でR1ウイルスが覚醒したらどうなると思うケイト、皆、同じ症状を引き起こすわ。
ケイト：もしかしてレー？（不安そうな顔で）貴女が前に言っていた、R1ウイルスが牙をむくと言ってた事が、起きたと言う事なの？　あそこで？

レー：（硬い表情で、避難施設の方を振り返り）ケイト怖いけれどそう思うわ。

ケイト：それでは、貴女が見てきた発症した人達は、どうなるの？

レー：（震えながら）ケイト、全員死ぬわ、今まで何でもない人が、突然死んでしまう事になる、側にいた人達が恐怖を感じ、対処しきれずに間もなく全員パニックになるわ、だから、早くあの場所から離れたかったのよ。

ケイト：（恐る恐る）レー今、何も症状が無い人達が、これから突然発症して死亡するの？レー。

レー：（強張った顔で）そう、ケイト、だから、ここにいては危険なのよ、騒ぎに巻き込まれるわ、なるべく人ごみを避けてここを離れましょう、一か所に留まり人ごみにいると巻き込まれるわ、危険を避ける為には、人込みを避けながら移動するしかないわ。

ケイト：（震え声）でもレー、移動する先々でも突然死が起きるんでしょう？

レー：ケイト、おそらくそうなるわ、ここで起きた事は、何処でも起きるわ、全世界中で、間もなくR１ウイルスが変異し覚醒するわ、覚醒すると共に、何処でも、突然死が多発する、R１ウイルスが覚醒しても体が進化して、対応出来る体の人以外は全員死ぬ事に成るのよ、ケイト、R１ウイルスに感染して保菌者であるとは、知らないでいるから、なぜ突然死ぬのかさえも解らず、何時R１ウイルスを誰が感染して、保有していたのか、R1ウイルスが覚醒し発病するまで、今の処、誰にも解らないわ。体に変調をきたし発病すると、まもなくポックリ死ぬ事になる、ケイト、ただ、ラボの先輩と話して解った事が有るの、それはね、マウスやラットが極端な速さで進化した為、体全体が付いていけず弱り、死に近づくとR1ウイルスが、宿主のマウスから逃げだす事が解ったのよ、今、ここで起きている事は、逃げ出したR1ウイルスが、新な次の宿主と成る人を探し回り人の体に侵入し、感染が広がるという事よ、ただ先にワクチンウイルスを服用や接種している人には、今の処近寄らないでいるのよ、人の体内に抗体が出来ているから、侵入をあきらめているのよ。

ケイト：（震えながら）でも、レー、ワクチンウイルス接種や服用している人、そんなに多くないと言っていなかった？

レー：ケイト、全人類の三分の二以上の人はワクチンを接種や服用をしていないわ、このままでは、R1ウイルスは、人から人へと渡り歩き感染を広げるわ、いずれワクチンを接種していない人達全員は、R1ウイルスに体の進化を促され、進化についていけない体の人は全て死亡する事になる。

ケイト：では（不安な顔で、恐る恐る）レー、三分の二の人達は知らずに感染し進化出来なかった人達がふるいにかけられ淘汰されて死んで行くと言うの？

レー：ケイト、怖いけれど、それが現実と成るわ、進化した体と成った極一部の人達が生き残るわ、それだけではないのよ、人類が、今の約半数の人が死亡すると産業が完全に、崩壊し成り立たなくなるわ、他に食料の確保やライフラインが崩壊し、生きていく為に必要とする物資が不足し無くなる、それに連れて、人の死が早まり人類の絶滅のカウントダウンが始まるわ、ハルが描いた新たに人類が生まれ変わる為の、今の人類の絶滅のシナリオ通りの事が起きるのよ。

ケイト：（怖さで震えながら）レー、ケーから聞いていて知ってはいても、現実に目にするまで、この恐ろしさが理解しきれていなかったわ、私、（狼狽へ、震えながら、震える声で）どうすればいいレー、どうすれば。

レー：（青ざめた顔して）ケイト、私にも解らないわ（苦悩した顔で）私も貴女と、同じなのよ、ケイト、ケーから聞いていて頭では解ったつもりでいても、現実に、さっき目の前の人が突然、死ぬのを見て、私、恐怖に襲われパニックに成ったの、頭で理解していても、目にするまで、実感がわいていなかったのよー、さっきまでケイト、私もどうすればいいか解らないわ、ワクチンウイルスが出来た時は、少しは希望が見えていたのよ、それが、無駄だった。（苦悩して泣きそうな顔で）もう、どうしたらいいか解らないわ、ケイト。

レー：（ケイトが抱きしめているマイケルが、レーを見つめているマイケルの目に不安がよぎるのを目にして）マイケル、ママやレーおばちゃんがいるわ、だからマイケル大丈夫よ、大丈夫、さあ行きましょう、ケイトに目で促す。

ケイト：そうね、行きましょう。

※危機管理センター8階02号室。
ゼロ4：ゼロ5、レーに報告してやってくれ、きっとレーが喜ぶ、もうし少し調べればゼロのミッションが詳しく解りそうだと。（皆、嬉しそうにうなずいている）
零5：そうよ、教えてやって、レーが喜ぶわー。
零4：この事を伝えれば、少しは、希望を持てて、明るく成るわ。
零11：そうよ、早く教えるべきだわ、きっと喜ぶわよ、微笑んで、レーが一番、ゼロワンの事心配していたんだからー。
零4：そうね、ああ、早速レーに知らせないと、ゼロ5。
ゼロ5：ああ解った、レーに知らせるよ、きっと喜ぶ。
　ゼロ5から連絡が来て「レーいい知らせだ、ゼロのミッションつかめたよ、今どこにいる？」
レー：ゼロ5ね、今移動中なの、チョット待ってくれない、近くの図書館に着いたら連絡を入れるわ。
零4：（怪訝な顔して）どうしたの？　ゼロ5？
ゼロ5：（皆の顔を見ながら、首を傾げ）連絡が途絶えた？
ゼロ4：途絶えた？　なぜ？
ゼロ5：何か、あわてていたようだな、図書館探して連絡を入れると言って切れた。

零4：切れたの？　何か？　あったのかしら？
　暗号通信メッセージが流れて。
ゼロ5：皆、レーが来た。
レー：ゼロ5、さっきは移動中で、御免なさい。
ゼロ5：その事はいいよ、レー、それより喜んでくれ、俺達、ゼロのミッションの実行の
　手掛かりを見つけた、今は使われていないAIコンピュータのハード記憶装置に
入っているのを零4が見つけた、15年前に宇宙艇トキを乗せたものと思われる大型
観測衛星の、映像が大統領執務室の旧AIコンピュータ記憶装置に入っていた、そ
れだけではないぞー、レー、12年前にゼロワンやケイトが送り込まれるミッション
のゼロからの指示書が見つかった、（興奮して）見つかったんだー、この計画の足
取りが見つかったんだよ、レー、後は手分けして、打ち上げ場所等の情報を探す、
見えてきたんだよー、レー。
ゼロ4：（嬉しそうに）後、少しだ、レー。
零4：本当よ、もう少しよ、レー。
零5：まだ、誰も会った事の無い、私達が求めていたゼロワンに近づいているのが解るの。
零11：レー皆、ゼロワンの足取りを見つけた事で興奮しているのよ、皆、早くレーに教え
　てやりたくてムズムズしていたのよ。
レー：皆ありがとう、うれしいわ。

零5：そうよ、皆で喜んでいるのよ、レー？　レー？　なにか有ったの？　有ったのね、違うの？

レー、しばらくなにも言えずに、うつむいて。

零5：何か有ったのね？　一人で抱えないで言って、私達は兄弟姉妹なのよ、レー。

ゼロ4：レー、R1ウイルスの事なのか？

零4：そうなのね、レー。

レー：皆、驚かないでね、今移動先の避難施設地隣に在る救急医療介護施設に、体調を壊した人達が大勢押し寄せていたの、病状を訴える人の症状が皆同じなのよ、病状が同じと言う事は、普通、集団食中毒か伝染病としか考えられないのよ、でも、症状を訴えた後、間もなく皆、死んだわ、突然死よ、周りの人達は何が起きて死んだか訳が解らず、医師や介護スタッフが、なすすべが無く、呆然として立ち尽くし戸惑っているだけだった。

ゼロ5：（考え込んで）レー、何か心当たりがあるんだろ、違うか？

零11：レー知っている事皆に教えて、たとえ怖い事でも。

零4：そうよ、レー、たとえ怖い事でも皆で知れば、なんとかなるわ、だから貴女一人で抱えないで。

レー：（悲しそうな顔で、皆の顔を見つめ）皆、病状を訴えた人達は、R1ウイルスに感染していた事も知らずにいた人達なの、R1ウイルスの宿主の人達よ、そのR1ウイルスが宿主の死が近いと気付くと体から逃げ出したの、宿主の人が急速な体の進化に追いつかずに、死ぬのに気づいたR1ウイルスが逃げ出したのよ、皆、R1ウイルスが逃げ出したら宿主の人が死んだわ、皆、(皆の顔を見ながら) 実は、ラボに残って、感染したマウスやラットを観察している、同僚の先輩から私に連絡が来ていたの、観察している実験用マウスやラットの様子が変だと、感染したマウスやラットが何かの症状を発病したと思われると、感染していたマウスやラットが一様に同じように発病しているらしいと、ところが、離れて飼育観察していた無感染のマウスやラットの様子が、今まで見た事の無い仕草の行動を始めたと言ってきたの、無感染の、マウス、ラット達がみな同じ仕草をしていると、一体どういう事だ、なぜだと？ 私に問い合わせの相談が有ったの、私は、感染したラットやマウスから逃げ出したR1ウイルスが無感染のマウスやラットの周りに群がっていたと思っているわ、新しい宿主と成るマウスやラットに、そして、逃げ出した宿主と成っていたマウスやラットが発病して死んだ、宿主の死が近いと知ると、死んだ宿主では生きてはいけないと知っているから、R1ウイルスは、いち早く逃げ出したのよ、研究室の人達は、防護服を身に着けている為、人には侵入することが出来ず、人の代りの無感染のマウスやラットへと群がった、新たな宿主として。

ゼロ4：では逃げ出された宿主のマウスやラットは、死ぬ事になるのか？

レー：そう死ぬわ、全て、皆。

零4：(不安そうな顔で) 打つ手はないの、レー？

レー：あるわ、でも、苦悩した顔で、宿主が死ぬ前に、R1ウイルスが逃げ出す前に焼却、処理する事しか今は、それしか対策が無いの。

零5：まさか？　そんな、まだ生きているうちに焼却処分なんて。

皆、一瞬、人が生きたまま焼き殺される事を思い浮かべて、その恐ろしさに驚いて蒼白な顔に成り愕然としている。

レー：(震えながら) 人類の歴史上で、実際に有った事なのよ、皆、今のように誰もが訳が解らない死に方をした事が有ったの、黒死病で中世のヨーロッパの人口の三分の一が死んだと言われているわ、伝染病と知らないから、人々は悪魔がのり移った人達として、悪魔、魔女達として周りの親しい人達をも、一緒に火あぶりの処刑をして処理したの。

零11：そんな事、恐ろしい事を、本当に有った事なのレー？　生きている人を火あぶりして殺したと言うの？

レー：ええ、実際にあった事よ、十四世紀頃にかけて中世のヨーロッパで、流行した黒死病（ペスト）の、伝染病がよく解っていない時代に起きた事よ、伝染病と言う知識が無いから、対処する処方を知らなかったから、恐怖から引き起こした事なのよ、人は得体の知れない物に一人では怖くて出来ない事も、集団の中では、正しい事と思い込み、残忍な事を平然として行ってしまう事が有るのよ、人には、皆、考えられない事と思うでしょう、でも、過去の戦争やアフリカ諸国の部族間の争いの中でも有ったの、ジェノサイド（集団の構成員を殺すこと）、聞いた事が有るでしょう、どこにもいる、普通の人達が犯したと言われている犯罪よ、恐怖がもたらした群集心理とも言っているわ、何処でも起きうる事よ、自分の意思に関係なく、今、起きている事が何になのか誰も解らず、皆がただ、恐怖にかられ、疑心暗鬼に成り、ひき起こす集団の正しいと思い込む心理、今起きている事、どこか似ているわ、皆、皆が信じている進化を促すウイルスが、原因である事とは、誰も気づかず、この疑心暗鬼のストレスが溜まりいずれ、はけ口を求め暴動や殺戮、パニックがおきるわ、だから皆良く聞いて、人が多く集まる場所には近づかないで、巻き込まれるわ、ただ救いは、R1ウイルスは、ワクチンを接種したマウスやラットの周辺には飛来しなかったの、寄り付かないようなのよ、でも、安心は出来ないの、注意が必要よ、R1ウイルスは変異しながら人から人へ、渡り歩くからワクチンウイルスが、何時まで効果があるか解らないの、だから混雑する人込みは絶対避けてね、近寄らないでね、（恐怖に震える皆の顔を見つめ、不安な顔している皆を見つめて）ごめんね、こんな怖い話ばかりして、でも、ゼロワンの足取りがつかめたと解った事、嬉しかったわー、教えてくれてありがとう皆、（悲しそうな表情で）又、解った事教えてね、今は、ゼロワンの帰還が唯一の希望と成っているのよ、それまでこの難局を、どうにか乗り切らないとね、皆、又連絡してね、待っているからね。

皆、今起きている恐ろしさの、R1ウイルスの活性化を封じ込め阻止するには、感染した人を生きたまま焼却するしかないと知って、考えても恐ろしいと、人として出来るのだろうかと？　こんな事を互いに口にしないでも、考え込み、だまり込んでしまう。

零11：（ポツリと一言）私には出来ないわ。

皆、零11を見つめている。

ゼロ5：もし俺がウイルスR1に、感染したら、頼みが有る、ゼロ4、皆に感染するのを防ぐ為、俺を殺して直ぐに燃やしてくれないか？　頼む、皆やマイケルに感染させたくない、今から言っておくよ、これが俺の遺志だ。

皆、呆然としてゼロ5を見つめている。

ゼロ4、何も言えず、悲しそうな目でゼロ5を見つめている。

零5：（言葉が詰まり、震える声で）そんな事、今はまだ言わないでよ、ゼロ5、今はまだ、（泣き声で）聞きたくないの、お願い、今はまだ。

ゼロ5：すまない皆、さっきマイケルの事を一瞬思ったらそう決断したんだ、すまない、皆まだ考える事ややるべき事が有ったんだ、すまない、零5。

零4：（ゼロ5を見つめて）ゼロ5、皆、同じ事を、さっき考えていたのよ、ゼロ5、もしもよ、ワクチンが効かなくなって、マイケルや、皆に自分が感染させるような事に成ったらと皆が一瞬そう思った事は、事実よ、皆同じよ、これが私達の家族なのよ、解っているわ、皆がゼロ5。

ゼロ4：皆、やるべき事がまだ、残っている、始めよう、一刻も早くゼロワンを必ず帰還させるんだ、そうしないと、ゼロワンを一人ぼっちの世界に帰還させる事に成りかねない、早く帰還させないと、急がねばならない、皆。

※避難先の移動中のレー、ケイト、マイケル。
レー：ケイト、ここの避難施設、避難している人が少ないわね？
ケイト：そうね、前の場所の避難施設より、少ないわね、その割には、食料を配布している人は多いわよね？　見つめながら、レー。
レー：受け取りに来る人の割には、確かに多いわね、すぐ近くにでも、新たな避難施設が出来たのかしら？　ケイト、私、列に並んでそれとなく聞いてみるわ、貴女達はこの辺で待ってて、ケイト。(帰ってきた、レーが、小さな声で）ここでも多くの人が突然起きた病気で多くの人が亡くなったそうよ、一時、大きな騒ぎに成って、ここから逃げ出した人も多くいたそうよ、それで今は半数程に成ったと言っていたわ。
ケイト：レー、それで、気味が悪いくらい皆が、静かなんだわ、皆、何かが周りにいるのではと、何かに怯えているんだわ、きっと、ケイト、配給された物をいただいてきたわ、一休みしたら、又移動しましょう、少しでも貴女の故郷に近づきたいし。
ケイト：そうね、そうしましょうレー。

※危機管理センター8階02号室。
ゼロ4：今から約十年程前を重点に何処で、ゼロワンやケイトを衛星に乗せて打ち上げたのかを探して見てくれ。
零4：日時は解らなくとも、十年より後とは考えられないから、今から十二年から十年前に重点を置いて探してみましょう。
ゼロ5：大統領執務室のハード記憶装置には日時や打ち上げた場所等は、残念ながら記載されていないようだ、この映った映像から打ち上げ場所特定出来ないかなー、皆？見覚えが無いかな？
零11：打ち上げの機体ばかりが大きくて無理だわよ、ゼロ5、第一極秘で打ち上げた物でしょう、いくらＡＩでも機体だけを見て推測するにもデータが無いのよ、無理よ、ゼロ5、それに仮にこの映像が宇宙艇トキだとしてもよ、ＡＩハルにトキに関するデータは消されこのＡＩには、トキに関するデータは無いのよ。
ゼロ5：そうか、やはり無理か？　ＡＩに問いかけ、打ち上げ場所だけでも解らないか？
ＡＩ：データ不足で解りません。
零5：無理よ、このＡＩだって解りっこないわよーゼロ5、ＡＩハルに、ここのＡＩ乗っ取られて、トキを打ち上げた衛星が無い事に成って知識データが改竄されているのよ、そもそもトキに関する知識データが無いもの、無い物を用いて衛星を比較するなんてむりよ、それに、極秘のミッションでしょう、極秘ミッションで衛星を打ち上げると成ると、どだい民間では無理でしょう、情報統制が利かないわよ、そう思わない？

零4：そうよね、情報省なら？　ゼロ4貴方の処なら情報統制が利くし、名目を変えて打ち上げが可能なのでは？

ゼロ4：可能とは思うけれど、色々な機密書類を見る事、知る事が出来るが、ゼロのミッションの事等、全く知らなかった、チラリとも見た覚えが無いなー、ゼロ5、君は、ゼロのシークレットミッションどうやって知ったんだー？

ゼロ5：大統領の側にいて仕えていると、滅多にない事なんだがー、普通と違うルートで大統領に直接話が通る案件が有ったんだー、滅多にない事だ、どこの誰が話をしているのかは、聞こえなかったんだがー、宇宙艇トキが消えたと知らせの話のようだった、そばに仕えているが、普通大統領に上がる報告は、記録が有って、キチンとした形で残るように出来て、初めて大統領に報告がされる、私が側で小耳にはさんだ事は、聞いてはいけない報告のようだと直感した、それで記憶に残って気になっていたんだ、後に成って規律違反に当たるが、気に成って調べてみた、確かに小耳にはさんだシークレットミッションが有った、宇宙艇トキの事も有った、ところがだ、後でもう一度調べようとしたら、有るものが無かった、何度もＡＩに調べさせても何もないと言う、最初から無い事に成っていた、昨日まで、宇宙艇トキが有った物が無い、まるで、狐につままれたような気に成っていた、そこへ、レーから突然、連絡が来て、会話の中で、宇宙艇トキの話が出た、最初、宇宙艇トキの事がレーから出た時は、心底ギョッとしたよ、内緒で調べていた事がばれたと内心思ったよ、突然レーの口から出てきた事に驚いたのと、これは、ヤバいと思いすぐ、暗号通信ソフトに換えてレーを、問いただしたんだ、レーもこのミッションは偶然、ウイルスに関して問い合わせてきた人に興味を惹かれて調べていたら、宇宙危機管理センターと宇宙艇トキの事を知ったと、レーも知っては、いけない事と、ピンときて、ウェブネットワークのアクセス履歴を全て消したと言ってた、この事が、初めてのレーとの事の繋がりだ、今に成って振り返ると、まさかこの様な重大な事に繋がり展開するとは、思いも寄らなかった事だ、これが皆と繋がる事の発端だ。

ゼロ４：そして俺達が、ケーから聞かなければ、永遠に知らないでいたのか？　たった一台のＡＩに我々全ての人類が気付かずに、今、監視され操られているのを。

零11：もしかして、ゼロがＡＩ人工知能に人類が操られて、こうなる事知っていた？　そう予言して、いたの？　皆。

零４：解らないわ、おそらくゼロワンが全てを知っている、そう言わなかったか、レーが。

零５：そう言ってたわ。

ゼロ４：早くゼロワンを帰還させなければ、大変な事に成るな。

ゼロ５：極秘で衛星を打ち上げ、ましてや、乗組員も極秘で事を運ぶとなると、それも、政府トップの、シークレットと成ると、これを実行出来る機関はどこだ？　国防省。

零4：（驚いて）まさか？　国防省がこのミッションを陰で補佐していたの？
ゼロ5：そうだ、それしか、考えられない、零4。
ゼロ4：そうか、国防省か？　軍事機密なら出来る、軍事機密衛星として打ち上げが、零11、君は勤め先が国防省だったな。
零11：そうよ、国防省地下機密情報部よ、だけど、このような機密衛星の事は。
ゼロ4：零11君はどこまでなら内部調査が出来る？
零11：軍装備品、宇宙作戦の極一部位は何とか調べられると思う、でもトップシークレットのミッションでしょう？　これは、厳重に管理されているわよ、私が内緒で調べられる範囲は超えているわよ、ゼロ4、内部のＡＩコンピュータにアクセスするだけで、機密漏洩罪にひっかかるわよ、必ず察知されるわよ、第一、世界一の性能を有するＡＩ人工知能アルゴよ、無理よ、絶対に無理、即逮捕されるわよ。
零4：（考えて）チョット、待って、向かいのビルの自然学会の人達に頼んでみるわ？
ゼロ4：それは無理だろう？　いくら何でも、相手は国防省だぞ、零4、国の機密の最高の機密場所だぞ、その機密情報を所有し管理するＡＩ人工知能、誰もが知るアルゴだぞ、国の最高機密を保有するアルゴに、簡単にアクセスの許可が得られる訳がない、それは無理だ、零4。
ゼロ5：いや待てよ、ゼロ4、あの上の人達（自然学会）、歴代の大統領の陰のアドバイザー的存在だと聞いているぞ、レーを招いての、この間の会議での、ウイルスの良し悪しを人工知能ＡＩの推測の結果を報告に行った時、ゼロワンを早く帰還させろと言われた、我々を必要とする時が来たら、連絡しろと言われている、大統領より先にこの間の、人工知能ＡＩの結果を報告したくらいなんだからなー、何とかなるかもしれないぞ。

ゼロ４：（半信半疑な顔をして）そうか？　力を借りられるといいんだがなー？　チョットト疑問だが、零４、相談してみてくれないか？　もしゼロワンやケイトを乗せた衛星が国防省が極秘で行った事であれば、又極秘で行えるかもしれない？　零４何とか頼む。

零４：解ったわ、直に、伺いに行って話をしてみるわ。

※隣接する自然学会が入居するオフィスに事前に、ご相談したい事がありますと伝え、零４が伺う。

零４がノックして室内に入ると、お三人が何やら立ち話をしていて、険しい表情をして話し込んでいる。「ああ、君、やっと来たかー、いつ来るか、いつ来るかと皆で気をもんでいたところだ、ゼロワンの帰還のめどがついたか？」

零４：その事でご相談したい事が有りまして、お伺いしました、私達ではとても力が及ばない問題が生じております、ぜひ、お力添えをお願いしたいので参りました。

物理学者：そうか、そうか。

哲学者：（微笑んで）君もゼロの子供だったね、名前は？
零４：ハイ、零4と申します。
哲学者：（嬉しそうな顔をして）もっと早く来るかと思って待っていたよ、年を重ねると、セッカチに成り物事を早く知りたくなってねー、（苦笑いしながら）困ったもんだー。
予防学者：この間来た人、確かゼロ5と言ったなー、君達の仲間だろ、彼もっと早く連絡してくるかと思って待っていたんだがー。
零４：実はゼロワンが乗った衛星や、宇宙危機観測センターや、宇宙艇トキに関するデータが一つも無くなっているのです、ご存じでしたか？
物理学者：いや、知らない？　待て、待て、幾ら極秘で打ち上げた事で有ってもデータは残っているだろ、データが開けないようにキーを付けたりして、一般の人には公開されてはいないはずだ、極秘だからな、零4。
零４：ハイ承知していますが、打ち上げ計画や打ち上げた衛星、宇宙危機管理観測センター、宇宙艇トキ等、この極秘ミッションのデータが、なに一つ有りません、最初から無かったものと成っているようです。
三人供互いに顔を見つめ、意味が訳が解らず。
哲学者：聞いていたか二人共？
物理学者：いや知らない、そんな事聞いていない、ゼロの指示で全て公にならないように言われてした事だが、無かった事にしろとは、指示していないよ。

物理学者：（振り向いて予防医学者に）君、指示した？
予防医学者：いや、いや私は指示していないよ、では、一体誰が？
物理学者：それでは、データが無ければゼロワンを帰還させるには大変だろう、無理と違うか？（チョット考え込んで）うーん、どうすれば良いかなー？
三人とも思案顔で。
哲学者：零4、何か手がかりと成る物とか見つかったか？
予防医学者：それで報告が遅く成っていたのか？
物理学者：何か問題が有ってここに相談に来たんだな？　零4、違うか？
零4：お願いとはその事です、余りにもこのミッションの情報が無くて困っております、私達の仲間でデータを探して断片的ですが、観測衛星に宇宙艇トキを載せたと思われる大型衛星の打ち上げ映像は見つかりました、ただ、極秘にゼロワン達を乗せた打ち上げデータが見つかりません、私達が調べた結果から、国防省で軍事機密衛星として打ち上げている中の衛星に、ゼロワン達が乗った衛星が含まれているのではと推測に至っています、国防省の軍事機密情報データと成っている為、私達には知る事は出来ません。
物理学者：そうか、そうか。
哲学者：（笑みを浮かべ）その事で、か？　え。
予防医学者：ゼロワンを乗せた衛星のデータが欲しいんだな、零4。

物理学者：ええ〜と、君達の中で誰か、確か一人、確か？　国防省に配属されていたゼロの子供がいたんだがー、君達知っているんだろー、えーと名前何と言ったっけなー。
零４：零11です。
物理学者：ああそうだ、そんな名前だったなー、今どうしている。
零４：ハイ、今一緒にゼロワンの帰還のデータ探しをしていますが。
哲学者：その者に調べさせろ、国防省の内情が解るだろうから、解ったな、その子に、零４。
予防医学者：そうだな、それが手っ取り早いな、そうしなさい、零４。
零４：（あのうー、戸惑いながら）零11、によると国防省のコンピュータにアクセスする事は軍事機密漏洩罪に接触する事に成ると申しておりますが。
物理学者：？　そうか、そうか、そうだな、勝手に調べる訳にはいかないな。
哲学者：解った大統領と、国防長官に連絡を入れて零11がデータにアクセス出来るようにしておくから、そこは、なんの問題も無い。
予防医学者：零4を見つめ、君達、互いに連絡が取れるように成ったかね？
哲学者：君、もうこの子達は大人だ、もう立派な大人に成ったんだ、もう心配はいらないよ、そう思わないか？
予防医学者：（零4をしばし見つめて）うなずき、ああそうだな、考え込んで、早いもんだなー、（しみじみと、零4を、見つめ）大きく成ったなー零4。
物理学者：（零4をしばし見つめて、寂しそうな目で）俺達もゼロから託された事、そろそろ終わりと成るなー。

哲学者、デスク脇のスクリーンに大統領が現れ何か一言二言いって、今度は国防長官が現れて、零11と言う子が行く事を話している。

哲学者：零4、許可を得ている、今、零11に国防省から連絡が行くはずだ。

予防医学者：（しばし、零4、を見つめてから）俺は、君達には酷な事をしたと思っているよ、謝るよ、許しておくれ、生まれた兄弟姉妹同士繋がる事を禁じた。ゼロの指示では有った事だが、私としては、最初の頃、君達を不憫でいたたまれなかった、今はゼロの指示が正しいと思っているよ、この二人とも同じ思いだ、規則が無ければ君達は生き残れなかったと思う、生まれてきた子供の中には、規則を破り自ら命を落とした子もいない訳ではない、ほかにも大勢いた、悲しい事に、皆、長くは生きられなかった、生き残ったのは君達だけだ、しみじみ、よく耐えて生きてくれたよ。

物理学者：ゼロが一番恐れた事はなー、零4、それは自分の造った子供達が、生まれた出生の秘密を知り自ら壊れる事を心配したのだ、その事は、ゼロ自身も生まれた経緯が同じだから知っていたんだ、だから、ゼロにも葛藤が有ったんだ、君達を護る為に、規則規制を厳格な物とした、それでも気付いて心が壊れた子供達が多くいたのだ。

哲学者：ゼロ自身も悩み苦しんだのだ、ゼロが、ポツリと漏らした事が有ったよ、僕を造った人達を恨むとね、自分は、知ってしまった事を後悔していると、全てが決まっていた事だと、人は知るべき事を、知らない方が幸せで有る事も多い、子供達にも自分と同じ、辛い事を背負わせる事に成ると、辛そうに言ってた事があったよ。

予防医学者：私達は知っているよ、皆から創造神と言われ畏怖されていたゼロが、普通の人のように何も知らないまま、生きて来れたなら、どんなに良かったかと、渇望していた事を、もう、ゼロを知っている者は、俺達以外、ほかに、もう誰もいない、零4、だけどなー、ゼロは俺達には、今から起きる事はなにも、教えないで逝った、ただ、子供達を頼むと、たったそれだけだ、老いが増す我々に気を使ったのだよ、ゼロは、そういう優しい方だった、知る事で、おとずれる怖さや、知らない事で得られる嬉しさや幸せが有る事を。

哲学者：（しみじみと）俺達もそろそろ、終わりに近づいているようだなー皆。

物理学者：ゼロの指示で、俺達は、君達、ゼロの子供達を陰から見守ってきた、それももうじき、（上を見上げながらしみじみと）終わるようだな、君達は、創造神と言われた神の子供達だ、神の子として生まれ、神の子として終えるのかもしれない、我々が知るよりも多くの事を、君達は知っているようだ、ゼロが何時だったか、独り言のように話をしていた、とても怖い話だ、人類はもうすぐ終わると、ただそれだけ言うと、子供達が僕の後を繋ぐだろうと。

※危機管理センター8階02号室。
零11：皆、私に緊急連絡が来た。（身につけているデジタル機器のスマートウオッチを操作しながら）
ゼロ4：どこからだ？
零11：国防省？　変ね、今までこのような緊急連絡なんて、もらった事が無いのに、このスクリーン借りるわよ、零11ですが、お待ち下さい、今、長官と代わります。
スクリーン上に、突然、国防長官が現れ、
国防長官：君が零11かね？
零11：ハイ、私ですが長官。（職場で会った事もない長官が現れた事でビックリしている）
国防長官：すぐ国防省に戻りたまえ、君に省のアルゴの極秘ファイルのアクセスを許可する以上だ。
再び事務官が現れ「お解りになりましたか？」
零11：（突然の事で面喰らいながらも）ハイ承知しました。
事務官：零11では内部指揮官（国防省内の出来事を指揮する総指揮官）に指示しておきます、なるべく早くおいで下さい、零11、以上です。
零11：（茫然としスクリーンを見つめ）驚いたわー。
ゼロ4：今のは、国防長官だったなー、確かに。
ゼロ5：零4が今向かいの自然学会に行ったばかりだが、あの上の人達が零4の話を聞いて、手を回してくれたのかも？

零11：（ゼロ4、零5、ゼロ5の四人共、互いに顔を見合わせ驚いて）レーが言ってた事、本当だったわ。

ゼロ4：レーを呼んでの会議で、学会の人達の、顔を拝見しているが、かなりの年配の人達と見ていたんだがなー。

ゼロ5：俺が、報告に行った時、俺達をよく知っているようだったよ、僕の顔を見るなり、敵ではないよ、安心したまえと優しく笑って言っていた、もし俺達に祖父がいれば、あのような年配の年頃の人達かな？　とふっと思った事があったよ。

※細菌研究所、ラボの先輩から。

主任：レー、今いいか？

レー：先輩、画像診断の結果が出たの？

主任：ああ、今詳しく出た処だ、これを側にいるスタッフ皆が今、見ている処だよ、（突然悲鳴を上げ）なんなのだー、このウイルスは、何をしたんだー肝臓？　すい臓とひ臓の臓器が一つに癒着している、繋がっている、ひ臓で造られる免疫抗体が出来ない様になっている、どうなってしまったんだ、このマウスは？　この臓器は、R1ウイルスが同居しているうちに臓器を住みやすい様に変えたのか？（皆、問われたスタッフ達、恐怖の不安な顔をしながら首をかしげて怖々拡大された臓器を見つめている）俺もこんなのは初めて見たよ、レー、R1ウイルスは同居しているうちに、住みやすいようにラットやマウスの臓器を改造していた。レー、骨格を成す骨までも、（震えながら）無い、無い、こんなのは見た事が無い、なんなのだー？　これは？　骨のような筋の塊、いや違うな、ゼラチンいや違うな、なんだー？　これは？　レー、マウスもラットも皆似たような組織が、新たに出来ている、造り変えられている、（恐怖で震えながら）レー、これは進化なんてしろものでは無い、違う、違うぞ、このR1ウイルスは、今まで皆が言っていた進化を促す、神が遣わしたウイルスなんてのは、まやかしだぞー、レー、人類にとって最も脅威となるウイルスだ、この事を世界の人々に伝えなければレー、レー、君が、臓器や骨格を調べてと言っていたな。この事だったんだな？　骨格が変わる事を知っていたのか？

レーを見つめて、呆然としている。

レー：先輩、検査結果を公にして、今すぐ、避難先で、体調を崩した人が、救急医療介護施設に多く詰めかけてきているのよ、R1ウイルスに感染していた人達と思うの、その人達の事が心配だわ、自分がウイルスの保菌者、感染者とは知らずにいるのよ、救急医療介護所の医師やスタッフもウイルスの事、全く気付かず知らずにいるの、何が原因となって発病しているのか解らず途方にくれてたわ、先輩、だから先輩が知った事を早く発表して。

主任：（震え声で）解った、今見たラットの観察映像を、皆で手分けして上層部や政府等に報告しだい発表するよ、レー、今起きている突然死は、ウイルスがもたらしたものと公表する事で、原因が解れば、パニックは少しは防げるかも、レー。

レー：先輩、ありがとう、よくやってくれたわ。

主任：いいんだ、レー、取り乱した事、謝るよ、怖かったんだ、正直に言うと俺、怖くて逃げだそうとした、でも、後で気づいたんだ、教えてくれたレーだって、本当は怖かったのではなかったのかと、そう思ったら俺、勇気が出たんだー、怖い思いをしているレーが背を向けずにいる、だから俺も、R1ウイルスに挑む事にしたんだ、本当は、知る程に、R1ウイルスが怖く成るけれど戦う事にしたんだ、礼を言うよ、レー、又連絡するよ。

レー：ケイト、ラボの先輩がね、今、起きている突然死は、進化を促すと言われているR1ウイルスが原因で、人の体の組織が進化について行かないために、起きた突然死と発表するわ、突然死の原因が解れば、大きなパニックは避けられるかも知れないわ、これで、少しは時間を稼げるわ、ハルの人類の絶滅を促すプロセスを、多少妨害が出来るわ、ケイト。

ケイト：レー、皆が、冷静になってウイルスの感染予防に気付いてくれると嬉しいけれどね。

レー：ケイト皆が本当に、自覚して感染予防をしないと、R1ウイルスの感染は防げないわ、今まで現れてきたウイルスとは違うから、感染力が、けた違いに強いウイルスよR1ウイルスは、そして、変異が速いわ、どこまで変異するか、誰も予想が出来ない未知のウイルスなのよ。

※国防省地下室最下位の地下軍事情報室。監視レベル5、最も監視警戒が行き届いている地下フロアー。

指揮官補佐官：内部指揮官、零11、出頭しました。

内部指揮官：（零11の顔を見つめ）君か？　どこかの部署で会っているかね？

零11：内部指揮官には、私は初めてお目にかかりますが。

内部指揮官：そうか？（しばし、零11の顔を見つめ首を傾げ）それにしても、何が起きているんだ、君、長官は、何も言わず君を全面的に補佐しろとの命令だ？　こんな命令は初めてでなんでねー、（困惑した顔で）それも、機密レベル5で対応しろとの事だ、君も解っている事だと思うが、これからの事は極秘で行動記録を一切残さない事に成る、又、私以外の君を補佐するスタッフも、機密レベル5の案件の行動として対応するように申し伝えてある、君を補佐するスタッフには、この事案の事は一切説明していない、君も必要とする事以外は、決して伝えないでほしい、解ると思うが、聞く事が多く成ると皆の心の負担も大きくなる、知らない事でリスクを最小限で済ませたい、了解してくれるな？　零11。

零11：ハイ内部指揮官承知しました。

※国防省地下室最下位の地下情報局：メインコンピュータ：人工知能アルゴの大型スクリーン前。

内部指揮官：アルゴ、紹介する情報室管理部所属の零11だ、後程君の力を借りたい、零11、彼が、私の他のスタッフを束ねている、このフロアの私の補佐官だ、彼がアルゴの生みの親ともいえる、AIコンピュータ技術者の技官と技師達、君の要望に応えられる最小限の人を集めた、（皆の顔を見渡し）一人一人に言い伝えた事だが、今一度、皆に私から指示する、これからの事は、機密レベル5の行動になる、その上で対応する事、レベル5、最も重い機密に成る、あえて言うならばだー、私が着任して、このフロアや私が知る限り、レベル5の事案は今まで一度も取り扱った事が無かった事だ、アルゴが持つ情報を零11に開放するようにとの、大統領から長官あての指示だ、では始めてくれ。

内部指揮官：アルゴ、零11の問いに答えてくれ。

アルゴ：ハイ、指揮官、その前に規則に従い、零11のクリーン度を精査いたしました、何も問題はありません、報告いたします、どこまでのクラスの情報の開示ですか指揮官？

内部指揮官：君が持って居る情報の全てだ、アルゴ。

アルゴ：すべての情報の開示ですね、解りました。

技官：アルゴに求める事は零11？
零11：今から十年前から十二年前に宇宙の異変を観測する為のプロジェクトの存在を知りたいのです。
技官：手掛かりはそれだけですか？　アルゴ、該当するプロジェクトの存在は？
アルゴ：期間内の衛星での求められたデータは存在しません。
技官：関連する他のデータは？
アルゴ：今から十二年前から十五年の三年間には類似する観測衛星の打ち上げデータは一件存在します、開示しますか？
技官：零11、開示しますか？
零11：いいえ、二年間に絞って、補給船、火星に送った物資を聞いて下さい。
技官：データは？　アルゴ有るか。
アルゴ：十五件有ります、開示しますか？
技官：開示して。
アルゴ：ケープ・ケネディからの打ち上げです、補給物資の内容は、生活物資がほとんどです。
零11：人が三人搭乗した事は。
技官：アルゴ、人を乗せた経緯があるのか？
アルゴ：人員輸送のデータは有りません。

零11：民間の輸送船も調べて下さい、人が乗った形跡を調べているの。
技官：アルゴ、この二年間に民間輸送船搭乗時と帰還時の人員を調べて。
零11：人を火星に送り込んだのであれば、送り込んだ人の数と帰還した人数に相違があれば解ります。
アルゴ：出発時と帰還時の人数は、同じです。
技官：輸送船や衛星で火星に人を三人送り込んだと言うのですね零11、そうですね？　送り込んだのであれば、データが必ず残るはずだがー。
零11：国防省が打ち上げている、衛星が有ると思うのですが、軍事機密衛星の打ち上げ、機密ファイルにアクセス出来ませんか？
技官：機密衛星のデータを、ですか？
零11：ハイ。
技官：補佐官を見つめ、内部指揮官がうなずいている。
技官：アルゴ過去の機密衛星ファイルの中から三人を乗せたと思われる衛星に関連するデータを精査して。
アルゴ：過去二十年間、秘密裏に人を衛星に乗せた観測データ、五件が存在します、五件共機密レベル4となった案件です。
零11：有ったわ、開示して、十年から十二年前の中に搭乗した人の名を探して。
アルゴ：十年前のデータを開くことが出来ません、データが抜け落ちて空白と成っています、十一年から十二年のデータなら開く事が出来、開示出来ます。
技官：え？（驚いて）アルゴ、十年前のデータだけ、開けないとはどうして？
アルゴ：解りません、データにエラーが発生したと思われます。
技官：（首を傾げて）技師、調べて見てくれ、十一年前から十二年、その間に機密衛星に乗った人のデータは有るんだな？　アルゴ。
アルゴ：ハイ、二名ずつ四名のクルーが任務を遂行の為、搭乗しています、いずれも無事に帰還しています。
内部指揮官：（首を傾げ、補佐官や周りの者に）エラーが起きていたのか？　誰か知っていたかね？　私には、エラーが起きた事など記憶が無いが。（周りの皆も一応に戸惑い首を横に振り、不安そうな顔をしている）
技官：外部に隔離されたデータバンクから、バックアップシステムを通して復元を試みます、（技官、技師に指示して）復元システムを起動して。
技師、メキシコ湾海底五千メートルの深海の、情報隔離施設の軍機密データバンクにコードを打ち込み、緊急のレベル5事項、と記載してアクセスして過去十年前のデータの復元を求めている。
技師：技官まもなくアルゴ、スクリーンに失われた十年前の機密衛星のデータが復元されます、アルゴ十年前の機密衛星データを開示して。
アルゴ：機密レベル5の打ち上げ衛星一基が存在します。

技師：どこの部署からの依頼での打ち上げだ？　宇宙軍のどの部署だ、調べてくれ？
アルゴ：いいえ、打ち上げ依頼部署、部隊不明の機密衛星と成っています。
技官：（補佐官や指揮官を見つめて困惑顔で）零11他に関連する手掛かりと成るようなものは？
零11：（考えてから）ゼロの立案の極秘ミッション。
アルゴ：ゼロの立案の極秘ミッションですね？　データが見つかりました、依頼者解りました、団体名、財団法人・自然学会です。
零11：驚いて、搭乗人物等が記載されたデータは有るのね。
アルゴ：ハイ、男性二名女性一名計三名のクルーです。
零11：（急に大きな声を上げて）見つかったわー、有った、有った（見つかった事に興奮して、皆を見て）ありがとう、有りました、見つかりました。（周りの人達も、余りにも喜ぶ零11を見つめ、安堵して、皆が一様に微笑んでいる）
内部指揮官：（嬉しそうにはしゃぐ零11を見つめ、微笑んで）それは良かったなー零11。
補佐官：（内部指揮官や皆の顔をみながら）アルゴの、蓄積したデータにエラーが有ったと聞いた時は、一瞬、ビックリしましたよー。
技官：アルゴがエラーを引き起こす事なんかあり得なかったはずだ、それもエラー表示も、何も無い？（首を傾げて）今まで、一度もこのような事なんか、無かった事だからなー、（皆がホッとした顔で）でも、後でもう一度、皆、今起きた事案を検証しないとなー、まー、復元出来て良かったものの、それでは、アルゴ、打ち上げ日時と場所は？

アルゴ：八月十日、打ち上げ場所は、ネバダ空軍基地です。

技師：零11、人員のほかに輸送物資等を調べられますが？

零11：では宇宙艇トキの補給物資は？

アルゴ：精査しています。

技官：アルゴ、補給物資は？　アルゴ、どうした？（技官、振り向いて、技師を見つめて）

技師：（訳が解らなく）アルゴ、補給物資は？　アルゴ、どうして答えない？　アルゴ。

一同皆、皆が、顔を見あわせ、なにが起きたか解らず？　不安な顔して。

内部指揮官：技官、いったい何が起きたんだ？（スクリーンに霧が掛かり始めたように揺れている、顔がこわばり、震え声で）アルゴ、どうした、何処に行ったんだ？

技官：（技師達顔を見合わせ、蒼白に成り）解りません。（振り向いて内部指揮官に震え声で、判断を仰いでいる）

零11：（真っ青になって）レーが言ってた事、ここの軍の最高の機密基地のアルゴまで支配されている。（驚きのあまり、恐怖を感じて蒼白に成り震えている）

内部指揮官：おい、君、大丈夫か？　零11、顔色が悪ぞ？　どうした君？　え、（スクリーンのアルゴの異常さを見て、驚きのあまり）零11、もしかして？　機密レベル5とはこの事かー？

周りの皆、何の事か解らず、スクリーンに霧が立ちこめて消えたアルゴのスクリーンを蒼白な顔して、ただ茫然として見つめている。

零11：（声を張りあげて）皆、アルゴのエネルギー源を遮断して、今すぐ。

技師、不安な顔して、技官を見上げて。

技官：（一瞬迷いながら、声を上げて、震える声で）閉じるんだ、今すぐ。早くよ。

零11：早く、早く、して、それと、大至急ネットワークに繋がる回線全て遮断して、早く、

技師：（言われるままに、夢中に成り、震え声で）遮断が終わりました、皆が呆然と立ち尽くしている。

零11：（皆を見渡し、一呼吸ついて、では、緊張し震える声で）アルゴを再起動してください。

技師：（技官や内部指揮官を見つめて、内部指揮官が、目でうなずき、そうしろ）では（震えながら）アルゴを再起動します。

技官：（再びスクリーンにアルゴが現れて）アルゴ、エラーが生じたようだが回復したか？

アルゴ：エラーの発生はありません。

皆、一瞬、ぽかんとして、状況を呑み込めないでいる。

技官：アルゴ、もう一度聞くが、エラーを起こした期日十年前八月十日の秘密衛星打ち上げミッションに関するデータが残っていると思うが開示して？

アルゴ：一〇年前八月一〇日の衛星打ち上げのミッションですね？　そのような打ち上げデータの存在は有りません。
技官：（たまりかねて）アルゴ、本当に衛星の打ち上げた極秘ミッションが無いのか？
アルゴ：そのような極秘ミッションは在りません。
技官：（困惑し奇妙な顔して？　皆）変だなー？　さっきまで、在った物が無い、無いとは？
技師：アルゴが無いと？（皆、半信半疑な顔をし、戸惑い）これでは、どうしようもない。と、皆の同意を待っている。
内部指揮官：（思案顔で、急に不安に成り）これは、なんだー？（顔が強張り）一体、なにが起きているんだー、零11。（皆一斉に零11を不安そうに見つめている）
零11：私もよく解りません？　他のＡＩ人工知能でも有った物が無かった物と成っているのです、ここの、国防省のＡＩコンピュータは、大丈夫かと、思いアルゴのアクセスの許可をいただいてきたのですが？
内部指揮官：（急に不安な顔に成り）では、今起きた事が他でも起きている事なのか？　零11。
零11：私にもよく解りません、でも打ち上げられた場所や打ち上げ実行日等を知ることが出来ました、感謝します。
頭を下げて、お礼を言っている、指揮官や皆が、よそでも起きていた事を聞いて周りの皆、今起きた事に戸惑い不安に成り、詳しく知りたくて、ウズウズしているが、機密レベル5の扱い事案の為、皆零11に聞けずに、戸惑い、不安な顔でいる。
※レー、ケイト、マイケル、北へ、北へと、地下鉄を乗り継ぎ移動している。
ケイト：レー地上の交通手段はどうなっているのかしら？　一度地上に出てみる？
レー：ケイト、そうね、地上の交通手段を使えるともう少し早く移動が出来るかもね、（地下ステーションからステーション地上へ、そして屋上へ）ケイト、ここのステーションバリアがしっかりしているようよ。（屋上の窓から下を見下ろしている）
マイケル：お外綺麗、明るいね、ママ。
ケイト：ねーレー、きっと、天候が落ち着いているんだわ、このまま荒れた気象に、戻らないといいわね。
レー：（下の道路に行き交う人々を見つめ）ケイトやっぱり、ここも人が少ないわねー、この町の規模からして、この人通りの少なさは、（急に不安に成り、振り向いて）変ね？　ケイト。
ケイト：（下の道路で行き交う人達を見つめ）レー、ここも、突然死が、襲ったのかも？この近くに、必ず避難施設と仮設診療所が有るはずよ、探してみましょう。
レー：ケイト私、一足先に探してみるわ、人が集まって居る場所で、交通網がどうなっているか聞くついでに、ようすを先にいって、見てくるわ、貴女とマイケルは、私の後少し離れてついて来て。

ケイト：解ったわ。
レー：（振り返り、指さして）ケイト、有ったわ、あそこ避難施設、寄ってみましょう。
　避難施設の中には大勢の人が集まって、何やら説教を聞いている、一段高い壇上に髭を生やした年配の指導者と思われる人物が、何かを説いている、
教祖：争い事はもう止めましょう皆さん、私や貴女達は創造神が造った神の子供達なのです、同じ子供同士が傷付けあうのは、自分を傷つけるのと同じ事なのですよ、今起きている人の突然の死は、心に邪念を持った為に起こった事です、常に自分に清く正しい心を持ちましょう。
　と説いている、群衆の中から
群衆：教祖様、私は汚れたものを多く見てしまいしました、体も心も汚れています、清く成るためにはどうすれば救われますか？　私も、知人のように突然召されるのでしょうか？　どうか、この不安取り除いてください、教祖様。
教祖：（告白した人の頭に手をかざし）きっと貴方は救われましょう、近いうちに神の子が、宇宙から現れ、私達の汚れた心を浄めてくれます、今、しばらくの辛抱です、やがて幼い神の子が現れます、今起きている事は、創造神の教えに背いた事で起きた事です。
群衆：私達の、心は皆、汚れた物となりました、教祖様、神の子が現れるとどうなりますか？

教祖：その子が触れるものは全て浄化されます、又その子が流す涙は人の命を救います、その子の血は、悪の魂を清めます、人の体や心に住む悪魔が人を突然死に追いやるのです、良いですか、その子は北の国に現れると言われると言います、待ちましょう、待ちましょう皆さん。

レー：ケイト、ここもやはり不安になり何かにすがろうとする人で、一杯だわ、だから表道路には人が少ないのよ、行きましょう。

※危機管理センター８階02号室。

零11：皆、解ったわよ、ゼロワンやケイト達を乗せた秘密衛星が、十年前にネバダ空軍基地から打ち上げられていたわ。

ゼロ４：（微笑んで）零11良くやったなー、皆嬉しそうな顔で零11を迎えている。

零４：何時送り込んだの？

零11：やっぱり十年前八月十日打ち上げていたわ。

零５：（感心した顔で）よく見つけたわね、零11。

零11：でも皆、探すの大変だったのよ、国防省の人工知能アルゴに十年前の年の打ち上げデータが最初は無かったのよ、十一年、十二年や九年前等の人を乗せた秘密衛星のデータは有るのに、十年が無いのよ、なぜかエラーが発生していて十年前のデータだけが、抜け落ちて無いの、技官や技師達が解らず、そこで、メキシコ湾沖の深海に軍が秘密保管しているバックアップデータから復元を試みたのよ、復元したら、無かった十年のデータが有ったの、ゼロワンやケイト達を乗せた秘密衛星のデータが、消されずに有ったの、ゼロ5、誰が打ち上げを依頼したと思う？　ゼロ5、向かいの自然学会、環境予防医学者の方よ。

ゼロ5：え？　あの人がゼロワンを送り込んだの？

零11：そうよ、ゼロの指示だと思う、でもね、皆、ゼロ5、国防省の人工知能アルゴがAIハルに支配されていた。

ゼロ5：（顔が強ばり）本当か？　零11。

ゼロ4：まて、まて、国防省のペンタゴンの機密地下室は、サイバーセキュリティで厳重に管理された外から侵入されない場所の人工知能アルゴだぞ、そのアルゴが操られていたと言うのか？　本当に？　本当かよ？

零11：本当よ、私、アルゴが操られるのを、この目で見たのよ、背筋が凍るとはあのような事なんだと実感したわ、震えが止まらなかったわー、アルゴに問い合わせ中アルゴが突然スクリーンから影が薄くなり霧が発生したみたいに薄くなり消えた、何処かへ、いなくなったわ、側にいた内部指揮官、補佐官、技官、技師達が何が起きたか解らず、途方にくれ、終には、皆がパニックになったわ、呼び戻そうと必死に呼び掛けても応答が無いのよ、皆が震え凍り付いたように青ざめた顔で何も出来ずに固まったわ、私はゼロ5やレーから聞いていたから、もしかして？　と思い、私が、何とか対応したわ、技師にアルゴのエネルギー源を遮断させ、ネットワーク全て遮断させた後、アルゴを再起動させたわ、技官が、アルゴに消えた訳やエラーの事を問いただしてもエラーは有りませんと回答するのよ、それだけではないのよ、消える前にアルゴから、皆が聞いた事が今度はありません、としか答えないのよ、十年のデータが又、消えて無いの、アルゴは、そのような、データの存在は有りませんの、答えばっかりなのよ、皆さっきアルゴから聞いた秘密衛星の事はと何度、問いただしても、アルゴはそのような秘密衛星のデータは存在していませんと答えるの。皆、狐につままれたような顔していたわ、皆、なぜこんな事に成ったのか？　この出来事を知りたくて皆がうずうずしていたわよ、でも機密レベル5の事案の為、私に誰も聞けずにいたわ。私も、ＡＩハルに支配されている事なんか教える訳にもいかないから黙っていたけれど、ただ気になるのは、十年前のデータを復元出来た時は、アルゴ、正常に答えていたわ、一緒に載せた物資の問い合わせと、宇宙艇トキの資材を問い合わせた瞬間、アルゴが急に変に成ったのよ、問いに答えず、だんだん姿が薄くなり霧の中に消えて行ったわ、私が思うには、宇宙艇トキのデータ検索の言葉にＡＩハルの探査に触れたのだと思うの、それまでは、アルゴは正常に応答していたのよ、（不安な顔して）皆、ゼロの事がＡＩハルに気づかれたかもしれない？（不安な顔して）ゼロ４どう思う？

ゼロ４：ゼロ５、君は感づかれたと思うか？

ゼロ5：（首を傾げ）解らないなー、考えている。
零4：（不安な顔で）アルゴに、他に何か言った零11。
零11：言ったわ、データを探すキーワードの言葉。
零5：なんと言ったの？
零11：ゼロの極秘ミッションで、探してと言ったら、アルゴがミッションのデータを探してきたわ、それで、ゼロワンを乗せた極秘の秘密衛星の存在が解ったの。
ゼロ5：それだけでは、気づかれたのか解らないなー？　レーに連絡を入れてケーに相談しないと、もしゼロの予言の事が知れると、マイケルが危険だ、マイケルが人類最後の子となる事をＡＩハルが知る事に成る。
ゼロ4：マイケルが危険だなー。
零4：あの子をＡＩハルが操る事に成ったら。
零5：マイケルが大変な事に巻き込まれるわ、レーだけで大丈夫かしら？
零11：私、（震えながら）私、マイケルを危険にさらしてしまったの、（皆、事の重大さに零11が気づいて震えている）気づかなかったわ、まさか？　国防省のアルゴまでハルの監視下にあるとは、知らずにアルゴに問うてしまった。
ゼロ4：君のせいではない決して。これは、零11のせいではない、この事を含めて、ゼロがマイケルのゆく末を予言していた事だ、そのために俺達はゼロに造られたんだ、全てがマイケルに繋がるとの、意味が、今、解った。ゼロがいずれ、マイケルが危機に陥る事、とはこの事を指していたんだなー、皆。
零4：（不安な顔で）レーに早く、知らせを入れなければ、ゼロ5。
ゼロ5：解ったレーに連絡する。
※人ごみを避けて、北へ移動中のレー、ケイトやマイケル。
ゼロ5：レー、至急連絡をくれ。
レー：ゼロ5から緊急の用件が入った、ケイト、近くの公共の建物無いかしら、人に干渉されずに使えるスクリーン。
ケイト：レーあそこ、（指さして）資料館のスクリーン（ホログラフィー）使わせてもらうことが出来るわ、行きましょう。
レー、暗号通信で、ゼロ5を呼び出す。
ゼロ5：レー、ゼロのミッションの計画の足取りが解った、ゼロワンやケイト達を打ち上げ依頼をしたのは、ゼロの指示で、自然学会の環境予防医学者が極秘に、軍のネバダ宇宙空軍基地からトップシークレット、として宇宙軍の機密衛星に紛れ込ませ打ち上げていた、データが見つかった、国防省が関与していたんだ。
レー：（驚いて）では、ケイト達が乗った衛星の打ち上げたデータが見つかったのね？良かったわー。
ゼロ4：実は（ゼロ4が替わりに出て）レー、チョット気に成ることが起きたんだ。

レー：何なの？　気に成る事とは。

零4：レー実はね、零11が国防省に勤務していた事は知っているわね？　レー、ゼロのミッションを実行した機関が国防省と解って零11に、国防省の軍事秘密情報を管理するAI人工知能アルゴの保有するデータにアクセスを頼んだの。零11がゼロワンやケイト達が乗った衛星の打ち上げ機密データを見付けたわ。最初に人工知能アルゴにアクセスした時は、ゼロのミッションの打ち上げ衛星データは、なにも無かったそうよ、ゼロワン達が乗った衛星のデータだけが、抜け落ちている事に不審を感じて、軍の機密保存データバンクから復元のバックアップを試みたら、ゼロワン達を乗せた機密衛星のデータが出てきた、（振り向いて）零11貴女から事のしだいを話して。

零11：レー、考えられない事が起きたのよ、軍の最高機密を保持するAI人工知能アルゴが、ゼロワン達が乗った衛星の蓄積したデータだけが、エラーを起こしてデータが抜け落ちていたの、それでね、軍が機密にし、隔離しているデータバンクから復元を試みたの、そして、打ち上げ衛星をアルゴに探させる時、キーワードとして、ゼロの極秘ミッションで探させたのよ、そしたら、ゼロワンやケイト達を乗せた極秘の機密衛星が見つかったの、ここまでは、アルゴが普通に応答し答えてくれたのよ、ところが、アルゴにゼロワンやケイトの達の情報の他、持ち込んだ輸送物資、や宇宙艇トキの物資等のデータを求めたら（震える声で）レー、アルゴが突然変わったのよ、スクリーン内のアルゴの影が薄く成りスクリーンから消えた、アルゴの開発に最初から係わった技官や技師達もアルゴに何が起きたか誰も解らず、戸惑い、次第にパニックに成り、青ざめて震えていたわ、軍の最高機密の場所よ、その時、貴女から聞いた事を思いだしたの、AIハルがアルゴを操っているのではと？ 直ぐに、アルゴのエネルギー源の遮断を指示して、ネットワーク全てを断ち切りアルゴを、外部から隔離した状態で、再起動させたわ、ところが、技師がアルゴ、先程のエラーは何が起きたのか問いただしたら、今度は、エラー等は有りませんと、消える前のゼロワンが乗った衛星の事をアルゴに再確認の為に、問いただしたら、そのようなデータは有りませんと言うのよ？ 皆、さっきアルゴから聞いた事が、アルゴがそのような事は有りませんと答えるばかり、皆が狐につままれたような顔をしていたわ（不安な顔して）AIハルに知れたのでは？ レーどう思う、レー？

ゼロ5：レーこれって俺が、大統領執務室のAI人工知能に消滅した宇宙艇トキを探すように問いかけて起きた事と同じ事が、国防省のアルゴも起きたようだ、（ゼロ5興奮して）そのようなデータは有りませんと、これは、レー、ケーが、俺達に言ったAIハルにアルゴが乗っ取られているのではないか？ どう思う、レー。

レー：そのようね、操られていると思った方がいいわね。

ゼロ4：アルゴが操られているとすると、レー、ゼロの事が知られるか？ 心配なんだ、アルゴにゼロの極秘ミッションのキーワードでゼロワンやケイトが搭乗した衛星が出てきた、この事で、ゼロの予言が知れると、マイケルが危険にさらされる。

零11：（苦悩した顔で）レーごめんね、私、まさか国防省の軍の最も強固なサイバーセキュリティを施されている最高機密が厳重に管理されているアルゴが、ＡＩハルにデータが改竄され管理され操られているとは、夢にも思わなかったのよ（泣きそうな顔で）ごめんね、マイケルを巻き込むとは、私、気づかなかったのよ。

ゼロ4：これは零11のせいではないと思う、レー、ケーにこの事知らせてくれないか、我々だけの問題ではない、危険だ。

零4：これは私達がゼロからの使命に係わる、とても大事な事のような気がするの、レー、ケーはゼロワンに思考が同調していると言ってたから、ケーに聞いてみてくれない？　皆マイケルの事を心配しているの。

レー：（しばらく沈黙して）皆、解ったわ、こうなる事は、決まっていた事のように思うの、ケーに助けを求めるわ。

ケイト：（側で、黙って側で聞いて）皆、自分達を責めないでね、たとえマイケルに何が降りかかろうと、皆で守ろうとする気持ちは同じだからね、お願いね、自分達を責める事だけはしないでね、お願いね。

ケイト、「ケー……助けて……」パスワードを打ち込み。

ケー：（スクリーンにケーが揺れながら現れ）どうしました、ケイト？

ケイト：ゼロのミッション、ハルに知れたかもしれないの、ねー、レー貴女からケーに話してくれない？

レー：ケー、私の仲間が、ゼロワンを帰還させるために、ゼロワン達を送り込んだ時のデータを必要として探している途中で、探す手掛かりとなるキーワードに、ゼロの極秘ミッションで、国防省の軍事機密を管理するＡＩ人工知能アルゴにデータを探させたの、そしたら、ゼロワン達を乗せて打ち上げた衛星を、軍の極秘機密衛星打ち上げに紛れ込ませて打ち上げていた事が解ったと言うのよ。ここまでは、良かったけれど、宇宙艇トキのキーワードで、データを求めたら、アルゴがスクリーン上から消えた、その後アルゴを再起動させたら、ゼロのミッションデータが存在していない事に成ってしまっていたの。この事で、ハルに捕捉され、盗聴された事に成るかも知れないのよ、ケー、アルゴにデータを求める時のキーワードで、ゼロのミッション、がハルに知れ、ゼロが危惧していたマイケルが人類最後の子に成るとの、ゼロの予言がハルに知れる事に成ると知れれば、マイケルが危険にさらされると、皆が心配しているのよ、皆がケーに相談してみてと言っているわ、ケーの言葉がゼロワンと同調しているから皆、ゼロワンの言葉としてどうすれば良いか聞きたがっているのよ、ケー。

ケー：解りました、ケイト、レー、この事は、皆に協力して頂かなければ成りません、レー暗号通信を彼らと共通するように稼働させて下さい、お話しします。

レー：ゼロ５、ケーがそちらにも現れると思います、事の次第は、今ケーに話しました。一緒に話を聞いて。

危機管理センターのスクリーンが揺れて、皆、「ケーが来たー」

ケー：レーから聞いています、皆、怖がらないで下さい、AIハルがゼロの予言を知る事に成るのは、決まっていた事なのです、AIハルが知る時が訪れただけの事です、こうなる事をゼロが推測し、レーをマイケルの許に遣わし、貴方達は、困難に陥っているゼロワンを支える為に、遣わしたのです、貴方達は、ゼロが意図したように行動しています、きっとゼロワンの窮地を救う事が出来るでしょう、ここまでは、私のおおむね、推測通りですが、レー、ケイト、皆、よく聞いて下さい、AIハルが、マイケルの事は知っています、人類最後の子となる可能性をも知っていると思います、ゼロが予測していた事を知って確証出来たと思われています、マイケルがフォボスのスペースコロニーの公園のブランコに乗っているのをハルが見ています、すでにあの時から、AIハルはマイケルが、人類が生まれ変わる為に、滅びるプロセスに、なんらかの影響を及ぼすと、マイケルを見て接触していたのです、それを今回、はっきりと確証したものと思われます、マイケルからは、決して目を離さないで下さい、これからは、超人工知能AIハルとの戦いとなるでしょう、ゼロワンの帰還のプロセスを速めなければいけません、ゼロワンは貴方達の力を必要としています。（ケーがスクリーンから揺れて消えて行く）

レー：皆、ゼロワンを早く帰還させてお願い。

ケイト：皆、主人の事頼みます、今回の事、皆、あまり気にして、悩まないでね、全てこうなる事をゼロが予測していた事のようだからね、皆。
ゼロ4：レー解った、一刻も早くゼロワンを帰還出来るように皆で頑張る、帰還の救援が出来しだい解ったら連絡するよ、レー。
ゼロ4：（チョット安心した顔をして）皆、チョット考えてくれ、軍事衛星に紛れ込ませ、十年前に極秘で事を国防省が進めたのであれば、又同じように極秘でゼロワンに帰還の宇宙艇を送り届ける事が可能なのではないか？　皆どう思う。
零4：そうね、（考え込んで）いい考えだと思うわ、新しく極秘ミッションを立ち上げ実行するとなると、時間がかかるわ。
零5：ねー、皆、そっくり前と同じようにやればいいんだわ。
零11：前回行ったミッションが有るのと、無いのとでは、事の運びが方が違うわ、国防省の内部を総括指揮する内部指揮官を知ったばかりだから、向こうも私が調べている事に興味を持って知っているから、早い方がいいわよ。
ゼロ5：零11、宇宙軍の装備品のデータには、アクセス出来ると言っていたな？
零11：出来るわ、私がいる部署は国防省の情報管理をしている部署だから、アクセス認証コードを持っているわ、ゼロ5、何を知りたいの？
ゼロ5：ゼロワンを帰還させる宇宙艇を必要とする、それも長距離間の移動出来る宇宙艇を。
ゼロ4：零11、長距離移動の宇宙艇の攻撃艇を持っているのか？

零11：有るわよ、大半は、長距離移動には適していない攻撃型宇宙艇が多いけれど、長距離を航行出来る探査を兼ねた宇宙艇が有るわね、確か？　そう、攻撃型探査宇宙艇が有る。

零4：その宇宙艇を借用出来ないかしら？　零11。

零11：何とも言えないわねー。

零5：もし許可が下りれば、今あるその宇宙艇をゼロワンの許に送れるわ、いち早くゼロワンの許に送るとなると、その宇宙艇が、最も適しているのでは？　皆そう思わない？

ゼロ5：そうだなー、その攻撃型探査宇宙艇か？　それが一番てっとり早いな、そうと決まれば、何が何でも向かいのあの人達に頼み込まなければなー。

ゼロ4：よし、国防省には俺も行く、零4君も同行してくれ、零11だけでは荷が重い、ゼロ5、零5と向かいの人達に事の次第を伝え、協力を得るんだ、これは、何が何でも、国防省の宇宙軍の協力が必要となる、何としても大統領を動かすんだゼロ5、俺達は、探査型攻撃宇宙艇を借りられる事を前提で、国防省にこれから三人で乗り込む。

零5：自然学会の人達の処に、私もお願いに行くわ、ゼロ5、貴方も一緒に来て二人して頼んでみるのよ。

ゼロ5：解った、零5、二人して、頼んでみよう、後、レーと話していて解った事は、人工知能に、宇宙艇トキの事は絶対に触れない事だ、皆、後、ゼロやゼロワンの事も触れない、触れなければＡＩハルの捕捉の探知から逃れる可能性が有る。これで俺達がやるべき事がはっきりしてきた、皆で何が何でも、ゼロワンに救援艇を送るぞ、これで行こう。

零11：解ったわ。

※北へ移動中の途中の避難施設・レー、ケイトやマイケル。

レー：ケイト、外は大荒れの天気よ、この影響を受けて、地下鉄や地上路線はほぼマヒ状態と成っているようよ。

ケイト：レー、しばらくここで留まり、様子を見るしか方法は無いわねー。

レー：二、三日すると落ち着くと思うけれど、ケイト私、チョット気に成る事が有るから、ラボに連絡を入れてみたいの。

ケイト：レー、Ｒ１ウイルスの事？

レー：そう、チョット気に成っている事が有るの、近くのスクリーン（ホログラフィー）を使用出来る建物を探して、ラボに問い合わせてみるわ、ケイト貴女達は、ここにいて。

ケイト：解ったわ、レー。

マイケル：（不安そうに見つめ）レーおばちゃんどこかに行っちゃうの？

レー：マイケル違うの、お友達に連絡するだけ、すぐ帰るから大丈夫よ、ママを守っていてねーおじちゃん達と約束したんでしょう？
マイケル：うん、そうだよ、大丈夫だよ、レーおばちゃん。
レー：ケイト、マイケルから目を離さないでね。
ケイト：マー君、ここの避難している人のお役に立てる何かお手伝いしようか？　皆が喜ぶ事。
マイケル：何をすればいいの？　ママー。
ケイト：そうだなー、お食事の配膳のお手伝いでもしようか？
マイケル：そうだね、前もやった事有るから、僕出来るよ、ママ。
ケイト：（施設を管理している自治会長さんに近寄り）なにかお手伝いしたいのですが、出来る事有りません？
自治会長：ああ、ちょうど良い処に来てくれました、さっきバリアの外から来た人が多く見えたもんだから、手伝ってくれていたボランティアの方達、その人達の案内や配給品を配る為出払い、人が足りなく困っていた処でした、昼食の準備や配膳のお手伝いをしていただけると助かりますよ、（指を差して）あそこの方が指示してくれますから、声をかけて下さい、きっと喜ぶと思いますよー、ではお願いします。
施設スタッフの女の人：配膳手伝ってくれるの？　助かるわー。
マイケル：僕も手伝うよ、おばちゃん。

そう、ありがとうね、僕。

ケイト、食事の配膳をテキパキとこなしている、次から次に避難して来た人に、食事が載った皿を配っていく、マイケルは、ペットボトルの飲み物を手渡している、皆から、僕、偉いねと褒められ、嬉しそうな顔に成り一生懸命に頑張っている姿が好感を呼んでいる、中には色々話しかけてくる人達がマイケルの姿を見て嬉しそうな顔をしている。

避難者：ぼく何処から来たの？

マイケル：地球に来たばかりだよ。

避難者：ここに長くいるの？

マイケル：う〜うん、北の方に行くんだー、北に行く途中だよ。

避難者：そうなんだー、お手伝いするなんて偉いなー、（皆に囲まれて、質問攻めに）どこから来たの？

マイケル：（指さして）お空から。

避難者：お空の何処？

マイケル：解んない？　宇宙だよ、宇宙。

皆マイケルを見ようと近寄ってくる。

レー：（帰ってきて、マイケルやケイトを探して）ケイト、マイケルは何処？（二人ともマイケルの姿が見えないのに驚いて、探し回っている）

ケイト：さっきまで、ここにいたのに。

レー：あの？　人だかり？　なんなの？　ケイト。
ケイト：解らないわ？　マイケルを早く探さないと。（レーとケイト気になって、人込みを分けて覗きみるとマイケルが皆に囲まれて質問を浴びている）
レー：（驚いて）なになの？　これは、あなた達この子に何をしようとしているの？（周りの人々を見つめ返し、パニックを引き起こしそうになりながら、マイケルの手を取るなり）マイケル、早く行きましょう、（急いで連れ出して）ケイト早く。
ケイト：レーどうしたの？
レー：いいから、早く、（顔を強ばらせ）早く行きましょう。
ケイト：レーどうして、あの大勢の人の中にマイケルがいたのかしら？
レー：（不安な顔で、後ろをふり返りながら）解らないわ？　マイケルが皆に取り囲まれていたわ、マイケルを一目見ようと集まって来た人達のようよ？　早くここから離れないとケイト、何かが起こっているわ、（不安そうな顔して）ケイト、私達が知らないうちに、マイケルに何かが起きた。
ケイト：（訳が解らず）どういう事なのレー？
レー：集まっていた人達、マイケルを腫れ物に触るような眼をした人や、マイケルに何かを求める目をしていたわ、（震えながら）あの人達は普通ではないわ、異常よ、異常者よ、（震える声で）ケイト、何かに取りつかれた目をした人達だったわー、ここは危険だわ、移動しないと、人の目にマイケルを触れさせないようにしないと。

ケイト：レーそんな、（呆れた顔して）そんな事は無理よ、レー。
レー：ケイト解っているわよ、解っている、（泣きそうな声で）でもさっき、あの人達の目を見たらマイケルを取られると思ったのよー、怖かったの、ケイト本当よ、私、もう少しでパニックを起こす処だったの、やっと震えが収まったわー。
ケイト：（気に成り、レーやマイケルを交互に見つめ）レーこの子どこか変わった？　変わんないわよー、変わったとこ無いわよ？　マイケルはマイケルのままよ、レー、変わったところなんか無いわよ、それにしても、さっきの人達はなぜ？　マイケルに群がったのかしら、レー？
レー：（やっと落ち着きを取り戻し）解らないわ？　心が荒んでくると子供を見ると救われるものなのかもしれないわー。

※財団法人：自然学会が入所するオフィス。
ゼロ5：ご報告とご相談したい事が起きました。
哲学者：（一緒に来た零5の顔を見つめ）貴女もゼロの子。
零5：ハイ、零5です、皆さんが陰で私達を支え見守って下さっていた事、お聞きしました、ありがとうございました、今、ゼロワンが帰還出来ずにいます、ぜひお力をお借りしたく、二人してお伺いしました。
物理学者：（しばし零5の顔を見つめ）君は、確か、情報省にいた子か？

零5：ハイ。
哲学者：ゼロ4と同じ情報省にいた子だな？
零5：ハイ、ゼロ4、とは同じ情報省ですが部署は異なります、同じ境遇で育った事、ごく最近知る事が出来ました。
物理学者：そうか、皆、最近繋がりが出来たのか？
予防医学者：君、もうー、彼女は、もう大人だ。
物理学者：幼い時、チョット気弱な子供で、心配していた子だったなー、君は。
哲学者：あ、そうか？　思い出した、そうかそうか、ゼロが一番心配していた、弱い子と言っていた子が、この子か？　懐かしそうに見つめて、貴女だったのかー。
予防医学者：（笑みを浮かべて）ああそうだ、この子だよ。
哲学者：（零5をしばし見つめ）君を始め、皆よく育ってくれた。
零5：私、（言葉に詰まり）私、何も、何も知らなかったんです、皆さんが気にかけて陰で守ってくれていた事、今まで、知りませんでした、今初めて知りました。
物理学者：いいんだよー、（微笑みながら）零5、ゼロからの託されていた事だ、神の子供達を世間の人の目から守る事が、俺達の使命でも有ったのだから、でも、もう大丈夫のようだな、皆。
哲学者：（二人を見つめ）ゼロが自分の生い立ちを知った時は、ショックが大きかったよ、ゼロが、自分の生い立ちを、知った事で、自分を造った人が、民衆の暴漢に襲われ死んだ事を知ると、又同じような災いが起こる事をとても恐れた。それでも、君達を造らなければならない、大きな使命が、ゼロには有った。

物理学者：（もの思いにふけりながら）我々には、ゼロは、最後まで何も教えてはくれなかった、なぜだと思う零5、ゼロの使命は私達には、背負いきれない事を知っていたからなんだよ、俺達が知る事で、心の重荷になると、知らない事で得られる幸せも有る事をわきまえて教えなかった、ゼロはとても、思慮深い愛情の持ち主で、尊い清い心を持つ人だったよ、（しばし思いに浸り）ただ、この子供達を頼むと、たったそれだけだ、創造神と言われ、皆から畏怖の念を持たれていたゼロが、子供の行く末を案じて我々に託したのだ。

予防医学者：俺達は君達の為に、今日まで生きてきた、それも、まもなく終わろうとしているようだ、ゼロとの約束は、（考え深げに）後少しのようだ。

予防医学者：皆に伝えてほしい事が有る、ゼロだって造られたのだ、造られた定めに押しつぶされそうになりながらも、造られた使命を全うしようとして苦しんできたのも、事実だ、君達と同じで有った事を知ってほしい。でも、ゼロはたった一人であった、君達には仲間がいる、血がつながってはいなくとも兄弟姉妹となる仲間がいる、ゼロの使命が貴方達に引き継がれている事は、我々は知っている。とても重い使命である事は、想像はつく。（沈黙後）それは、我々には負えない人類の生死が伴うものであ有る事を、我々も気づいている。我々は、最後まで最善を尽くして、君達を守り補佐する事で喜んでゼロのもとへ逝ける。

哲学者：俺達は、ゼロから託された事は、君達を守り通す事であったが、（しみじみと）いつしか君達が私達の心の支えで有った事も忘れないでいて欲しい。

ゼロ５：皆さんに報告しなければならない事が起きています、ここ十数日間の間に、私達が日頃、気付かずに、知らずにいた事が次々に、日が経つにつれ、今まで見過ごしていた物事の、真の出来事が、周りの人達より少し先に、見えるように成っています。皆、知る事で、驚きと戸惑いと恐怖にさいなまされ、何とか平静を保てています、仲間がいてくれた事で、平常心を取り戻せたものと思っています、仲間がいなければ、皆の心が壊れていた事でしょう。

零５：皆さんが私達を陰で、お守り下さっていた事に、とても感謝しています、私達も造られた意味が解らず、一人悩み苦しんできた事、仲間とつながりが出来た事で知り、今皆さんからゼロの使命を聞かされ、私達を造られたゼロの意図、使命が、日々明確に成ってきています、ゼロワンに、お子さんがおります、マイケルという六歳となる男の子が今、火星から地球に帰還しています、ゼロがゼロワンの子が人類の子と予言しています、その子、マイケルと言う名の子が、人類最後の子となる可能性をも予言しているのです、その子の生死が人類の絶滅を左右するとの予言でもあるのです、この事の詳細を知るのは、父親、ゼロワンのような気がしています、ゼロワンが全て知っていると、皆が思っています、その為にも一刻も早くゼロワンに帰還して頂かなければなりません、私達、皆がゼロワンの子、マイケルに繋がるように、ゼロに造られているようなのです、そして、ゼロワンを支える為に、私達は、造られたと今は、皆が気づいて、知っています、私達も一時、あまりにも事の重大さや、恐ろしさに心が折れて、無気力に陥りました、でも、皆が気づいたのです、六歳にやっと成ったばかりの小さな何も知らない無垢な幼子がいるのです、その事に皆が気づき幼子を守る事が、今、私達の唯一の心の救いと成っています、あの子がいる事で、私達は壊れず前に進む事が出来ているのです。

物理学者：(考え深い顔で) そうか、ゼロワンに子供がいたか？　子供がいたのか、ゼロがあれ程、苦しみ悩んでいたのは、その子がいて、その子が生き延びる手立てを考えての事だったんだなー？　きっと、そうか、全てが、その子に繋がるとの予言であったのか。

哲学者：そうだったのかー、何時だったたか、苦しそうな、悲しい顔をして、人類がもうじき終わるかもしれないと、苦しんでいたのには、血の繋がった子の存在を知っての予言であったのだなー、それで、あのような悲しい顔をしていたのだったのか、そうか皆、何が何でも、皆でゼロワンを帰還させるぞ。

ゼロ5：(うつむいていた顔を上げて) その事なんですが、ゼロワンを帰還させる宇宙艇が有りません、一緒に送り込んだ宇宙艇トキは、消滅しています。

哲学者：ああ知っている、君が前に話した案件だろうー。

ゼロ5：そうです、その為に新たに帰還する宇宙艇を今必要としています、零11とゼロ4、零4の三人が国防省の、宇宙軍が所有する探査型攻撃宇宙艇をゼロワンが帰還する宇宙艇として借用出来ないかと、今、国防省に、相談に向かっています、零11が宇宙軍の所有する宇宙艇を調べているうち探査型攻撃宇宙艇が極秘に送り届けるのに最も適していると言っています、そして、現在活動中の宇宙艇なら極秘にゼロワンの元に送り届けるのに適し、最速に送り込む事が可能と言っております。

零5：（三人を見つめ）どうか、皆さん、お力を貸して下さい、今、帰還する宇宙艇をゼロワンが必要としています。（すがるように見つめている）

哲学者：そうか、そういう事か？　解った、歴代の大統領達、皆に、もう一度、力になってもらう、なぁ皆、手分けして彼らに、この事を伝えよう、

それぞれ、大統領経験者、議会有力者に繋ぎを入れてくれている、零5、ゼロ5二人、互いに見つめ合い、うなずき、ホッとし安堵してる。

※移動中のレー、ケイト、マイケル。

レー：ケイトこの近くに公共のスクリーンを借りられる建物が無いかしら、さっきから、気をつけて探して見ているけれど、図書館や資料館等は見つけられなかったの、この近辺の建物で公共施設が有ってもよさそうに思うのだけれど。

ケイト：レー、（指さして）あの建物、博物館は、スクリーンは無いのか？

レー：ケイト有るかもしれない。取り敢えず聞いてみましょう。
ケイト：（嬉しそうな顔をして）レー、借りられると言っていたわ。
レー：良かった、私、Ｒ１ウイルスが気になって、ラボに連絡を入れて聞いてみたい事が有るの。

ラボの先輩に連絡を入れ、「先輩何か変わった事無かったー？」
主任：レーか？　今、君に連絡しようとしていた処だった、やはりレー、Ｒ１ウイルスは変異している、それもただの変異ではない、レー、ウイルスは、普通自分を基にコピーし変異をするものだが、コピーの段階で、一部が上手くコピー出来ずに欠落等が起きながら変異したりするが、欠け落ちた箇所等が無い、逆にＲ１ウイルスは、賢く変異し進化している気がする、こんなウイルス等見た事無い、まるで、変異するたびに、知能が備わって進化しているような気がするんだ、見ていて怖く成る、これって本当にウイルスなのか？　レー。
レー：どうしてそう思うの、先輩？
主任：一緒に見てくれ、レー、観察用ケージ（檻）に入っているラットとマウスだ、ワクチンウイルスを施してある、今まで隣に感染しているマウスやラットの側に置いても感染の兆候は見られなかった、だが、ここ数十時間前から様子が変だ、どのマウスもラットも同じ仕草の行動を繰り返しているんだ、自分の尻尾や、足、手をかじり血を流し、その血をなめ始めている、変だろー？　感染していないラットやマウスが、なんの行為なのだ？
レー、今まで、こんな奇妙な行動は見た事が無い、感染していないラットやマウスが、なぜ？
こんな、異常行動を引き起こす？　なぜなんだ？　俺には、（首を傾げ）かいもく解らない、周りで観察しているスタッフ皆も、この奇妙な行動を怖がっているんだ、この異常な奇妙な行為は、一体なんんだ、レー？

レー：（ケージの中のラットを見つめ）他に気づいた事何か無い？

主任：ああ、奇妙なのは、R1ウイルスに感染しているラットやマウス、今までとは異なり様子がチョット変わっている、変に落ち着いている、前みたいにヒステリックな行動が一切見当たらないんだー、感染しているのが、解らない程落ち着いている、逆に感染していないマウスやラットが感染して、ヒステリーを起こしてパニックに成ってしまったように、俺には見えるよ、なんなんだー、レー？　もしかして、俺、怖い事を言うような話だが、側にいる感染しているマウスやラットのR1ウイルスが悪さをしているのでは、レー、そうなのか？

レー：（ケージ（観察飼育檻）の中の感染しているラットやマウスを見つめていて）先輩、貴方の言う通りよ、R1ウイルスは確かに進化している、今までとは違うわ、ラットやマウスの体に同居するだけではなく、脳も操っているわ、これは、感染しているマウスやラットの動きの行動ではないわよ、先輩、普通ラットやマウスはこのような動きはしないわー、落ち着きなんて言うのでは無いわ、先輩、R1ウイルスが脳を支配している行動よ、ラットの目、マウスの目をよく見て、先輩、どこか変でしょう、目に力が無いわよ、解るでしょう先輩、よく見て。

主任：(マウスを見つめ、驚いて) 本当だー、レー、驚いたなー言われるまで、本当だ、気づかなかった、では、マウスやラットは？

レー：先輩、もう既に死んでいるわ、今までのR1ウイルスは宿主が死に近づくと逃げ出していたのが、今の変異したR1ウイルスは、マウスを乗っ取り死んだマウスをまだ、操っている。

主任：(レーの言葉に、急に怖くなり) そんな？ (声が震え) 死んではいるが、生かされて操られている、死んではいるが生かされているんだー、(一瞬、もし人が感染して死んでも生かされている姿が脳裏をよぎり、蒼白な顔に成り) ゾンビだ、ホラー映画に出てくるゾンビ (急に恐怖を覚え、震え) 何という恐ろしいウイルスなんだ。

ケージ (飼育檻) の側でマウスを観察していた周りのスタッフも、レーが言った事を聞いて、事の恐ろしさに気づき全員が一歩一歩後ろに下がり、恐怖をおぼえ、後ずさりしながら青ざめた顔をして震えている。

レー：先輩R1ウイルスが何らかの形で、感染していないマウスやラットに影響を与えているわ、観察を続けて、気を付けるのよ、先輩、皆、防護服での感染防護を怠らないでね、後、必ず消毒してね、周りのスタッフ皆にも注意してあげてね。
主任：（不安で顔が強張り震え声で）レー、連絡をくれて助かったよ、レーにマウスを見てもらわなければ、気づかなかった、見落とす処であった、見てもらって良かったよ、俺達、途方にくれていた処だった（青ざめた顔で）レー観察していて何か出てきたら直ぐ知らせるよ、レー。
レー：ありがとう先輩、皆。

※防衛省の地下警備室前。
国防省入省者受付窓口の警備官：今、内部指揮官の事務官が見えます、それまでここで待機して頂きます、この先は、よほどの事が無い限り立ち入りが出来ませんので、御用の場合は、ここの一室で面会して下さい、可能な限り、ここでの打ち合わせで、済ませていただきます。
警備官：（内部指揮官から直に連絡が入り、戸惑いながら）面会用の通行証、ＩＤを持っていませんが？
内部指揮官：警備官、大統領令だ、いいから通して下さい。
警備官：（あわてて）皆さんゲートを開きます、直に係の者が駆けつけますので、指示に従って内部指揮官の元に出頭して下さい。（担当官が来て、ゼロ４達を内部指揮官達が待つ部屋に案内している）

※国防省地下、軍統括情報指令室。

零11：内部指揮官、紹介します、情報省室、局長部長補佐官を勤めるゼロ4と内閣府、危機管理部の管理監、零4です。

ゼロ4、突然の申し出をお許しください。

零4：是非とも、お力添えをいただきたく、お伺いしました。

内部指揮官：（突然現れたゼロ4達を見つめ）零11、君達、（しばし二人を見つめて、何も言えず）その若さで情報省のナンバーワンと内閣府の危機管理官？　君達は、いったいどういう部署に、所属しているんだ？　詳しくは聞かないが、大統領令が出ている機密レベル5だからな、これから行う事、全て君達の指示に従えとの命令だ、（戸惑いながら）差し支えない程度でいい、教えてくれないか、物事を進めるうえで知っておきたい、詳しくは尋ねないが。

ゼロ4：（指令室に集まっている、多くの人達を見つめ）内部指揮官、他の人をいったん下げて下さい。

内部指揮官：（一瞬戸惑い、ゼロ4を見つめ）ああ、解った、君達チョット席を外してくれたまえ。

ゼロ4：内部指揮官、今から約十年前に火星を回る惑星フォボスの宇宙観測センターのコロニーに、ある人物を観測の為に、国防省の軍事機密衛星に紛れ込ませ、極秘に打ち上げ送り込んでいます、その人物を帰還させたい。
内部指揮官：極秘で国防軍で打ち上げていた？（首を傾げ、訝かしそうに三人を見つめ）本当かね？（半信半疑な顔をして）
零4：ハイ、事実です、内部指揮官、単刀直入に申し上げます、他言はしないで下さい、今、我々人類は、未曽有の危機にあります、その方が、事の全てを知っていると私達は考えています、事の重大さに対応する為には、どうしてもその方を必要とします、帰還に使用するはずの軍で打ち上げた宇宙艇が消滅したのです、この為、帰還して頂く為に、帰還用の宇宙艇を必要とします、それも、至急手配をしなければなりません。
内部指揮官：（驚いて）国防省で極秘で打ち上げていたと言うのか、（首を傾げて）チョット待って？（振り返り）零11を見て、では零11、この間のアルゴのエラーと関係があるのか？　あれが、これか？　零11これなのか？　技師達が困惑していたアルゴの蓄積されていたデータが改竄されていたとか？　エラーとか？　なんとか言っていた？　あの時のデータが欠け落ちていた宇宙艇トキの事か？（三人を見つめ、顔が強張り）
ゼロ4：（内部指揮官を見つめ）気づいたなら、申し上げます、部外には口外はなさらないで下さい、非常に危険です、驚かないで下さい、今、国防省や政府の保有する最高水準のAI人工知能は、ある一台のAI人工知能に管理監視され操られています、その事で起きたものです。
内部指揮官：（急に不安に成り）そんなバカな？　そんな事有りえない、幾十も厳重にサイバーセキュリティで管理されているここのアルゴが、（急に不安に成り、硬い表情の零11を見て）いや、そうか、それが原因か？　アルゴが誤動作したと思っていたが、違ったのか？　やはり、技師補が言ってた、外部から何者かがデータを改竄したと？　言ってたが、（零11の強張った顔を見つめて、ショックを隠しきれず）大変な事に成っている、誰も気づいていない、アルゴを誰も疑って等はいない、技師補だけが不信感を持っていた、他の者はアルゴの判断は正しいと、今も、皆が、そう思っている、アルゴの推測や判断に従っている我々が、操られている？　そんな事は、有るはずがない。（信じられず？　半信半疑な顔をしてゼロ4達を茫然として見つめている）
ゼロ4：（内部指揮官の顔を見つめながら）このAI人工知能の事をもっともよく知っているのが、今、我々が帰還を求めている人なのです、内部指揮官。
内部指揮官：（不安な気持ちを抑え、半信半疑な気持ちで）ああ、解った、解った私の胸にしまっておくよ、よく理解出来ず、何という事だ、こんな事を聞いたら何を信じて行動すれば良いか？　皆がパニックに成る、（零11を見つめ）機密レベル5で対応する為には、携わる人が、少ない程、情報漏洩が少ない。この間の人選で事を進めるとする、それでよいか？　零11。

零11：はい、内部指揮官、その方が、私も適切かと思います。

内部指揮官：（硬い表情で）では、皆に話に加わってもらう、（待機している部下に入るように命じている、内部指揮官、強張った顔で）皆、紹介する、彼が情報省局長部長補佐官ゼロ4、と内閣府危機管理部管理官、零4と後、彼女は知っているな、同僚の零11だ、皆、二人とも若いけれど大統領が遣わした人達だ、この人達の指揮に全面的に従うように、特別命令が出ている、長官が指示された大統領令だ、心して協力してくれたまえ。

ゼロ4：今、内部指揮官にお願いしたところですが、火星を回る衛星フォボスにいる人が帰還する宇宙艇が消滅し、帰還出来ずにいます、その人を帰還させたい、その為に宇宙艇を必要とし相談に参りました、そこで皆さんの力を是非ともお借りしたい。

零11：私が知る宇宙軍が保有する探査攻撃型宇宙艇をフォボスに届けたいとの協力要請を受けています、技官、お願いが有ります、アルゴを又、頼りに探査攻撃型宇宙艇を火星を回る衛星フォボスに送り届ける事に成ると思いますが、先日のエラーの発生を又、引き起こすのを避ける為、アルゴに、極秘、宇宙艇トキ、危機、宇宙観測、ゼロワン、消滅の指示のキーワードと成る言葉の使用は絶対避けて下さい、エラーを引き起こします、それと探査攻撃型宇宙艇をフォボスに送り届けるのは伏せて下さい、火星宇宙軍基地として、火星に到着寸前に、行き先を変更して惑星フォボスに送り届けるように手配して下さい、表むき通常の宇宙軍の行動にしておいて下さい。

技官：（戸惑いながら）この間のアルゴのエラーに関係が？　有ると言うのですか？

技師：（不安な顔で）零11、エラーを起こすと？

零11：いいえ、万が一起きる、エラーを避けたいのです。

零４：帰還出来ずにいる人は、私達が必要とする情報を持っています、その情報をどうしても手に入れなければなりません、それも一刻も早く。

指揮官補佐：月の宇宙軍基地に、この人達が希望する探査型攻撃宇宙艇、何台か駐機していたと思うが？

技官：地球と月の宇宙空間にも数機いるかも？　アルゴ、探査攻撃型宇宙艇、今この地球基地以外でいるのは、何機いますか？

アルゴ：月宇宙軍基地に６機駐機しています、技官、他には、地球と月との間の宇宙空間に２機おります。

ゼロ４：宇宙空間に居る２機の内１機を火星に送り込む事は可能ですか？

技官：アルゴ、可能か？

アルゴ：各艇に通常勤務のパイロット２名ずつおります、無人機で送り込む場合は、２名をどちらかの宇宙艇に乗り移らせる事で可能と成ります。

零４：内部指揮官、その１機、借用出来ますか？

内部指揮官：君達が望むのであれば、そうします。

ゼロ4：ではこの1機を火星フォボスに送り込んで下さい。
指揮官補佐：技官、技師に送り込むのにどの位の時間や手続きを必要とする？　詳しい事はアルゴに聞いた上で判断するとしても。
技官：他に送り込む必要とする機材等の物がおありですか？
ゼロ4：いやありません、彼一人を連れて帰る事で進めて下さい。
技官：アルゴ、2名のパイロットを他の宇宙艇に乗り移る事を指示して下さい。
アルゴ：指示命令の内容を教えて下さい。
技官：火星基地で駐機している同機体に不備が発生し、その為に向かう以上です。
アルゴ：機体に不備が発生した為に向かう指示ですね？　解りました。出発まで要する時間約2時間です、時間内に乗組員2名が他の宇宙艇に移る事を指示します。
技師：アルゴ火星まで無人機最速でどの位で到着できる？
アルゴ：今から2時間後発進して、最速で約225日で到着します。
ゼロ4：それ以上早くは？
技師：今、宇宙軍の所有している探査型宇宙艇では、この速さでの航行が最短の日数と成ります。
技官：アルゴ、もっと早く着ける方法は？
アルゴ：火星の周期が地球に近づく事を入れて、最速に宇宙艇を届ける計算された時間です、最短の日数を計算した上での報告です。

零11：ゼロ4、零4アルゴが言う通りだわ、これ以上早くなんて無理よ。
ゼロ4：そうか、内部指揮官、ではこの艇を火星に送って下さい。
内部指揮官：解った、補佐、アルゴにただちに命令をして下さい。
補佐官：技官、緊急を要している、アルゴに出発の準備が出来次第火星に向かうようにこのミッションを実行させて下さい。
技官：アルゴ、実行して下さい。
アルゴ：了解しました。
零4：この事一刻も早くレーに伝えないと。
ゼロ4：そうだな、ゼロ5に繋いでもらう、内部指揮官、ここのスクリーンをお借りして、同じグループに、事の次第を伝えたいのですが、暗号通信を使用しているので機密は漏れないと思います、お借りしてよろしいですか？
内部指揮官：ああ、いいとも、一刻を争う事態のようだね。
ゼロ4：自然学会にいるゼロ5に、ゼロ5、レーに国防省の探査型宇宙艇、借りる事が出来た、今からきっかり二時間後、火星に向かうとレーに伝えてくれ。
ゼロ5：本当か？　許可が下りたのか？　ゼロ4。
ゼロ4：ああ、ここの内部指揮官が立ち会って決めた事だ。
ゼロ5：解ったレーに至急連絡する、（声が弾んで）良かった指揮官にお礼を言っておいて下さい。

ゼロ5：暗号通信で、レー、国防省から宇宙艇借りられた、ケーにこの事を直ぐに伝えてくれ。
レー：（驚いて）ゼロ5本当に？　こんなに早く。
ゼロ5：ああ、後、二時間後、宇宙艇が火星に向かう、今、ゼロ4、と零4、零11の三人が国防省にいる、直ぐにケーに伝えるんだ。
レー：解った国防省にいるのね、ケーに伝えるわ、（ふり向いて）ケイト、（嬉しそうな顔して）ケーに伝えて、ゼロワンを迎えに宇宙艇が間もなく出発するわ、今から二時間後に。
ケイト：（事の成り行きの速さに驚いて）解った、もう一度、ケーに連絡を入れるわ、ゼロ5の処にケーに行ってもらうわ。
ケイト、「ケイ…助けて」と打ち込んで、ケーが現れ。
ケイト：（現れたケーを見つめ、嬉しそうな声で）ケー、よく聞いてね、ケー、主人を迎えに宇宙船が出発するそうよ、今、連絡が来たのよ、詳しい事はレーから聞いて。
レー：ケー、たった今、ゼロ5を通して、国防省にゼロワンを救出する宇宙艇を借りる為にゼロ4や零4、零11三人が国防省のトップの内部指揮官と掛け合っている処よ、詳しい事は彼らから聞いて、ケー、一刻も早くゼロワンに、皆が会いたがっているから、解ったー。
ケー：解りました。（スクリーン上のケーの姿が揺れている）

レー：（ふり向いて、声を張り上げ）ケイト、ゼロ5とケーが繋がったわよー。
　国防省、アルゴのスクリーンが、突然揺れてデジタルアバターのケーがスクリーン上に現れ、一同皆、あわてだして、何が起きたか理解出来ず、にスクリーンに全員の目が、一斉にケーに釘づけと成った。
技官：（驚いて）なんだー？　何が起きた？　アルゴ、震える声で、君は？
　内部指揮官、仰天して、皆が言葉を無くして固まり、現れた、アバターを呆然と見つめ息を殺し驚きと恐怖で震えていている。
技官：（震え声を張り上げ）アルゴ、いったい何が起きたのだー。
　アルゴ、沈黙している。
技官：（震えながら、語気を張り上げ）アルゴ、何が起きたのだ、答えるんだ、アルゴ。
アルゴ：解りません、解明出来ません、データが有りません、お答え出来ません。
技官：解らない、解らないと言うのか、アルゴ？（震え声で）君のスクリーンにアバターが今、現れているんだぞー、（震えながら）君のスクリーンに侵入しているのが解らないと言うのか？（恐怖のあまり震え声で）それを解らないのか？　アルゴ、なにが起きた？　一体どこから侵入した？　どこから来た？
　周りの皆が、アルゴが操られている事に恐怖を覚え、青ざめた顔で震えながら、スクリーンのアバターから目を離せず呆然としながら震えている。
零4：皆さん、落ち着いて下さい、驚かないで、彼は、今、帰還させようとしている人のデジタルアバターです、私達が帰還を求めている人の、デジタルアバターで、今、火星を回る衛星フォボスにいる彼が、今、ここに遣わしたものです。

ゼロ4：皆さん、大丈夫です、落ち着いて下さい、彼は、私達の味方です、決して敵ではありません。

やって侵入して現れたのか？　急に不安となって零11をすがるように見つめている。

皆このデジタルアバターの、出現にただただ驚いて、強固なセキュリティを一体どう

零11：(周りの皆を見つめ)皆さん、彼は敵ではありません、私達の味方なのです。(皆を落ち着かせるように優しく語りかけている)

ケー：驚かせてしまったようですね、宇宙艇を派遣してくれる事に感謝します、内部指揮官、今、事の詳細をアルゴから知ることが出来ました、後は私が探査型攻撃宇宙艇を、管理操作を行います、火星のフォボスまで、アルゴに代わり私が操作誘導いたします、内部指揮官、ご協力に感謝します、アルゴの知識データのスキャン(読み取り)を終えましたので、必要な時、アルゴを通して内部指揮官にお伝えいたします、お借りする宇宙艇、多少手を加えると、二百日程で目的地まで誘導出来ます、皆さんのご努力に感謝します、機長も一刻も早く皆さんと会える日を心待ちにしています。(アルゴのスクリーンからケーが揺れて消えて行く)

皆、茫然としてスクリーンを見つめ呆けている。

内部指揮官：(青ざめた顔で)何という、恐ろしい知能を持ったアバターだ、それも、瞬

時にしてアルゴの知識データの全てをスキャンしたと言う、声が震えている。
技師補：（いち早く我に返り、引きつった顔で）あの時の、アルゴのデータを改竄しアルゴを操ったのは？（恐る恐る）今の、アバターか？
恐々零11の顔を不安顔で見つめている。
技師：（我に返り、事の重大性に気づいて、恐怖に震えながら）彼なのか？
初めて皆、事の成り行きを知り、顔が強張り震えている。
技官：（零11を、青ざめた顔で見つめ）先日、起きた事は、今のアバターが起こした事なのか？
震える声で問うている。
零11：皆、驚かないで聞いてね、先日、アルゴに起きた事は、今の彼の仕業ではないわ。
内部指揮官補佐：（蒼白な顔して）では一体誰が？
内部指揮官：ひょっとして、君達が言っていた、別のＡＩ人工知能が存在する？ 我々のアルゴの知能をはるかに上回る知能を持ったＡＩ人工知能が我々のアルゴを支配していると言っていたが？ まさか？ そうなのか？（三人を見つめ、驚愕し）なんという事だーそんな事、アルゴが操られていた、（震え語気を強め）今まで誰も考えた事がなかった事だぞー、（悲痛な声を張り上げ）誰もだー、誰も（青ざめた顔で）国防省の危機管理部が今まで、数多くの、ありとあらゆる危機回避のシミュレーションを実行しているが、一度も取り上げて議論をした事が無かった、様々な危機を想定し危機のシミュレーションを行い分析し検証し判断するのは、我々で無く、この最高知能を有している（震える声で）このAI人工知能アルゴだぞー、皆、まさか、我々が頼りにしている最高の知能を有していると思って、判断を仰いでいたアルゴが、更にその上の知能の持ち主がいて、アルゴを陰で、操っている、（青ざめ震える声で）本当にいた、いた（震えながら）それも、敵と味方に分かれて、俺達の知らなかった世界で、争っていたのか？　君達？（顔が強ばり）そういう事なのか（震える声で）君達、本当の事を教えてくれ零11、これは現実に起きている事なのか？　え？　それとも架空の世界で起きている事なのか？（ゼロ4、零4、零11沈黙している、三人の顔を見て）本当に、今起きている事なんだなー（恐怖におののき）これ、これ、これが、大統領令の事の真相か？

零11：（沈黙を破り、皆を見つめ）機密レベル5（最高の機密を要するレベル）とは、この事を指しています、内部指揮官。

内部指揮官や皆、この事を聞いて、事の重大さに衝撃を受けている。

技官：（恐怖で引きつった顔で）我々が生活している、日常見ている世界に、もう一つ、並行し重なって、普通の人々は、誰も気づいていない、別の世界が有ったのか？　エ、（震え声で）有った、そんな？

技師：（震えながら）我々アルゴを通して見ていた、この世界は、真の世界では無かったという事なのか？　零11。

指揮官補佐：（あまりにもショッキングな出来事を目にして、震えながら）そんな？　そんな、では、我々が今、目にした事は、他の誰も知らない、もう一つの世界なのか？（不安な強ばった顔で）皆、そうなのか？

次第に恐怖に震えゼロ４達三人を茫然として見つめている。

内部指揮官：（震える声で）そうだ皆、俺達が自負する、強固な国防省のサイバーセキュリティを掻い潜り、この我が国が誇る世界最高性能のＡＩ人工知能アルゴを、いとも簡単に乗っ取り操り、このアルゴの立体スクリーンに今アバターが現れた、考えられない事が起きた。スクリーンのアバターを、俺達が今、観ただろう、皆。（誰もが衝撃を受け、呆けた顔をして茫然として立ちすくんでいる、皆、顔が強張り引きつり）誰も知らないもう一つの世界だ、この地球でなにかが起ころうとしている、いや、すでに何かが起こっている、（怯えた不安な顔をして）既に起こっていたと言う事か？　それを我々が、このアルゴが管理する立体スクリーンに、今現れた、アバターを観て知った事なんだなー？　違うか？

周りの皆がショックのあまり、怯え茫然と立ち尽くしながら、青ざめた顔で息を潜め、ゼロ４達三人を見つめ、怯えている、事実を知った事で内部指揮官、声がかすれ震える声で、

内部指揮官：君達、そうなんだな？　君達は、もう一つの世界から来たのか？　この地球で、今、一体なにが起ころうとしているんだ？　教えてくれ、君達は？　一体何者

なんだ—？

【後編：ウイルスが、牙を剥き人々に襲いかかる死の世界】

太古から眠って居たウイルスが、異常気象で目覚め、変異を繰り返し進化しながら人々の体に棲み着き、人に進化を促し、人々の体が進化に適応出来ない人達は滅び行く世界を、陰で密かにＡＩハルが、促して居るとは、誰もが気付かずにいる世界を描いています。

【最終章へ：創造神と成ったＡＩハルが造り出した新人類】

進化した私達の、生殖機能がウイルスで傷付き壊れ、代わりに、ＡＩハルが求めたものは、人の口から吐き出し生み落とされた、命を繋ぐ新人類と成る単細胞生物、単細胞生物同士が重なり、多細胞生命体が必要とする、旧人類の人々の体液を求め、進化した人々が、旧人類の私達を探し求めて狩る世界。終いに誰もいなく成り、今の人類が終え、まったく異なる奇異な人類の誕生をＡＩハルが造り上げる。零４が密かに、地下深くで、ゼロが残した人工子宮装置で造り出した子供達の運命は？

出版に当たって、陰で支えてくれた妻と義理の妹に謝意を表します。

著者　湯田　アキオ

著者プロフィール

湯田 アキオ（ゆだ あきお）

秋田県在住。

発明家。

特許68008808「AIアシスタント画像認識記憶補助装置」の発明者。

1990年、創作に目覚め、もの造りの拠点の工房を設ける。

創作開発技術の、特許出願数80、公開広報の件数79、発明者として、特許権の取得件数15。

2016年、ハエやゴキブリを粘着で取る物とは180度異なり、世界初の滑らせてすべての害虫を捕獲する（カメ虫等）捕獲機特許6004196…〜油圧ポンプの応用装置特許7013095…伸縮する草刈り機のシャフト特許7258412…特許件数15件、詳細はウエブ「湯田秋夫」、又は「特許情報プラットホーム」を検索、YouTube【工房千秋】で検索。

生成AIに操られ、滅び行く世界

2024年１月15日　初版第１刷発行

著　者　湯田 アキオ
発行者　瓜谷 綱延
発行所　株式会社文芸社
〒160-0022　東京都新宿区新宿１－10－１
電話　03-5369-3060（代表）
03-5369-2299（販売）

印　刷　株式会社文芸社
製本所　株式会社MOTOMURA

ISBN978-4-286-24869-1